Das Buch

Janine Keller hat großes Glück gehabt: Bei einem Autounfall ist sie mit ein paar Schrammen davongekommen. Doch nun liegt sie im Krankenhaus und kann sich an nichts erinnern – weder an ihren Namen noch an die blondgelockte Frau, die behauptet, ihre beste Freundin Lena Gruber zu sein.

Mit Lenas Hilfe versucht Janine, in ihr Leben zurückzufinden. Doch um Männer macht sie dabei einen großen Bogen. Als Janine das auf Lenas Anregung hin ändern will, entdeckt sie erschüttert, dass sie nicht nur ihr Gedächtnis verloren hat, sondern auch die Fähigkeit, zum Orgasmus zu kommen. Lena meldet Janine kurzerhand bei »Cupido« an. In dieser »Schule der Lust« soll ihr geholfen werden. Janine ist skeptisch. Aber als ihr der Leiter der Schule, der attraktive Krischan, eine persönliche Betreuung zusagt, schwindet ihr Widerstand. Bereits die erste Stunde enthüllt Janine nie gekannte – oder vergessene? – Dimensionen der Lust. Doch sie wird den Eindruck nicht los, Krischan aus der Vergangenheit zu kennen. Welches Spiel spielt er mit ihr und ihrer Leidenschaft?

Die Autorin

Kerstin Dirks, 1977 in Berlin geboren, hat eine Ausbildung zur Bürokauffrau absolviert und Sozialarbeit studiert. Sie schreibt seit mehreren Jahren erotische Romane, historische Liebesromane und Fantasy. Ihre Geschichten handeln von mutigen Frauen, die ihr Schicksal selbst in die Hand nehmen und ihre Leidenschaft ausleben, und von Männern, die am stärksten sind, wenn sie Gefühle zeigen.

Von Kerstin Dirks sind in unserem Hause bereits erschienen:

Gib dich hin · Hotel der Lust · Leidenschaft in den Highlands
Spiel mit mir · Teuflische Lust · Wie du befiehlst

Kerstin Dirks

Schülerin der Lust

Erotischer Roman

Ullstein

Besuchen Sie uns im Internet:
www.ullstein-taschenbuch.de

Originalausgabe im Ullstein Taschenbuch
1. Auflage Mai 2013
© Ullstein Buchverlage GmbH, Berlin 2013
Umschlaggestaltung: ZERO Werbeagentur, München
Titelabbildung: © David Woolfall / trevillion images
Satz: LVD GmbH, Berlin
Gesetzt aus der Berkeley Oldstyle
Papier: Pamo Super von Arctic Paper Mochenwangen GmbH
Druck und Bindearbeiten: GGP Media GmbH, Pößneck
Printed in Germany
ISBN 978-3-548-28520-7

Der Vorhang hob sich. Es war ihre Nacht. Die Nacht, auf die sie ein Leben lang gewartet hatte. Erhobenen Hauptes schritt sie durch den Saal wie eine Königin durch ihren Palast. Alle Blicke waren auf sie gerichtet, wurden regelrecht zu ihr hingezogen, als wäre sie magnetisch. Es war, als hätten all diese Menschen nur auf ihr Erscheinen gewartet, dabei wusste niemand, wer sie war. Niemand außer ihm, ihrem Begleiter, der demütig hinter ihr herlief, das Gesicht verborgen hinter einer roten Augenmaske, die bis tief über seine Wangen reichte.

»Komm mit mir, ich zeige dir die Gelüste der Aphrodite«, hatte er gesagt, und sie war ihm gefolgt. Nun allerdings war es ihr Auftritt, und er blieb, ganz bewusst wie es schien, in ihrem Schatten zurück.

Sie befanden sich an einem Ort, den er den Club der Aphrodite nannte. Ein Platz, an dem sich Gleichgesinnte trafen, um ihren Lüsten zu frönen. Er hatte sie hergeführt, eingeweiht in das dunkle Geheimnis, das verrucht und exotisch, daher auch sehr erregend war. Aber jetzt wollte er nicht mehr anführen, nicht mehr bestimmen. So war ihr Übereinkommen.

Die Gäste, die sich in den buntesten Gewändern und Masken versammelt hatten, nickten ihr grüßend zu, verfolgten jeden ihrer Schritte, die selbstsicher und entschlossen waren. Aber dies war nur Fassade. Der Club war ihr fremd, genauso wie seine Menschen, und sie war nicht sicher, was sie hier erwartete und was man umgekehrt von ihr erwartete.

Es war dunkel. Über ihnen hing ein Kristallleuchter, der trotz seiner Größe nur wenig Licht spendete. Vielleicht befanden sie sich im Tanzsaal eines abgelegenen Hotels. Sie konnte sich nicht erinnern, wie sie hierhergekommen waren. Folglich wusste sie auch nicht, wo sich dieser geheimnisvolle Club befand. Sie wusste nicht einmal die Tageszeit. Möglicherweise war es draußen taghell. Selbst wenn es so wäre, hätten die Sonnenstrahlen ohnehin nicht durch die zugehängten Fenster dringen können. Man wollte offensichtlich unter sich bleiben.

Sie zog den schwarzen Mantel, der ihren Körper verhüllte, enger um sich. Auch sie trug eine Maske, die mit Pfauenfedern geschmückt war. Paona nannte er sie. Paon war französisch und bedeutete übersetzt Pfau. »Weil du so schön bist wie ein Pfau«, hatte er erklärt und ihr das Geschenk gemacht. Jetzt war sie froh, sich in diesem Moment hinter ihrer Maske verstecken zu können, denn so konnte sie die Lage besser beobachten und ihre eigene Nervosität verbergen. Zugleich aber genoss sie es, im Mittelpunkt zu stehen. Ein erregender Zwiespalt.

»Es ist deine Nacht«, hatte er gesagt. Und er hatte recht. »Ich werde dir gehören. Nur dir.«

Hinter der ersten Reihe der Schaulustigen erblickte sie noch mehr Gäste, die ihrem Auftritt weniger Beachtung schenkten, weil sie mit etwas ganz anderem beschäftigt waren. Hemmungslos gaben sie sich ihrer Lust hin. Bebende Körper. Der Geruch von Erregung lag in der Luft. Und die weibliche Note süßen Parfüms.

Sie schaute durch ihre Beobachter hindurch, um selbst zur Beobachterin zu werden. Ein Mann legte sich auf eine Frau in roter Wäsche, die eine Maske mit Teufelshörnchen trug. Er massierte ihre prallen Brüste, die fast aus den Körbchen ihres Mieders sprangen, während sich sein entblößtes Glied zwischen ihren Schenkeln rieb. Die Teufelin stöhnte auf, krallte ihre Nägel in seinen Rücken.

Dieser Anblick ließ es auch zwischen ihren Schenkeln prickeln. Wie froh sie war, dass sie ihre Pfauenmaske trug. So konnte niemand sehen, dass sich ihre Wangen röteten, und auch der lüsterne Glanz ihrer Augen lag im Schatten.

Sie war ein anonymes Wesen in einer anonymen Welt. Es interessierte sie nicht, wer die anderen waren. Aber sie fing an, ihnen gern zuzusehen. Etwas weiter hinten entdeckte sie ein lesbisches Pärchen. Die Frau mit den kurzen Haaren spritzte Schlagsahne auf die Brüste ihrer wohlbeleibten Partnerin, leckte sie ab und zupfte mit ihren Lippen an deren Nippeln.

Ihr wurde zusehends heißer bei all diesen ruchlosen Anblicken. Ein Mann mit Augenbinde kniete vor einer Blondine und leckte ihre Scham. Winzige Wellen der Lust brandeten sichtbar durch ihren Unterleib. Sie hörte die Fremde stöhnen, sah die Ekstase in ihrem Gesicht, weil ihr die Maske verrutscht war. In ihrer eigenen Scham pulsierte es so heftig, dass sie kaum aufrecht stehen bleiben konnte.

Ihr Begleiter blickte sich nach ihr um. Ohne dass sie es gemerkt hatte, war er weitergegangen, und offenbar hatte auch er nicht bemerkt, dass sie stehen geblieben war, um sich an dem lustvollen Schauspiel zu ergötzen.

Nun stand er einfach nur da, ohne jede Regung, dennoch spürte sie, dass er ungeduldig war. Aber erwartete er tatsächlich, dass sie von dieser Szenerie unbeeindruckt blieb?

»Wer den Club der Aphrodite betritt, der will nie mehr gehen«, hatte er ihr gesagt. Jetzt erst verstand sie den Sinn hinter seinen Worten. Hier bekam die Lust eine neue Facette. Es war anregend und erregend, den anderen zuzusehen oder sich zusehen zu lassen. Man verlor sich sehr schnell in diesem schwülen Etwas, das nach Lust und Leidenschaft und nach Körperflüssigkeiten roch.

Paona hörte ein fernes Stöhnen, sah die Gier in den Augen der anderen glänzen. Eine Orgie der Sinnlichkeit. Des Fleisches.

Der Mann mit der roten Augenmaske streckte die Hand nach ihr aus, und sie löste sich zögerlich von dem Anblick, nahm seine Hand an, folgte ihm tiefer hinein in das Labyrinth der Lust. Sie verließen den Tanzsaal, bogen in einen Seitengang, in dem sie weitere Paare vorfanden, die sich einander hingaben, sich Lust und Schmerz bereiteten, und dann bogen sie nochmals ab. Und nochmals. Bis sie ihr Ziel erreichten.

»Wohin bringst du mich?«, fragte sie, und ihre Stimme klang ihr fremd, als wäre es die Stimme einer anderen Frau. Wo war ihr selbstbewusster Klang geblieben? Sie kannte es nicht von sich, allzu schnell nervös zu werden. Doch hier war alles auf den Kopf gestellt.

»Vertrau mir, meine wunderschöne Paona. Du wirst mit meiner Wahl zufrieden sein.«

Er öffnete wortlos die Tür, ließ sie vorgehen. Der Raum, den sie betrat, war klein und dunkel, spärliches Licht an den Wänden, an denen auch Eisenketten hingen. Und obwohl der Raum derart schmal war, dass man nicht einmal ein Doppelbett hätte unterbringen können, machte sie gleich mehrere Fenster an den Wänden aus, vor denen Rollos hingen. Eine Einrichtung gab es nicht. Seltsam. Durch die vielen Fenster konnte der Raum kaum genutzt werden.

Ihr Begleiter verriegelte die Tür hinter ihnen.

»Ist das nötig?«, fragte sie, vor Erregung heiser, denn nicht nur Unbehagen, sondern auch Lust flammte in ihr auf.

Er sah in seiner Maske und dem adretten Anzug, den er immer trug, wenn sie sich sahen, verdammt heiß aus.

»Es ist der Stimmung nicht abträglich«, antwortete er unterwürfig. Und dennoch klang seine Stimme männlich. Tief. Und berufsbedingt sogar befehlsgewohnt. Er zog sein Jackett aus, öffnete das Hemd. Eine muskulöse Brust kam zum Vorschein. Sie war unbehaart. Ein appetitlicher Anblick, der ihre Lust nur noch verstärkte. Auch das Lederband um seinen Hals entging ihr nicht, weil es nicht länger von der eleganten Krawatte verdeckt wurde.

»Niemand wird uns stören«, versicherte er ihr.

Paona warf einen Blick auf seine Hose. Eine mächtige Beule prangte zwischen seinen Beinen. Der Anblick erregte sie.

»Zieh sie aus!«, forderte sie ihn auf, und er tat es. Wie immer, wenn sie ihm einen Befehl erteilte. Im wahren Leben war er derjenige, der das Zepter in der Hand hielt, der andere delegierte. Hier, in dieser abgeschiedenen Welt, sollte sie die Kontrolle übernehmen. Deswegen waren sie in den Club der Aphrodite gekommen. Das Spiel erregte sie, so wie es ihn erregte, und die Hose lag nun auf dem Boden.

»Deine Shorts auch!«, befahl sie. Er gehorchte. Und sein Schwanz kam zum Vorschein, schwang sich auf. Er war größer als der der meisten Männer, die sie zuvor geliebt hatte. Adern zeichneten sich auf seiner Vorhaut ab, und die Eichel glühte rot. Sie lief um ihn herum, umkreiste ihn wie das Raubtier seine Beute. Jetzt fühlte sie sich nicht mehr unsicher, sondern berauscht und mächtig. Aufgegeilt.

Er war groß, viel stärker als sie, und doch unterwarf er sich ihr bereitwillig, weil es ihn erregte. Und sie erregte die Lust, die er dabei empfand. Ein Wechselspiel.

»Knie dich hin!«, verlangte sie und fasste mit einer Hand in seinen Nacken, kraulte seine dichten Haare, die in dem spärlichen Licht so dunkel wie das Gefieder eines Raben waren.

Sie war deutlich jünger als er. Eine weitere Besonderheit ihrer außergewöhnlichen Beziehung. Er war die personifizierte Macht. Erfolgreich im Leben. Sie war irgendwer. Im Grunde eine Namenlose. Und doch hatte er sie auserwählt, um ihr zu dienen.

Sie riss seinen Kopf am Haar nach hinten und schaute in sein Gesicht, das trotz der Halbmaske gut zu erkennen war, weil diese sehr schmal gehalten war. Die Behandlung törnte ihn an, das verriet ihr das wilde Funkeln in seinen Augen. Paona steckte ihm einen Finger in den Mund, ließ ihn daran lutschen wie an einem männlichen Glied. Weich umschlossen seine Lippen ihren Zeigefinger, leckten und saugten an ihm.

»Du hast uns wirklich eine hübsche Spielwiese ausgesucht.« Das Bild des jungen Mannes, der vor der nackten Frau gekniet und ihre Scham geleckt hatte, wollte ihr nicht aus dem Kopf. Sie ließ seine Haare los, warf ihren Mantel zurück und zog ihren Rock hoch. Vorsorglich hatte sie auf Unterwäsche verzichtet. Nun konnte er ihre vor Lust glänzende Scham sehen. Sie stellte sich breitbeinig hin, um ihm einen genauen Blick zu ermöglichen.

Seine Pupillen weiteten sich, und er fuhr sich mit der Zunge gierig über die Lippen.

»Darf ich …?«, fragte er heiser.

Sie lachte leise, stemmte die Hände in die Hüften. »Du darfst nicht, du musst!«

Er grinste verstohlen, dann beugte er sich vor und küsste sie zärtlich auf ihre empfindsamste Stelle. Ein Schauer jagte durch ihren Körper. Er konnte so unglaublich zärtlich sein. Sie genoss das sanfte Saugen, spürte, wie ihre Perle zwischen seinen

Lippen pulsierte. Es war unglaublich, als würde Paona abheben und schweben.

Aber dann vernahm sie ein eigenartiges Knarren um sich herum. Sie drehte den Kopf zu allen Seiten und sah, wie die Rollläden hochfuhren. Grelles Licht blendete sie. Doch es war weder Mond- noch Sonnenlicht. Nachdem sich ihre Augen an die Helligkeit gewöhnt hatten, blickte sie in die Gesichter der Männer und Frauen, die hinter den Scheiben standen und zu ihnen hereinstarrten. Sie waren nackt, befingerten und streichelten sich, während sie ihnen zusahen.

Das sind keine Fenster, schoss es ihr durch den Kopf. Sie war gerade Akteurin in einer äußerst frivolen Peepshow geworden.

Paona wusste im ersten Moment nicht, wie sie reagieren sollte. Sollte sie fortfahren, als wäre nichts gewesen? Oder sollte sie aufhören?

»Hast du davon gewusst?«, fragte sie ihren Begleiter verwirrt, der schuldbewusst zu ihr aufsah.

»Ich hatte dir einen großen Auftritt versprochen. Dies ist deine Bühne.«

Sie hätte ihm am liebsten eine Ohrfeige gegeben, fühlte sie sich doch von ihm in eine Falle gelockt. Aber dann besann sie sich, erinnerte sich an ihre Maske und daran, dass sie hier völlig anonym war. Er hatte recht. Dies war ihr Auftritt. All die Leute wollten sie sehen. Das gab ihr einen Kick.

Sie versetzte ihm einen Klaps auf den Hinterkopf, und er stöhnte leise auf, widmete sich dann aber wieder ihrer Scham, zupfte mit den Lippen an ihren kleinen Schamlippen und nahm erneut ihre Klitoris in den Mund. Die Erregung, die nun blitzartig durch ihren Unterleib schoss, überwältigte sie fast. Sie sah das gierige und lüsterne Funkeln in den Augen der maskierten Zuschauer, die offensichtlich auf eine gute Schau hofften, und krallte ihre Hand fest in seine Haare, um seinen Kopf zu steuern und sein Gesicht fest an ihre Vulva zu drücken. Sollten sie ihre Show haben!

Die Anwesenheit eines Publikums heizte ihr noch mehr ein. Ihr Adrenalinpegel schnellte in die Höhe, ließ sie vor Lust erzittern. Sie rieb ihren Unterleib an ihm, während er seine Hände in ihren Hintern krallte, sie näher an sich zog. Das stete Lecken ihrer pulsierenden Scham ließ sie laut aufkeuchen. Sie warf den Kopf in den Nacken, wirbelte ihre Haare wild umher, massierte eine ihrer Brüste mit der freien Hand und ging ganz in ihrer Lust auf. Der Orgasmus kündigte sich mit einem leichten Ziehen an, schnell verwandelte sich das Gefühl in einen reißenden Wirbel. Sein Lecken trieb sie immer weiter hinauf, in das Auge des Sturms. Ihr Unterleib zuckte, glühte, verkrampfte und entspannte sich. Ein leiser Aufschrei entwich ihrer Kehle. Sie ließ sich nach hinten fallen, blieb erschöpft, aber unendlich befriedigt am Boden liegen.

Für einen Augenblick vergaß sie die Zuschauer. Ihr Herz klopfte so schnell, dass sie das Blut in ihren Ohren rauschen hörte, und ein wilder Schwindel erfasste sie. Sie drehte den Kopf zur Seite, sah gerade noch, wie sich die Männer und Frauen von ihr ab- und stattdessen einander zuwandten. Sie lachte leise. Die wollten nachmachen, was sie hier gesehen hatten. Was für eine aufregende Vorstellung! O ja, sie verstand, was es hieß, den Club der Aphrodite zu betreten. Man wurde süchtig nach der Freiheit, alles zu tun, wonach es einem beliebte. Und wer einmal hier war, der wollte nicht mehr gehen.

Ein heißes Küsschen setzte sich zwischen ihre Schenkel. »Das war ziemlich geil«, sagte ihr Gespiele, und ein schmutziges Lächeln zierte den unmaskierten Teil seiner markanten Gesichtszüge.

»Und, habe ich dir zu viel versprochen?«, fragte er schließlich atemlos.

Sie warf einen Blick zwischen seine Beine. Sein Schwanz vibrierte vor Verlangen. Sie konnte ihn erlösen, aber zuvor würde er ihr noch den einen oder anderen Dienst erweisen müssen …

»Ja, das ist sie. Das ist meine Freundin Janine Keller. Mein Gott, ich kann das nicht glauben.«

Die Fremde mit den platinblonden Locken beugte sich so dicht über Janine, als versuchte sie, jede Pore in ihrem Gesicht zu erkennen.

»Was ist denn überhaupt passiert, Dr. Meierson?«, fragte die Blondine dann und presste die Hand auf ihre Brust, um ihre viel zu schnelle Atmung zu regulieren.

Der Mann im weißen Kittel, dessen Name offenbar Meierson war und der auf merkwürdige Weise an eine übergroße Gottesanbeterin erinnerte, blätterte in den Unterlagen auf seinem Klemmbrett.

»Autounfall«, sagte Meierson knapp und warf einen bedauernden Blick auf seine Patientin.

Ich hatte einen Autounfall, schoss es ihr durch den Kopf. Wieso konnte sie sich nicht daran erinnern? Und wer war diese Frau mit den blonden Locken, die behauptete, sie zu kennen? Behauptete, ihre Freundin zu sein? Ihr Gesicht kam ihr nicht im mindesten bekannt vor. Aber dann fiel ihr etwas weitaus Schlimmeres auf. Sie kannte nicht nur den Namen der Fremden, sondern auch ihren eigenen nicht. Wie hatten sie sie gerade genannt? Janine? Dieser Name ließ nichts bei ihr klingeln.

»Schwerer Fall von Amnesie«, erklärte der Arzt, ohne den Blick von seinen Unterlagen zu nehmen.

»Ach, du meine Güte, das heißt, sie erinnert sich nicht an das, was passiert ist?«

»Nicht nur das, Frau Gruber.«

Frau Gruber beugte sich erneut über sie und beglotzte sie wie ein seltenes Tierchen, an das sie sich nur deshalb so nah herantraute, weil es sich hinter einer dicken Glaswand befand. Es war Janine sehr unangenehm, derart angestarrt zu werden, und sie wandte den Blick zur Seite, versank noch tiefer in das Kissen ihres Krankenhausbettes. Was für bohrende Augen das waren. Aber genau genommen blickten sie alle auf diese seltsame Weise an, die zugleich Neugier als auch tiefes Bedauern in sich vereinte. Die jungen Ärzte, die heute Vormittag gekommen waren, um ihren Fall zu begutachten, bildeten da keine Ausnahme.

»Sprechen Sie bitte mit mir. Auch wenn ich mein Gedächtnis verloren habe, verstehe ich doch, was Sie sagen«, forderte Janine den Arzt auf, der überrascht innehielt.

»Natürlich«, sagte er nach einer ganzen Weile, und Janine hatte das Gefühl, dass er sie dennoch nicht für ganz zurechnungsfähig hielt.

»Es handelt sich bei Ihrem Fall um eine äußerst seltene Variante. Trotz des schweren Aufpralls und des enormen Blechschadens sind Sie weitestgehend unverletzt geblieben, sieht man einmal von der Beule an Ihrem Kopf ab.«

Janines Hand tastete nach dem großen Pflaster an ihrer Stirn, das sie zuvor gar nicht bemerkt hatte.

»Und was ist dann das Problem?«, hakte Frau Gruber nach.

»Was ich eigentlich sagen wollte«, und jetzt wandte sich Dr. Meierson wieder vorrangig an Frau Gruber. »Frau Kellers Erinnerungsvermögen an ihre Vergangenheit ist vollständig ausgelöscht worden, wie unsere ersten Tests ergeben haben. Name, Geburtsort, Alter, Beruf. All das weiß die Patientin nicht mehr. Wir mussten sie darüber aufklären, dass sie sich im Urban-Krankenhaus befindet. Menschen mit Gedächtnis-störungen fühlen sich oft sehr hilflos und reagieren dann ag-gressiv auf ihre Umwelt. Deswegen sind wir auch sehr froh, dass Sie sich so schnell auf unsere Anzeige hin gemeldet ha-ben. Sie bringen ein Stückchen Vertrautheit in Frau Kellers Leben. Außerdem konnten wir durch Sie die Identität unserer Patientin ermitteln. Man hatte am Unfallort keine Papiere oder dergleichen gefunden. In manchen Fällen dauert die Suche nach Angehörigen oder Bekannten mehrere Monate. Das ist alles schon vorgekommen.«

»Und was hat nun die Gedächtnisstörung verursacht?«, wollte Janine wissen, die diese Frage gewiss mehr interessierte als jeden anderen.

»Das Trauma. Der Schock. Wir wissen es nicht. Es handelt sich mit hoher Wahrscheinlichkeit um ein psychologisches Problem.«

Psychologisches Problem? »Ich bin doch nicht verrückt!«, entfuhr es Janine.

»Natürlich nicht«, beruhigte sie Dr. Meierson, und Janines Wut kühlte ab, wich der Hilflosigkeit, die sie seit ihrem Erwa-chen vor ziemlich genau einem Tag empfand. Man hatte ihr unzählige Fragen gestellt, die sie alle nicht hatte beantworten können, was nur dazu geführt hatte, dass sie sich noch hilf-loser fühlte. Dass sie allerdings einen Autounfall gehabt haben sollte, hörte sie gerade zum ersten Mal. Wahrscheinlich hatten

15

die Ärzte sie schonen wollen. Janine hatte keine Ahnung, wie es jetzt weitergehen sollte, was sie tun musste oder was man von ihr erwartete. In ihrem Kopf war nur ein großes schwarzes Loch, das all ihre Erinnerungen eingesaugt hatte. Sosehr sie sich auch anstrengte, da war nichts – ein Vakuum.

»Sprechen kann sie offenbar noch«, bemerkte Frau Gruber.

»Natürlich. Diese Dinge werden nicht beeinflusst.«

»Und wie lange wird es dauern, bis Janine ihr Gedächtnis zurückerlangt?«, stellte Frau Gruber genau die Frage, die Janine auf der Seele brannte, die sie aber aus irgendwelchen Gründen nicht hatte formulieren können.

Meierson zuckte hilflos mit den Schultern. »Vielleicht morgen, vielleicht in zwei Wochen, vielleicht in einigen Jahren oder – im schlimmsten Fall – nie mehr. Das lässt sich nicht voraussagen. Leider.«

»Das kann doch nicht sein. Sie sind doch Arzt. Sie müssen mir helfen!«

»Ich werde alles tun, was in meiner Macht steht, Frau Keller. Aber Sie müssen viel Geduld mit sich haben.«

Geduld? Wie sollte sie die in ihrer Situation aufbringen? Sie stand quasi vor dem Nichts. Hatte niemanden. Außer vielleicht dieser Frau Gruber, die ihr trotz ihrer Freundlichkeit und offensichtlichen Fürsorge etwas suspekt erschien.

»Wie sieht es mit Angehörigen aus, haben Sie Kontakt?«, fragte Meierson.

Frau Gruber schüttelte den Kopf. »Die leben, soweit ich weiß, nicht in der Nähe von Berlin oder Potsdam.«

Ja, richtig! Sie hatte gewiss auch Familie, doch an die konnte sie sich ebenfalls nicht erinnern. Das war mehr als unheimlich. Janine fühlte sich nur wie ein halber Mensch. Ihre Identität war fort. Ausgelöscht. Als hätte sie nie existiert.

»Haben Sie Adressen oder Telefonnummern?«

»Leider auch nicht.«

»Schade. Aber wir haben zumindest die persönlichen Daten von Frau Keller, das ist schon mal ein Anfang.«

»Doktor Meierson, ich kümmere mich gern um Janine. Das soll nicht das Problem sein. Sie ist bei mir in guten Händen.«

»Das glaube ich gern. Na schön. In diesem Fall gibt es noch einiges, was ich mit Ihnen besprechen möchte.«

»Selbstverständlich.«

Beide zogen sich aus Janines Blickfeld zurück. Erneut fühlte sie sich ausgeschlossen, obwohl es doch um sie ging. Offenbar hatten sie sie bereits entmündigt. Zumindest formell. Hoffentlich war ihr Zustand nicht von Dauer.

Erst nach einer ganzen Weile kam Frau Gruber wieder. Der Arzt war nicht bei ihr. Wahrscheinlich hatte er noch andere Patienten zu betreuen.

Frau Gruber zog einen Besucherstuhl an das Bett und atmete tief durch, ehe sie Janine wieder ansah.

»Ich weiß, das alles ist sehr schwer für dich«, fing sie an. Doch in Wahrheit konnte sich diese Frau nicht einmal ansatzweise vorstellen, wie schwer es tatsächlich war, nicht zu wissen, wer man war, woher man kam, wo die eigenen Wurzeln lagen. In ihrem Kopf herrschte nur ein heilloses Durcheinander. Gedanken wirbelten umher, doch nur die wenigsten bekam sie auch zu fassen.

»Ich werde dir helfen, dich an alles zu erinnern«, versprach Frau Gruber, und etwas Sanftes trat in die Stimme der Blondine. Es verfehlte seine Wirkung nicht, besänftigte sie ein wenig. Vielleicht hatte sie diese Stimme schon oft gehört? Frau Gruber klang zumindest aufrichtig und ehrlich besorgt.

»Mein Name ist Lena Gruber, ich bin deine beste Freundin«,

erklärte sie und lächelte. »Wir kennen uns schon ein paar Jährchen. Ich wohne in Potsdam, genau wie du. Und du bist Janine Keller, eine Autorin.«

Die Informationen überraschten sie. »Schreibe ich Romane?«

»Nicht ganz. Mehr Biographien.« Lena schien es selbst nicht genau zu wissen, wahrscheinlich hatte sie noch keins ihrer Bücher gelesen.

»Ich schreibe Bücher«, wiederholte Janine überrascht. Das klang aufregend. Und ihr wurde klar, dass Lena möglicherweise tatsächlich der Schlüssel zu ihren Erinnerungen war.

»Würdest du mir vielleicht ein Buch von mir mitbringen? Ich meine eins, das ich selbst geschrieben habe.« Sie war neugierig auf ihr eigenes Talent und ob ihr gefallen würde, was sie da zu lesen bekam. Vielleicht würde sie, selbst wenn es sich ja nur um fremde Biographien handelte, auch etwas mehr über sich erfahren. Die Wörter, die sie gewählt hatte, ihr Ausdruck, der Erzählstil, das alles sagte doch auch etwas über sie aus.

Lena lachte und nickte. »Kein Problem. Die von dir geschriebenen Biographien liegen in allen größeren Buchhandlungen aus.« Lena zog fürsorglich die Decke etwas höher, so dass auch Janines Schultern verdeckt waren. »Ich werde dir helfen, so gut ich kann. Das verspreche ich dir. Erwarte aber bitte keine Wunder.«

Janine wusste das. Geduld. Sie brauchte vor allem Geduld. Aber sie war auch fest entschlossen, das schwarze Loch aus ihrem Kopf zu verbannen. Sie musste ihre Meinung über Lena Gruber ändern. Sie hatte ein gutes Herz, daran gab es für Janine keinen Zweifel mehr.

»Janine Keller«, wiederholte sie ihren eigenen Namen, in der Hoffnung, dass ihr irgendetwas daran bekannt vorkam. Aber das war nicht der Fall. Es war ein x-beliebiger Name. Einer, den sie genauso gut durch das Zufallsprinzip im Telefonbuch hätte ausfindig machen können.

»Werde ich mich jemals wieder erinnern?«, fragte sie besorgt. Der Gedanke war einfach schrecklich.

Lena nickte ernst. »Davon bin ich überzeugt. Und das hier wird dir dabei helfen.« Sie hielt eine kleine bauchige Flasche mit unzähligen Pillen darin hoch, die grünlich schimmerten und nicht gerade gesund aussahen. Eher wie Kaubonbons. »Dieses Medikament fördert die Gedächtnisleistung und soll schon bei vielen Patienten geholfen haben, die ihre Erinnerungen vollständig verloren hatten.«

»Die hast du von Doktor Meierson?«

Lena nickte. »Die sind noch recht neu auf dem Markt, aber schon zugelassen, hat er mir versichert. Ich denke, wir können auf seinen Erfahrungsschatz vertrauen. Außerdem warst du immer eine Kämpferin. Wenn du dich an einer Sache festgebissen hattest, dann hast du nicht lockergelassen. Und diese Kämpferin steckt auch jetzt noch in dir.« Janine war Lena dankbar dafür, dass sie ihr Mut machte und an Wunder glaubte. Es stärkte sie. Und dennoch fingen ihre Augen unwillkürlich an zu brennen.

Lena ergriff ihre Hand, hielt sie fest und strich ihr eine Haarsträhne aus dem Gesicht. »He, Süße. Ich bin für dich da. Du bist nicht allein, hörst du.«

Janine nickte und schluckte die aufsteigenden Tränen hinunter.

»Ich weiß, ich kann mir nur schwer vorstellen, was du gerade durchmachst. Und dennoch komme ich nun mit meinen klugen Ratschlägen daher, aber so bin ich, und so wirst du mich auch neu kennenlernen.« Sie zwinkerte. »Der Unfall war

19

wohl sehr schlimm, und wir können von Glück sagen, dass es ›nur‹ dein Gedächtnis erwischt hat.«

Lena hatte sicher recht. Mein Gott, sie hätte ja auch tot sein können!

»Wie es zu dem Unfall kam, wird die Polizei mit Hilfe von Zeugen klären«, fuhr Lena fort. »Es gibt da wohl noch ein paar Unklarheiten.«

»Ich werde da leider nicht helfen können, denn ich erinnere mich nicht an einen Unfall.«

»Das erwartet auch niemand von dir.« Lena lächelte aufmunternd. »Wir gehen die Sache langsam an. Schritt für Schritt. Jeden Tag wirst du etwas Neues über dich erfahren. Und ich verspreche dir, es sind viele gute Dinge darunter.«

Sie musste trotz ihrer Lage lächeln. Allmählich war sie froh, diese ausgeflippte Freundin an ihrer Seite zu haben. Irgendwie gelang es Lena, ihr das Selbstvertrauen zurückzugeben und ein Gefühl, eine Sicherheit, dass sie die Situation schon irgendwie würde meistern können.

─○─

Ein halbes Jahr später …

Janine Keller kannte sich, ihre Biographie, ihre Geschichte. Doch das waren nur leblose Fakten. Eine Hülle. Ein Körper ohne Fleisch und Blut. Ihr Gedächtnis war nicht zurückgekehrt, und die Ärzte in den Berliner Spezialkliniken, die sie regelmäßig aufsuchte, machten ihr keine großen Hoffnungen, obwohl sie ihre Medikamente nahm.

Zumindest das Gefühl der Fremdheit des eigenen Selbsts klang mit jedem weiteren Tag mehr ab. Das machte ihr Mut.

Sie hatte wieder ihre alte Wohnung bezogen. Ein merkwürdiges Gefühl war das gewesen, diese fremden Räume zu betreten, die bunten Farben an den Wänden zu sehen, die der alten Janine offenbar zugesagt hatten, der neuen aber nicht wirklich gefielen. Auch dafür hatte Lena eine Lösung parat gehabt. In einer Wochenendaktion strichen sie deshalb die Wände neu, und zwar in Farben, die sich die neue Janine ausgesucht hatte.

»Schließlich sollst du dich hier wohl fühlen«, hatte Lena gesagt.

Mindestens zweimal die Woche trafen sich die beiden Frauen. Oft um ganz normale Dinge zu tun. Einkaufen, ins Kino oder schick essen gehen. Lenas Ziel war es, so viel Normalität wie möglich in Janines Leben zu bringen. Und irgendwie gelang ihr das auch. Mit der Hilfe der Sozialstation des Krankenhauses hatte Janine auch Kontakt zu ihrer Familie herstellen können, die über ganz Deutschland verteilt lebte. Ihre Mutter war inzwischen mehrere Male zu Besuch gekommen, wohl auch aus Sorge, die Tochter könne mit der neuen Situation überfordert sein. Schnell hatte sie jedoch gemerkt, dass Janine in Lena eine sehr gute Unterstützung hatte und dass sie wieder lernte, auf eigenen Beinen zu stehen.

Auch wenn sich Lena und Janine sehr gut verstanden, gab es doch einen Punkt, der immer wieder für Reibereien sorgte. Lena war der Ansicht, dass Janine aufhören musste, in ihrer Vergangenheit zu stöbern, und sich stattdessen ihrer Zukunft zuwenden sollte. Und zu dieser gehörte ihrer Meinung nach auch ein Mann. Doch Janine hatte kein Interesse, jemanden zu finden. Allein der Gedanke an eine Beziehung überforderte sie.

An diesem Nachmittag, an dem sich die Freundinnen treffen wollten, hatte sich Lena allerdings etwas Besonderes überlegt. Entgegen ihrer sonstigen Gewohnheit entführte sie Janine nicht in die City, sondern brachte eine DVD mit. Das Wetter war sowieso nicht allzu berauschend, von daher hatte Janine nichts dagegen einzuwenden, zu Hause zu bleiben und einen Film zu gucken. Als Lena allerdings die DVD einschob und die Startsequenz erschien, glaubte Janine, im falschen Film gelandet zu sein. Das lustvolle Stöhnen einer Frau begleitete die simple Melodie, und man sah in einer kurzen Einstellung, wie ein nackter Mann eine ebenso nackte Frau von hinten nahm.

»Was … soll denn das?«, fragte Janine irritiert. »Guckst du etwa solche Sachen?«

»Na klar, ab und an schon.«

Das war eine Seite an Lena, die sie nicht erwartet hätte. Janine griff instinktiv nach der Fernbedienung und wollte den DVD-Player ausschalten. Aber Lena hielt ihr Handgelenk fest.

»Warte«, sagte sie hastig. »Ich meine das doch nicht böse, aber schau mal, nur weil du dein Gedächtnis verloren hast, bedeutet das doch nicht, dass du völlig enthaltsam leben musst. Du bist doch keine Nonne.«

Janine wollte von all dem nichts hören. Lena hatte ja keine Ahnung!

»Du kannst mir nicht erzählen, dass du nicht auch manchmal an Sex denkst«, neckte Lena sie und entriss ihr schließlich die Fernbedienung.

»Das ist wirklich ein Thema, über das ich nicht reden möchte.«

Aber Lena ließ nicht locker. Im Gegenteil. Sie nahm erst jetzt richtig Fahrt auf. »Hast du denn nie versucht, deinen Körper zu erforschen? Spürst du nicht manchmal die Sehnsucht nach einem Mann, der dich leidenschaftlich küsst, dich berührt und …«

»Hör doch bitte auf.«

22

»Nur wenn du zugibst, dass du auch unkeusche Gedanken hast. Als wir neulich in der Bar unten am Michelplatz waren, habe ich genau gesehen, wie du den einen Typen angeschaut hast. Der hat dir gefallen. Aber du hast dich nicht getraut, ihn anzusprechen.«

Janine gab es auf. Vielleicht war es ja wirklich nicht schlecht, darüber zu reden.

»Kann schon sein. Aber welcher Mann mit klarem Verstand würde eine wie mich schon wollen?«

»Da liegt also der Hase im Pfeffer begraben? So ein Unsinn! Dein Leben hat doch nicht aufgehört, nur wegen dieses Unfalls. Klar, du bist noch unsicher und musst dich auf vieles neu einstellen. Aber deswegen brauchst du auf dein Glück doch nicht zu verzichten, Süße. Auch nicht auf Sex und lustvolle Gefühle.« Sie zwinkerte ihr zu und wollte den Film erneut starten.

»Nein!«, rief Janine, und zu ihrer Überraschung hielt Lena tatsächlich inne.

»Das ist wirklich kein übler Streifen. Macht Lust auf mehr. Gib ihm doch eine Chance.«

»Das würde ich ja, aber ich … habe ein Problem.« Janine war nicht sicher, ob sie es Lena anvertrauen konnte. Von dieser einen Sache abgesehen, hatten sie sonst keine Geheimnisse voreinander. Zumindest keine, an die sie sich hätte erinnern können. Doch diese Angelegenheit war äußerst intim. Vielleicht auch zu intim. Selbst für beste Freundinnen.

»Was denn, Süße? Du kannst mit mir über alles sprechen, das weißt du doch.«

Janine nickte. Natürlich wusste sie das. Lena hatte das oft genug gesagt und es auch mehr als einmal bewiesen.

»Ich habe es schon versucht«, begann Janine stockend.

»Versucht? Du kennst den Film also schon?«

»Nein, nein. Den Film nicht. Aber ich habe vor ein paar Wochen einen erotischen Film im Nachtprogramm gesehen. Der war ziemlich … na ja … heiß.«

Lena grinste. »Diese Streifen können einem ganz schön einheizen.«

»Das ist es ja gerade, es ist nichts weiter passiert.« Sie hoffte, dass sie nicht weiter ins Detail gehen musste. Aber Lena schien sie tatsächlich nicht zu verstehen.

»Ich habe keinen Orgasmus bekommen«, gab Janine leise zu.

Lena starrte sie an, als hätte sie gerade etwas in einer fremden Sprache zu ihr gesagt.

»Wie bitte?«, brachte sie nach einer Weile hervor, gefolgt von: »Und das sagst du mir erst jetzt? Ich hätte dir doch helfen können.«

»Ach ja? Und wie?« Hätte Lena bei ihr Hand angelegt? Wohl kaum. Janine belastete das Thema sehr. Auch wenn sie es nicht durchscheinen ließ, so hatte sie auch sexuelle Bedürfnisse, die aber nicht befriedigt werden konnten. Zumindest nicht durch ihre eigene Hand.

Lena schien einen Moment zu überlegen, dann holte sie tatsächlich die DVD aus dem Player, und Janine atmete auf. Offenbar war zumindest dieses Thema für ihre Freundin erledigt. Es hätte sie zu sehr deprimiert, all die lustvollen Szenen zu sehen, während ihr selbst all dies verwehrt blieb. Doch zu ihrer Überraschung hatte Lena ganz andere Pläne.

»Hör mal, Süße, Druck ist der Feind von Lust. Mir ist klar, wenn wir den Film jetzt zusammen gucken, setze ich dich damit unter Druck. Das ist fatal. Deshalb lass ich dir den Film da. Schau ihn dir an, wenn du in Stimmung bist, okay? Und wenn

24

du ihn gar nicht sehen willst, dann ist das auch in Ordnung. Geh es langsam an, tu etwas für dich. Du wirst sehen, das wirkt Wunder und bekämpft den Druck.«

Unter Druck stand sie tatsächlich. Nicht nur wegen der fehlenden Orgasmen. Auch weil sich ihr Zustand einfach nicht verändern wollte, weil sie immer auf der Stelle trat.

Vielleicht hatte Lena ja recht. Sie war in letzter Zeit äußerst verkrampft an alles herangegangen, hatte unbedingt Erfolge erzielen wollen, was in Wahrheit nur für Stress gesorgt hatte.

»Es muss ja auch nichts Sexuelles sein«, meinte Lena dann. »Wir fangen gleich heute an. Wir kämpfen uns durch den Regen, und zur Belohnung lade ich dich ins Eiscafé ein. Und keine Widerrede. Wir tun etwas für uns, für dich, und heute Abend machst du es dir hier gemütlich. Aber nur, wenn du es willst. Versprochen?«

Janine nickte. Einen Versuch war es wert.

～

Janine verbrachte einen wunderbaren, wenn auch regnerischen Sommernachmittag in der Gesellschaft ihrer verrückten Freundin Lena, die, obwohl sie gut und gern fünfzehn Jahre älter war als Janine, so ausgeflippt war wie eine Zwanzigjährige. Natürlich hatte sie im Eiscafé einen Kerl erspäht, der ihr sehr zusagte, und sie hatte auf Teufel komm raus mit ihm geflirtet. Allerdings war der junge Herr bereits vergeben gewesen, und seine Freundin hatte Lena eine Szene gemacht.

»Verdammt, war das eine Zicke«, war der einzige Kommentar, den Lena grinsend abgab, nachdem das Paar das Café verlassen hatte.

In Lenas Gegenwart fühlte sich Janine stark und selbstbewusst, dazu in der Lage, ihr Leben zu meistern. Wenn sie allerdings allein war, so wie an diesem Abend, geriet sie schnell in eine Verzweiflungsspirale. Dem wollte sie jedoch vorbeugen, und schon hatte sie die DVD in der Hand, die Lena ihr dagelassen hatte. Was sprach dagegen, der Sache eine Chance zu geben? Sie war ziemlich neugierig, auf was für Filme Lena so stand, also legte Janine die DVD ein und klickte auf den Startknopf. Das Glas Rotwein sollte ihr die Hemmungen nehmen. Sie hatte auch auf ihren Schlafanzug verzichtet und saß nur im Slip auf der gemütlichen Couch.

»Na, dann mal los«, sagte sie sich, und zu ihrer Überraschung war der Film gar nicht mal so schlecht. Er hatte sogar eine minimale Handlung, und wie Janine feststellte, handelte es sich nicht um einen Porno, sondern um einen erotischen Film. Besonders eine Szene gefiel ihr so gut, dass sie sich diese gleich noch einmal ansehen wollte.

Ort des Geschehens: das Schlafzimmer eines Ehepaares
Die Akteure: die Ehefrau und ihr Nachbar
Die Handlung: verbotene Leidenschaft

Das war durchaus interessanter Stoff, und Janine vertiefte sich zusehends stärker in die Handlung, versetzte sich in die Figuren hinein. Und ehe sie es sich versah, war sie selbst Teil der Szene. Ob sie in ihrem alten Leben auch solch eine lebhafte Fantasie besessen hatte, wusste Janine nicht, aber jetzt spürte sie ganz deutlich die starken Hände des attraktiven Nachbarn Manuel auf ihrem nackten Körper. Er drückte sie auf das Ehebett, legte sich dann auf sie und krallte seine Hände in ihre, um diese über ihrem Kopf zusammenzuführen. Erstaunlich, wie stark er war, es kostete ihn nicht die geringste Anstrengung.

In seinen Augen loderten Lust und Leidenschaft. Und sein Blick verriet, wie sehr er sie wollte, und sie wollte ihn auch. Ihr pulsierender Unterleib reckte sich seinem Schwanz entgegen. Ihr Slip war längst verschwunden, hatte sich in ihrer Fantasie in Luft aufgelöst.

Ein Lächeln umspielte seine Augen, und ein Versprechen lag in ihnen. Das Versprechen, es schön für sie zu machen.

»Nimm mich«, formten ihre bebenden Lippen lautlos, und Manuel verstand die stumme Botschaft. Er drang in sie. Tief. Ihre Scham nahm gierig auf, was er ihr gab, und sein Kuss verschloss ihren Mund. Erneut spürte sie seine Hände überall, die fest zupackten, sie festhielten und daran hinderten zu fliehen, wenn sie denn hätte fliehen wollen. Doch sie genoss die Macht, die er über sie hatte. Genoss es, ihm ausgeliefert zu sein, sich ihm hinzugeben. Das zu tun, was er von ihr verlangte. Leise raunte sie seinen Namen, genoss den Augenblick der Nähe, die Hitze, als ihre Körper miteinander verschmolzen.

Aber dann, kurz bevor sie sich ihrer Lust gänzlich ergeben konnte, stand ihr Ehemann plötzlich in der Tür. Die Hände zu Fäusten geballt. Die Krawatte hing schief. Seine Augen blitzten.

»Du verdammtes Luder!«, brüllte er. Doch Janine befand sich in ihrer Fantasiewelt. Und anstatt auf sie loszugehen, den Rivalen aus dem Schlafzimmer zu prügeln, wurde der Ehemann durch den Anblick, der sich ihm in seinem Schlafzimmer bot, derart aufgegeilt, dass er sich die Kleidung vom Leib riss und seinen erigierten Penis entblößte. Und damit nicht genug. Er gesellte sich zu den beiden. Jetzt waren es vier Hände, die sie berührten und festhielten, streichelten und auf zärtliche Weise quälten.

Janine törnte diese Wendung sehr an. Zwei nackte muskulöse Männer, die bereit waren, alles zu tun, um ihr Lust zu verschaffen. Manuel stieg von ihr herunter und fing an, ihre Scham zu lecken. Seine Zunge war so schnell wie der Schlag von Schmetterlingsflügeln. Ihr Ehemann hockte sich über sie und gab ihren Lippen seinen Schwanz zu kosten. Dabei lächelte er auf sie herab und strahlte eine derart verführerische Dominanz aus, dass ihr sehr schnell sehr viel heißer wurde. Mit einem Stoß war er in ihrem Mund, und sie leckte über den harten Schaft, um ihn so tief wie nur irgend möglich aufzunehmen.

»Komm, mein Liebling, du schaffst noch mehr«, neckte er sie, und er krallte die Hand in ihre Haare, zog ihren Kopf leicht nach hinten, so dass er noch tiefer in sie stieß. Janine erregte es sehr, wie er sie nun kontrollierte, und zugleich spürte sie die süße Zunge ihres Nachbarn an ihrer empfindsamsten Stelle, die er ohne Unterlass reizte, bis sie wild pulsierte. Doch noch erlaubte er ihr nicht zu kommen. Stattdessen strich er mit seinem Zeigefinger um ihre Spalte herum, als wollte er ihren Appetit wecken, ihn verstärken, was ihm auch gelang. Janine stöhnte voller Wollust auf, drängte sich Manuel entgegen, aber der blieb hart. Sein Finger drang nicht in sie, nur hin und wieder tauchte seine Kuppe ganz kurz in ihre Enge, um ihr einen Vorgeschmack auf das zu geben, was noch folgen sollte.

»Wie konntest du mir das nur antun, du Miststück? Mich mit dem Nachbarn betrügen?«, rief ihr Ehemann, und der Griff in ihre Haare wurde noch fester. »Dafür sollst du büßen.«

Und Janine büßte. Auf äußerst sinnliche Weise. Sie genoss es, benutzt zu werden. Seinen harten Schwanz tief in sich zu spüren. Das Spiel erregte sie so sehr, dass sie fast glaubte zu explodieren, tatsächlich aber war es nicht sie, sondern ihr Ehemann, dem es nun kam. Sie spürte seinen salzigen Geschmack auf ihren Lippen. Zugleich tauchte Manuels Finger in sie, reizte ihren G-Punkt so lange, bis ihr Unterleib erzitterte. Was für eine geile Situation. Und doch wollte es ihr einfach nicht kommen. Sie war jedes Mal kurz davor, aber der letzte Funke fehlte, um das Pulverfass zum Explodieren zu bringen.

Es war frustrierend und ärgerlich. So kurz davor, und doch schien ein Orgasmus unerreichbar, obwohl sie ihn doch schon fast spüren konnte.

Janine erwachte aus ihrem Traum. Frustriert. Ernüchtert. Ihre Hand steckte in ihrem Höschen, und ihre Scham war feucht, glühte, weil sie so heftig an ihr gerieben hatte. Auf dem Bildschirm hatte die verruchte Ehefrau noch immer Sex mit ihrem Mann und ihrem Nachbarn. Im Gegensatz zu ihr schien sie kein Problem damit zu haben, zum Höhepunkt zu gelangen.

»Ich weiß einfach nicht mehr, wie es geht«, stellte Janine desillusioniert fest. Sie hatte so vieles vergessen. Offenbar auch das. Ihre Hand griff wie ferngesteuert zum Telefonhörer. War es wirklich eine gute Idee, jetzt Lena anzurufen? Sie um Rat zu fragen? Ein Blick auf die Uhr verriet ihr, dass es schon sehr spät war. Doch Janine war sich sicher, dass Lena noch nicht schlief. Viel wahrscheinlicher war, dass sie Herrenbesuch hatte. Und da wollte Janine natürlich nicht stören. Sie wartete besser bis morgen.

Janine hatte sich fest vorgenommen, Lena am nächsten Morgen anzurufen, aber diese kam ihr noch zuvor. Gegen acht Uhr früh klingelte ihr Telefon.

Wie immer quasselte sie wie ein Wasserfall und erwähnte ganz beiläufig, dass sie gestern Abend tatsächlich einen heißen Typen im Bett gehabt hatte. Und neugierig, wie die Blondine war, wollte sie nun wissen, wie es bei Janine gelaufen war. Aber die konnte nur von ihrer Pleite berichten.

»Du scheinst ja doch ein schwerer Fall zu sein«, bemerkte Lena in einem mitfühlenden Ton.

»Ich fürchte, ich habe es verlernt, mich selbst zu befriedigen«, erzählte sie von ihrer Theorie, die sie bereits am Abend zuvor entwickelt hatte. Eine bessere fiel ihr nicht ein, und diese schien ihr am naheliegendsten.

»Schon möglich.«

»Was soll ich nur machen?« Janine war verzweifelt. Sie sehnte sich so nach einem guten Körpergefühl, weil sie dann auch bereit für eine Beziehung wäre, für Leidenschaft und Sex. Aber so machte das Ganze keinen Spaß. Und sie blieb lieber allein.

»Eine Freundin von mir, die jetzt in London lebt, hatte ein sehr ähnliches Problem. Allerdings war es bei ihr so, dass sie erst den richtigen Mann finden musste, der es verstand, sie zu befriedigen. Mit der Selbstbefriedigung hatte sie jedoch keine Probleme.«

Janine seufzte. »Da hast du es, ich bin ein schwerer, wenn nicht sogar hoffnungsloser Fall.«

»Na, na, na. Jetzt lass den Kopf nicht hängen. Ich habe erst kürzlich etwas im Internet entdeckt, das dir helfen könnte. Warte mal kurz, ich mach mal meinen Laptop an.«

Janine wartete ein paar Minuten, dann war Lena wieder am Apparat. »So, ich bin jetzt online und gehe meine Lesezeichen durch. Du wirst begeistert sein. Einen Moment noch … na bitte, da haben wir's ja. Cupido, die Schule der Lust.«

Janine glaubte, sich verhört zu haben. »Die Schule der, was?«

»Du hast mich schon verstanden.«

»Ja, aber was soll das sein?«

»Ich maile dir den Link.«

»In Ordnung. Aber verrat mir doch mal, was ich mir darunter vorstellen soll?«

»Wonach klingt es denn?«

»Man lernt dort wieder, Lust zu empfinden?«

»Die Kandidatin hat hundert Punkte.«

Janine massierte sich angestrengt die Stirn. Die Idee mochte ja gut gemeint sein. Aber die Vorstellung, sich in eine solche Schule zu begeben, wie immer man die sich auch vorstellen mochte, löste bei ihr nur noch mehr Stress aus, was ihrer Orgasmusfähigkeit gewiss nicht förderlich war.

»Das sind aber heiße Kerle«, säuselte Lena am anderen Ende der Leitung.

»Sind da etwa auch Fotos zu sehen?«

»Na klar. Die werden dir gefallen.«

»Ich glaube langsam, du machst dich über mich lustig.«

»Überhaupt nicht! Sei nicht immer so verkrampft. Schau dir die Seite doch erst mal an, bevor du dein Urteil fällst.« Etwas Ähnliches hatte Lena auch über die DVD gesagt, und ja, sie war mitnichten so schrecklich gewesen, wie Janine erwartet hatte. Ganz im Gegenteil, sie war sogar überhaupt nicht schrecklich gewesen, sondern ziemlich antörnend. Doch bei dieser Schule der Lust konnte sich Janine einfach nicht vorstellen, dass es etwas für sie war. Sie hatte viel zu viele Hemmungen, um sich an einen solchen Ort zu begeben und sich von wildfremden Männern unterweisen zu lassen, völlig gleich, wie gut sie aussehen mochten.

»Sie haben Post«, sagte Lena, und Janine hörte förmlich ihr

Schmunzeln durch den Hörer. »Und jetzt beenden wir schön brav unser Gespräch, und du klickst auf den Link. Ich muss jetzt auch los zur Arbeit.« Lena war Geschäftsfrau, leitete ein eigenes Unternehmen. Was genau sie allerdings machte, wusste Janine nicht. Besser gesagt, nicht mehr.

»Na schön, ich schau es mir an.« Janine war leicht genervt. Lena konnte manchmal sehr anstrengend sein. Im Grunde ihres Herzens meinte sie es aber immer gut mit ihr, das wusste Janine.

Sie schaltete das Telefon aus und rief ihre E-Mails ab, um sich anschließend die Webseite der Schule der Lust anzusehen.

»Herzlich willkommen auf den Seiten von Cupido«, las sie laut vor. »Cupido steht für Leidenschaft und Begierde. Es ist einer der Namen des römischen Gottes der Liebe, Amor. Auf unseren Seiten dreht sich alles um die schönste Nebensache der Welt. Die Lust und die körperliche Liebe. Suchen Sie Abwechslung? Das Abenteuer? Neue Erfahrungen? Ist der Alltag in Ihr Sexleben eingekehrt? Haben Sie Hemmungen, Ihre Bedürfnisse zu erforschen?«, las sie weiter und fühlte sich angesprochen. Hemmungen hatte sie ohne jeden Zweifel. Neugierig geworden, klickte sie auf den »Eingang« des Schlosses, um die Lustschule zu betreten. Auf den ersten Blick sah das Gebäude eher altertümlich aus, und auf den nächsten Seiten erfuhr sie, dass sich die Schule tatsächlich in dem alten Gemäuer befand, in dem früher Adlige gelebt und geliebt hatten. Später war das Schloss sogar ein Internat gewesen. Das klang durchaus reizvoll. All die dunklen Gänge, die vielen Zimmer, die sich nun in ihrer Vorstellung auftaten. Die Abgeschiedenheit. Für eine lustvolle Fantasie sicher der perfekte Ort, aber für die Realität war es nicht für sie gemacht.

Janine klickte auf die Galerie, denn sie wollte sich nun die Fotos der attraktiven Männer anschauen, von denen Lena gesprochen hatte. Und in der Tat, ihre Freundin hatte recht, gerade die »Lustlehrer« sahen äußerst ansprechend aus. Ganz besonders dieser hübsche Adonis mit den unergründlichen dunklen Augen, die wie zwei glühende Kohlen aussahen. Janine verlor sich fast in diesem Blick. Leiter und Gründer der Lustschule Cupido, Krischan Tannert, stand unter seinem Foto. Diesen Mann umgab ein leicht exotisches Flair. Seine Haut war sonnengebräunt, und dunkle Haare fielen ihm in dichten Locken über die Schultern. Ein junger Johnny Depp, der oft ins Solarium gegangen war. Auch die anderen Kursleiter waren nicht zu verachten. Insgesamt waren es fünf Männer und zwei Frauen, die verschiedene Seminare anboten. Es gab sogar ein ganzes Programm, das sich über ein Wochenende erstreckte. Aber das alles reizte sie nicht halb so sehr wie Krischan Tannert.

Er hatte etwas Vertrautes an sich. Fast war ihr, als wäre sie diesem Mann schon einmal begegnet. Aber das lag gewiss nur an seiner Ähnlichkeit mit Johnny Depp. Sie lachte über sich selbst. Und dann meldete sich ihr Verstand wieder, der sie dafür tadelte, dass sie sich diese Webseite überhaupt angesehen hatte. Natürlich würde sie sich nicht in der Lustschule anmelden! Das konnte Lena gleich vergessen. Sie hörte die Antwort ihrer Freundin schon jetzt in ihrem Kopf, wenn sie ihr mitteilte, dass diese Schule mit Sicherheit nicht das Richtige für sie war. »Mädchen, du musst doch mal aus dir herauskommen! Sei doch mal mutig. Geh ein Risiko ein!«

Recht hatte sie. Aber die Methode war die falsche. Auch wenn der Leiter der Schule noch so sexy aussah.

»Ich werde eine andere Lösung finden«, entschied sie und

beschloss, am Abend mit Lena auszugehen und so richtig einen draufzumachen.

⌒

»Ich kann es nicht glauben, du bist wirklich auf einen One-Night-Stand aus?«, hakte Lena nach, nachdem sie an einem kleinen Tisch in der Cavaliero Bar Platz genommen hatten. Eine Kellnerin brachte ihnen zwei große Karten mit einer nicht enden wollenden Liste exotischer Cocktails.

Sie hatte es getan! Sie hatte nicht nur den Plan gefasst, heute Nacht einen heißen Kerl abzuschleppen, sie hatte auch Lena davon erzählt. Und zwar deshalb, um einen Rückzieher ihrerseits zu verhindern. So gut kannte sich Janine inzwischen schon. Sie bekam nämlich allzu schnell kalte Füße.

»Pst, nicht so laut. Das muss ja nicht gleich jeder wissen.«

»Aber wenn du es für dich behältst, wird das nichts mit dem One-Night-Stand, dazu gehören in der Regel zwei. Manchmal auch drei.«

Lena lächelte wissend, und Janine war sich bei diesem Lächeln absolut sicher, dass ihre Freundin aus Erfahrung sprach. Manchmal wünschte sie wirklich, sie wäre auch nur annähernd so offenherzig wie Lena.

Aber vielleicht würde sie sich ja bald in diese Richtung verändern? Sie wollte Nägel mit Köpfen machen. Sie brauchte keine Lustschule, sie brauchte mehr Selbstbewusstsein und einen Mann, der wusste, wie er eine Frau befriedigen konnte. Alles andere würde sich von selbst ergeben.

»Schau mal da drüben, die zwei sind doch süß, oder? Könnten ja fast Brüder sein.«

An der Bar standen zwei breitschultrige Kerle in engen Shorts. Beide hatten ihre schwarzen Haare zu einem Zopf

34

gebunden. Markante Gesichter. In der Tat, sie sahen aus wie Zwillinge. Zwei äußerst appetitliche Typen, bei denen man auf den ersten Blick schwach werden konnte.

»Ja, die sehen ziemlich gut aus«, gab Janine zu.

»Soll ich sie für uns ansprechen?«

»Jetzt gleich?« Ihre Hände wurden schwitzig.

»Bevor sie uns weggeschnappt werden Wir sind ja hier nicht die einzigen Frauen.«

Tatsächlich zeigten auch zwei Blondinen an einem anderen Tisch offenkundiges Interesse an den beiden. Lena wartete Janines Antwort gar nicht erst ab und stolzierte auf ihren High Heels zur Bar. Die Aufmerksamkeit der Brüder war ihr sofort gewiss.

Janine beobachtete, wie lässig Lena wirkte. Sie war deutlich älter als die beiden, was aber keinen von ihnen zu stören schien. Im Gegenteil. Sie unterhielten sich scheinbar ausgezeichnet. Dann kamen sie zu dritt zu Janines Tisch, die am liebsten auf die Damentoilette geflohen wäre. Die Sache wurde sehr schnell ernst. Aber eine Flucht sollte dieses Mal nicht in Frage kommen. Das hatte sie sich fest vorgenommen.

»Guten Abend«, begrüßten sie die Brüder wie aus einem Mund.

»Das sind Erik und Thomas«, stellte Lena die beiden Muskelprotze vor. Aus der Nähe betrachtet, wirkten diese massiven Schultern noch um einiges breiter.

»Und dies ist meine schüchterne Freundin Janine.«

Erik setzte sich gleich neben sie und lächelte sie an. »Freut mich sehr, dich kennenzulernen.«

»Danke. Mich freut es auch.« Janine war vielleicht vor ihrem Unfall gut im Small Talk gewesen. Das war jetzt definitiv nicht der Fall. Sie überließ es Erik, das Gespräch zu bestimmen, und beobachtete immer wieder Lena und Thomas, die sich auf Anhieb gut zu verstehen schienen. Irgendwann wurde Janine klar, dass Lena und Thomas bald verschwinden und sie hier mit Erik allein zurücklassen würden. Dieses Szenario bahnte sich mit jedem verführerischen Augenaufschlag und jedem verruchten Lächeln, das Lena Thomas schenkte, mehr und mehr an. Aber Janine wollte das nicht. Sie hatte tatsächlich kalte Füße bekommen.

»Ich werde mich kurz frisch machen. Kommst du mit, Lena?«, fragte Janine rasch, um ein vorschnelles Aufbrechen ihrer Freundin mitsamt ihrer Eroberung zu verhindern.

»Ja, warum nicht. Ihr lauft uns doch hoffentlich nicht weg, oder?«

»Ganz sicher nicht«, erwiderte Thomas und zwinkerte Lena zu.

Janine eilte voran zu den Toiletten, Lena folgte ihr.

»Das läuft doch ziemlich gut«, sagte Lena, nachdem sie den kleinen gefliesten Raum betreten hatten.

Janine ließ sich kaltes Wasser über die Handgelenke laufen und stöhnte lediglich auf.

»Du machst mir doch keinen Rückzieher, oder? Erik ist toll. Du findest nicht noch mal solch ein Prachtexemplar, das kannst du mir glauben.«

»Er ist attraktiv«, gab Janine zu. Aber ob sie sich wirklich auf den One-Night-Stand einlassen konnte? Erik war ihr doch im Grunde genommen völlig fremd. Und was, wenn er verrückte Vorlieben hatte?

»Er könnte ja darauf stehen, ans Bett gefesselt zu werden oder sogar mich zu fesseln.«

»Klingt heiß«, erwiderte Lena und zeichnete ihre Lippen mit dem feuerroten Lippenstift nach, den sie immer bei sich hatte.

»Dich schreckt auch wirklich nichts ab, oder?«

»Ich bin hier, um meinen Spaß zu haben. Was du allerdings schon wieder für Probleme hast, ist mir ein Rätsel. Lass die Dinge doch einfach mal geschehen.«

Janine seufzte. Wahrscheinlich hatte Lena recht. Wieder einmal.

Sie gingen zu ihrem Tisch zurück, und, wie versprochen, saßen die beiden Typen noch da.

»Gehen wir?«, fragte Thomas, und Lena nickte.

Janine ließ es geschehen. Sie konnte ja eh nichts ändern. Bevor Lena allerdings endgültig aus Janines Blickfeld verschwand, warf sie ihr einen auffordernden Blick zu. Und Janine verstand. Der Kerl an ihrer Seite war in der Tat mehr als heiß. Sie wäre dumm, würde sie ihm einen Korb geben.

»Die beiden haben jetzt ihren Spaß, und was wollen wir zwei Hübschen noch machen?«, fragte Erik in einem tiefen Bariton, der Janine eine Gänsehaut über den Rücken jagte. Sein intensiver, flammender Blick ging ihr durch und durch. Plötzlich fühlte sich ihre Kehle trocken an. Sehr trocken sogar.

»Und was schlägst du vor?«, fragte sie heiser.

»Ich würde dich gern noch auf einen Kaffee einladen, bei mir zu Hause. Was meinst du?«

Auf einen Kaffee also? Nicht unbedingt der originellste Spruch. Aber für ihre Zwecke dienlich.

Janines Kehle war jetzt nicht mehr nur trocken, in ihr steckte ein Kloß, der sie am Schlucken hinderte. Sie nickte scheu. Erik ergriff ihre Hand und half ihr aufzustehen.

Eine halbe Stunde später parkte er seinen Sportwagen in der Villengegend von Potsdam. Offensichtlich war er gut betucht. Auch die Dreizimmerwohnung, die er allein bewohnte, war ziemlich nobel eingerichtet.

»Setz dich bitte, und fühl dich ganz wie zu Hause«, bat Erik und bot ihr einen Platz auf der weißen Ledercouch im Wohnzimmer an. »Ich bin gleich wieder bei dir«, versprach er.

Janine blickte sich in dem riesigen Raum um, entdeckte unzählige Sportabzeichen und Pokale, ein Brett mit Medaillen und eingerahmte Fotos, die Erik oder seinen Bruder, ganz sicher war sie sich nicht, bei Schwimmwettkämpfen zeigten. Das erklärte auch das auffällig breite Kreuz. Erik – Janine entschied sich dazu, dass er es war, der auf den Fotos abgebildet war – machte eine sehr gute Figur. Lediglich eine knappe Badehose hatte er an, und seine Haut glänzte sonnengebräunt, außerdem hatte er ein hübsches Sixpack.

Kein schlechter Fang, dachte Janine. Ob er wohl das Gleiche über sie dachte? Wohl kaum. Sie war bestenfalls gewöhnlich, zumindest war dies ihre eigene Einschätzung. Lena hätte das gewiss anders gesehen, aber die war jetzt nicht hier, sondern vergnügte sich irgendwo mit Eriks Ebenbild.

Erik kam ins Wohnzimmer zurück und stellte zwei dampfende Tassen auf den polierten Holztisch.

»Du bist also Schwimmer?«

»Ja. Nein. Nicht mehr«, sagte er und nahm neben ihr Platz. Er lächelte sanft. »Ich habe den Sport vor ziemlich genau einem Jahr aufgegeben.«

»Wie schade. Und was war der Grund?«

»Eine Knieverletzung. Nicht weiter tragisch.« Er winkte ab, aber sie hatte das Gefühl, dass es Erik belastete, seinen Sport nicht mehr ausüben zu können. Durch dieses nicht ausgesprochene Geständnis fühlte sie sich ihm ein wenig näher, fast so, als würde sie ihn plötzlich viel besser kennen. Er wirkte menschlicher. Greifbarer.

»Hör zu, ich bin nicht so einer, der nur an sich selbst denkt.

Ich will der Frau schöne Gefühle bereiten. Sie soll Spaß haben, verstehst du? Falls dir das alles zu schnell geht, dann bringe ich dich nach Hause. Das ist überhaupt kein Problem«, sagte Erik.

Seine Worte rührten sie, beseitigten die letzten Zweifel, und sie griff mit beiden Händen nach seinem Gesicht, um ihn zu sich herunterzuziehen und ihn zu küssen. Eine bessere Chance als diese würde es nicht mehr geben.

Erik schien zu überrascht, um sich dagegen zu wehren. Sie spürte nur einen kurzen Widerstand, dann öffneten sich auch seine Lippen, und er ließ ihre Zunge ein.

Janine war von ihrer eigenen Initiative überrascht, genauso wie von ihrem Mut. Aber es fühlte sich richtig an.

»Wow«, machte er. »Damit hätte ich jetzt nicht gerechnet«, gab er dann zu.

Janine schmunzelte. Sie selbst hätte wahrscheinlich am wenigsten damit gerechnet, dass sie auch noch den Anfang machen würde. Aber ihre Sorgen und Hemmungen waren in den Hintergrund getreten. Zumindest im Augenblick.

Erik hob sie hoch und trug sie in sein Schlafzimmer, das kaum kleiner war als der riesige Wohnbereich. Durch ein großes Panoramafenster konnte Janine einen Blick auf Potsdam bei Nacht werfen. Er bettete sie auf seine Seidenkissen, die fast das ganze Bett bedeckten. Seine Lippen wanderten über ihren Hals, saugten sanft an der Stelle, an der ihre Schlagader pulsierte. Und dann legten sich seine Hände plötzlich auf ihre bebenden Brüste, massierten und streichelten sie durch den Stoff ihrer Bluse hindurch. Erik schien das Bekleidungsstück jedoch zu stören, und er knöpfte die Bluse auf. Jetzt bedeckte nur noch der BH ihre wohlgeformten Brüste.

»Du frierst«, stellte Erik besorgt fest.

»Das ist nur die Erregung. Gänsehaut«, erwiderte sie.

Er neigte den Kopf, und seine weichen Lippen berührten ihr Dekolleté. Die Gänsehaut wurde noch stärker, überzog ihren ganzen Körper mit einem wohligen Prickeln, das auch ihren Unterleib erfasste und sich dort ausbreitete. Für einen kurzen Moment flammte die Erinnerung an ihren Tagtraum mit dem verruchten Nachbarn und der treulosen Ehefrau auf. Aber dies hier war noch viel besser, weil es real war.

Eriks Hände streichelten ihren Körper, streiften ihr die restliche Kleidung ab, bis sie gänzlich nackt vor ihm lag. Auch das fühlte sich richtig, vor allem aber erregend an. Sehr erregend sogar. Sie spürte, wie sie feucht wurde und ihre Scham zu pulsieren begann.

»Ziemlich gemein, dass du noch vollkommen angezogen bist«, bemerkte sie, und Erik verstand. Geschwind schlüpfte auch er aus seinen Sachen, und sie konnte seinen Traumkörper bewundern. Er wirkte noch viel aufregender als auf den Fotos. Muskelberge erhoben sich unter der samtig schimmernden Haut. Selbst in ihrer Fantasie hätte sie sich keinen athletischeren Mann vorgestellt. Umso schöner, dass er real war. Am meisten erstaunte sie sein mächtiges Glied, das sich prachtvoll vor ihr aufrichtete und so wild zuckte, als besäße es ein Eigenleben. Als könne es gar nicht erwarten, sich mit ihr zu verbinden. Wie mochte es sich wohl anfühlen, ein solch mächtiges Teil in sich zu spüren?

Janine wollte es herausfinden, ließ sich nach hinten in die Kissen fallen und schloss die Augen, spürte seine Nähe und ihren eigenen Körper, der heiß und voller Begehren war. Ihr Herz klopfte so schnell, dass ihr selbst im Liegen schwindelte. Erneut fühlte sie seinen Körper auf ihrem und das wilde Pulsieren seines Schwanzes an ihrer Scham. Die Eichel glühte heiß, rieb sich zwischen ihren Schamlippen, und sie vernahm dabei das schmatzende Geräusch ihrer Lust.

Lena hatte recht gehabt! Ja, sie war über alle Maßen erregt, und mit hoher Wahrscheinlichkeit würde es dieser Mann schaffen, sie zum Höhepunkt zu bringen. Ein echter Mann war so viel besser als jeder Eigenversuch, als jede DVD. Und dann auch noch ein solches Exemplar, von dem jede Frau träumte.

Bereitwillig öffnete sie die Beine, und Erik drang in sie. Vorsichtig, als fürchtete er, sie zu verletzen. Doch als er merkte, dass sie gut mit seiner enormen Größe zurechtkam, wurden seine Bewegungen schneller. Mit jedem Stoß drang er tiefer in sie, und das schmatzende Geräusch wurde intensiver. Seine Spitze rieb beim Eindringen über ihren G-Punkt, was Janine völlig verrückt machte. Instinktiv krallte sie ihre Nägel in seinen Rücken, um ihn noch enger an sich zu ziehen, ihn noch intensiver zu spüren. Aber in dem Moment schnellte sein Oberkörper zurück. Sie öffnete die Augen, um zu sehen, was er tat, doch sein Gesicht lag plötzlich im Schatten, so dass sie es nur schemenhaft erkennen konnte. Erik wirkte mit einem Mal fremd, als wäre er ein völlig anderer. Seine Züge waren immer noch maskulin, aber irgendwie auch älter und herber. Außerdem lag irgendetwas über seinen Augen, das sie nicht erkennen konnte, das ihr aber den Blick in eben selbige erschwerte. Sie schüttelte den Kopf, meinte genau in diesem Augenblick der Bewegung, etwas Rotes – vielleicht war es Stoff – um seine Augen zu erkennen. Doch im nächsten Moment beugte er sich wieder zu ihr vor, und das Licht erhellte seine Züge. Keine Maske verbarg sein Gesicht. Es wirkte wieder ganz normal, so wie zuvor.

Er lächelte sie zärtlich an, stieß dabei zu, und Janine, die immer noch irritiert, sogar nervös war, spürte den Orgasmus nahen. Ihr Körper zuckte unkontrolliert, sie bäumte sich auf, drängte sich Erik entgegen, um ihn noch tiefer in sich aufzunehmen, damit er sie vollkommen ausfüllte. Ihr Körper vibrierte, sie stöhnte, aber sie konnte den merkwürdigen Anblick nicht vergessen. Dieses seltsame fremde und doch vertraute Gesicht, das nicht Eriks war. Eine dumme Einbildung, die ihr den Orgasmus zunichtemachte.

Das schöne Gefühl blieb aus. Erik interpretierte ihre Laute falsch, glaubte wohl, sie wäre gekommen, und zog sich aus ihr zurück, um sich dann in ein Papiertaschentuch zu ergießen.

Janines Lust war verklungen, der Orgasmus in weite Ferne gerückt. Wahrscheinlich hätte sie ihn ohnehin nie erreicht. Wie frustrierend! Und das bei so einem Mann! Das süße Beben und Zittern verschwand. Resignation machte sich in ihr breit. Sollte sie etwa niemals wieder zum Höhepunkt kommen? Verhinderte sie selbst, dass es ihr kam? Plagte sie dabei ein schlechtes Gewissen? Aber weshalb?

Erik ließ sich erschöpft neben sie fallen und lachte gelöst, wie sollte er auch ahnen, welche Pleite sie erlebt hatte.

»Du bist wirklich süß«, verkündete er, und sie ahnte, dass er sie heute Nacht am liebsten hier behalten wollte. Janine aber spürte jenen Fluchtreflex in sich, der immer dann auftrat, wenn eine Situation sie überforderte. Und nachdem ihre Hormone verrückt gespielt hatten, es womöglich noch immer taten, fühlte sie sich nun zusehends unwohler in ihrer Haut. Noch dazu war ihr Erik etwas unheimlich geworden, obwohl er ja gar nichts dafür konnte, dass sein Gesicht im Dunkeln so merkwürdig ausgesehen hatte.

»Ich muss morgen früh raus«, log sie und stand auf.

»Schade. Bekomme ich deine Telefonnummer?«

Sie nickte nur mechanisch, zog sich an und eilte aus der

Wohnung, ohne ihm, wie versprochen, ihre Nummer gegeben zu haben.

Was war das nur für ein skurriler Moment gewesen, in dem sie statt Erik einen anderen gesehen hatte? Und das auch noch ausgerechnet kurz vor ihrem Höhepunkt. Vielleicht war es ein Bild aus ihrer Vergangenheit? Kurz vor ihrer Entlassung hatte Dr. Meierson sie auf dieses Phänomen vorbereitet. So konnten Erinnerungsfetzen plötzlich wieder auftauchen, völlig zusammenhanglos, wodurch manche Patienten in Angst gerieten, sogar Panikattacken bekamen. Wenn sie etwas Derartiges bei sich beobachten würde, sollte sie sich wieder in der Klinik melden.

Aber Janine winkte gedanklich ab. So schlimm war das Erlebnis nun auch wieder nicht gewesen. Genauso gut konnte es sich einfach nur um eine optische Täuschung aufgrund der schlechten Lichtverhältnisse gehandelt haben.

Etwas anderes machte ihr im Moment ohnehin mehr zu schaffen. Und wenn ich nun wirklich nicht mehr orgasmusfähig bin?, quälte sie der schreckliche Gedanke. Erik hatte sie erregt. Sexuell. Und das sogar sehr. Aber im entscheidenden Moment war nichts passiert. Rein gar nichts. Und es hatte gewiss nicht an ihm gelegen. Was sollte sie bloß tun?

Die Zeit verging rasend schnell, und der Spätsommer zog ins Land. Vieles hatte sich verändert. Zu Janines Erstaunen war die Sache zwischen Lena und Thomas ernst geworden. Die beiden trafen sich nun immer öfter, und sie hörte hin und wieder, dass Erik nach ihr fragte, aber sie wollte ihn nicht wiedersehen.

Lena hatte nun natürlich weniger Zeit für ihre beste Freundin, und Janine fühlte sich oft allein, kam ins Grübeln. Schließlich fand sie sich an einem schwermütigen Abend auf der

Webseite von Cupido, der Schule der Lust, wieder, deren Link sie zufällig in ihren E-Mails wiedergefunden hatte.

»Beginnen Sie schon morgen ein neues Leben voller Erfüllung«, lockte ein Slogan auf der schillernden Startseite. Janine hatte ein paar Gläser Wein zu viel getrunken, und dieser Werbespruch erschien ihr in diesem Augenblick das einzig Wahre. Sie hatte alles versucht, niemand hatte ihr helfen können, und die Orgasmen blieben nach wie vor aus. So konnte es nicht weitergehen.

»Schreiben Sie sich noch heute bei uns ein«, wurde sie aufgefordert, und Janine begann, ernsthaft darüber nachzudenken. Wenn alles nichts half, vielleicht konnten die Jungs von Cupido ja doch Wunder vollbringen?

Ein weiterer Schluck Wein, und die Sache war besiegelt. Erst am nächsten Morgen wurde Janine klar, was sie angerichtet hatte. Sie hatte sich im trunkenen Zustand bei Cupido eingeschrieben und sich laut Online-Vertrag dazu verpflichtet, eine nicht unerhebliche Summe auf das Konto der Schule zu überweisen und zudem an einer ersten Visite teilzunehmen, die, wie man ihr per E-Mail mitgeteilt hatte, schon Ende der Woche auf Schloss Cohen stattfinden sollte.

»Was habe ich getan?« Ungläubig starrte sie auf die E-Mail von Cupido, die ihre Anmeldung bestätigte.

»Was mache ich jetzt nur?«

In ihrer Not rief sie Lena an, die aber war ganz begeistert von Janines Tatendrang und wollte ihr ausreden, ihre Buchung zu stornieren.

»Ich will das aber gar nicht machen!«

»Und wieso hast du dich dann überhaupt erst angemeldet?«

»Weil ich betrunken war.«

»Weil du verzweifelst warst.«

Das hatte gesessen und zudem den Nagel auf den Kopf getroffen. Lena hatte sie durchschaut. Nicht umsonst hatte sich Janine gestern Abend dem Alkohol hingegeben. Sie war einsam und unglücklich. Und das nicht nur wegen ihrer Anorgasmie, sondern auch, weil sie allein war.

»Weißt du, wie viel der Spaß kostet?«, wagte sie einen letzten Versuch.

»Da mach dir mal keinen Kopf drum«, erwiderte Lena und versprach, sie finanziell zu unterstützen, da Lena im Gegensatz zu ihr durchaus das nötige Kleingeld hatte, um solche Extravaganzen zu bezahlen. »Und hör endlich auf mit den ständigen Zweifeln, das ist schon richtig, was du machst.«

Wenn es sich doch auch nur richtig anfühlen würde.

»Ich mache dir einen einmaligen Vorschlag, Süße. Du nimmst mein großzügiges Geschenk an und probierst es aus. Solltest du dann wider Erwarten feststellen, dass es doch nicht das Richtige für dich ist, hörst du auf. Ganz einfach und unkompliziert. Haben wir einen Deal?«

Janine zögerte einen Moment, aber dann stimmte sie zu, denn sie hatte keine Lust, dass ihr Leben weiterging wie bisher, belanglos vor sich hin plätscherte. Sie brauchte eine Veränderung. Dringend. Und sie wollte wieder Sex haben. Erfüllenden Sex.

Janine nahm sich am darauffolgenden Freitag ein Taxi, das sie nach Schloss Cohen brachte. Es war ein hübsches kleines Schloss außerhalb von Potsdam, das auf einem Hügel lag, der sich malerisch über die Landschaft erhob. Da Cohen vorher ein Internat gewesen war, unterteilten sich die Räume in Klassen- und Schlafzimmer. Wie praktisch. Dann gab es gewiss auch genügend Betten für alle Kursteilnehmer.

Janine bezahlte den Taxifahrer und stieg aus dem Wagen, der sogleich wieder davonbrauste. Sie allein zurückließ. Janine erlaubte sich keine weiteren Zweifel und folgte den Schildern, die sie vom Innenhof in einen Seiteneingang leiteten, wo sich die Anmeldung befand.

»Guten Tag«, sagte Janine zu der jungen Frau, die einen äußerst knappen Minirock und dafür ein umso tieferes Dekolleté trug.

Die Blondine hob den Kopf und fragte kaugummikauend nach ihrem Namen, anschließend gab sie etwas in den Computer ein.

»Ah ja, Sie haben einen Termin bei Dr. Tannert«, erklärte sie und deutete ins Wartezimmer, das überraschend gut gefüllt war. »Hier ist ein Fragebogen, bitte füllen Sie diesen aus und nehmen ihn mit hinein, wenn der Doktor Sie aufruft.«

Janine nickte nur und setzte sich anschließend auf einen Stuhl nahe am Fenster. Zahlreiche Zeitschriften lagen auf einem runden Tisch aus.

Fast hatte sie den Eindruck, als würde sie sich nicht in einer Schule, sondern in einer Arztpraxis befinden. Vor allem viele ältere Paare hatten sich hier eingefunden. Welche Motivation sie hierhergeführt hatte, konnte Janine nur mutmaßen. Möglicherweise hatte die eine oder der andere auch ein ganz ähnliches Problem wie sie.

Janine vermied es, in die Gesichter der Leute zu schauen. Sie hatte das Gefühl, man sah ihr an der Nasenspitze an, dass sie Probleme mit ihrer Orgasmusfähigkeit hatte. Außerdem herrschte ohnehin eine zurückhaltende Atmosphäre, wie man sie von einigen Erotikshops her kannte. Jedem war es irgendwie peinlich, hier zu sein. Und Janine war heilfroh, als ihr Name endlich aufgerufen und sie in ein Sprechzimmer geführt wurde.

Hinter dem Schreibtisch saß ein Mann mittleren Alters mit dunklen Haaren, die ihm über die Schultern fielen. Es war der Leiter der Lustschule, dessen Foto sie bereits im Netz sehr angesprochen hatte. Die Ähnlichkeit mit Johnny Depp war nicht zu leugnen. Ihm nun real gegenüberzustehen machte sie unbeschreiblich nervös. Sie war nie einem Mann begegnet, der mehr Charisma besaß, und sie war vom ersten Augenblick an von seiner Präsenz gefangen. Nicht nur sein attraktives Äußeres vereinnahmte sie. Eine Art dunkle Aura umgab ihn, ließ ihn zugleich unnahbar, aber auch gefährlich wirken. Er brauchte nichts zu sagen, nicht einmal den Kopf zu heben, Janine wusste, ohne ihn näher zu kennen, dass dieser Mann es gewohnt war, sich durchzusetzen, zu führen und zu leiten. Und zu Männern mit Selbstbewusstsein, wie sie gerade erkannte, fühlte sie sich stark hingezogen.

Er ließ sie warten. Vielleicht bewusst, vielleicht unbewusst. So bekam dieser Termin den Geschmack von einer Audienz, erhob ihn auf einen Thron und machte sie zu einer Bittstellerin. Und seltsamerweise gefiel sie sich genau in dieser Rolle.

Dennoch hatte sie für einen kurzen, verschwindend kleinen Augenblick das Gefühl, er würde sich verkrampfen, als er sie endlich ansah. Aber wahrscheinlich war das nur Einbildung gewesen, denn sofort erkannte sie wieder dieselbe Stärke und Willenskraft in seiner Haltung wie zuvor.

»Guten Tag, Frau Keller. Ich bin Dr. Krischan Tannert«, stellte er sich dann mit einer samtigen Männerstimme vor, die sowohl entschlossen als auch leidenschaftlich klang, und reichte ihr die Hand. Sie war wenig überrascht von dem außergewöhnlich festen Händedruck.

»Setzen Sie sich doch bitte. Und, möchten Sie etwas trinken?«

Janine hing an seinen Lippen und hörte doch seine Worte nicht, weil sie nur ihn sah, nur den Klang seiner Stimme wahrnahm, aber nicht auf den Inhalt des Gesagten achtete. Also verneinte sie zuerst, überlegte es sich in ihrer Nervosität dann aber anders und fragte schüchtern nach einem Glas Wasser.

Der Doktor lächelte charmant und goss ihr etwas ein, dann nahm er wieder hinter seinem Schreibtisch Platz. Ihr war nie zuvor aufgefallen, wie sexy ein Mann in einem weißen Kittel aussehen konnte. Im selben Moment merkte sie, dass sie ihn unerhört lange anstarrte. Das brachte ihn keineswegs aus der Ruhe. Wahrscheinlich war er das sogar gewohnt, denn sie war gewiss nicht die einzige Patientin, der seine außerordentliche Attraktivität auffiel.

Zumindest bereute es Janine nicht, auf den Deal von Lena eingegangen zu sein. Die Sache versprach, überraschend interessant zu werden.

»Wissen Sie, die Menschen, die sich an mich wenden, suchen in der Regel nach einem Ausweg aus einer Situation, die sie sehr belastet.«

Janine nickte zustimmend. O ja, da zählte sie sich gewiss dazu.

»Und ich sehe meine Aufgabe darin, diesen Menschen zu helfen, sich selbst zu helfen, Lösungswege zu erarbeiten, ein Begleiter und Anleiter für sie zu sein. Allerdings geht das nur, wenn man mir das nötige Vertrauen entgegenbringt. Vertrauen ist die Basis eines guten Arzt-Patienten-Verhältnisses.«

Janine nickte zögerlich. Das klang ja erst einmal ganz vernünftig, doch sie hatte das Gefühl, der attraktive Doktor wollte auf etwas ganz anderes hinaus.

48

»Ich weiß, es ist viel verlangt, einem im Grunde genommen völlig Fremden zu vertrauen, aber die Belohnung ist dann umso schöner.«

Ein völlig Fremder, wiederholte sie seine Worte in Gedanken. Fremd war er ihr merkwürdigerweise nicht. Er war alles: faszinierend, attraktiv, männlich, dunkel. Und gefährlich. Aber nicht fremd. Das war schon so gewesen, als sie sein Foto auf der Webseite gesehen hatte. Ganz im Gegenteil, dieser Mann und seine samtige Stimme sowie sein dunkler Blick kamen ihr geradezu vertraut vor. Sie nickte dennoch.

»Erzählen Sie mir, was Sie zu mir führt, und haben Sie keine Scheu. Alles, was Sie mir anvertrauen, wird diesen Raum nicht verlassen.«

Janine atmete tief durch und schilderte ihr Problem, so gut sie es vermochte. Ein bisschen machte es sie nervös, über all die intimen Details zu sprechen – ausgerechnet mit so einem attraktiven Mann, zugleich, und das verwunderte sie nur noch mehr, erregte es sie aber auch, so offen und ehrlich mit ihm darüber zu sprechen. Er war schließlich ein Arzt, mit wem hätte sie sonst darüber reden sollen?

Krischan Tannert hörte ihr aufmerksam zu, schien ehrlich interessiert. Und ein wenig fragte sie sich auch, ob ihn ihre Schilderungen vielleicht sogar antörnten. Auch ein Arzt war nur ein Mann, und das Gesagte war explizit und detailreich. Schließlich wollte er auch, dass sie die Situationen sehr genau schilderte. Sie jedenfalls verspürte ein sinnliches Prickeln zwischen den Beinen, während sie von ihrem Erlebnis mit Erik berichtete, dessen Namen sie natürlich verschwieg. Und wenn sie in Tannerts Gesicht sah, bemerkte sie, dass seine Augen ein wenig stärker leuchteten und er immer wieder seine Unterlippe mit der Zunge befeuchtete. Nein, ihre Schilderungen ließen ihn gewiss nicht kalt, auch wenn er versuchte, diesen Anschein zu erwecken.

Nun folgten noch ein paar Fragen medizinischer Natur.

»Für Frauen ist es schwerer, zum Orgasmus zu kommen«, erklärte er, und sie erkannte sich in der Schilderung sofort wieder. »Allerdings soll er bei den Damen der Schöpfung um einiges intensiver und lang anhaltender sein.« Er lächelte tiefgründig.

Oh, wie sie das Gefühl von Lust und Erlösung in Form eines Höhepunktes vermisste. Wie sehr sie sich danach sehnte. Vor allem jetzt.

»Haben Sie eine Idee, woran es liegen könnte, dass Ihnen diese Freuden im Moment verwehrt bleiben? Gab es ein kritisches Lebensereignis?«

»Ja, ich hatte ... einen Unfall.«

»Richtig. Ich erinnere mich. Das hatten Sie ja bereits bei Ihrer Kursbuchung angegeben. Sie leiden derzeit unter Amnesie.« Er blätterte in seinen Unterlagen. »Ein interessanter Fall, wenn ich das so sagen darf.«

Sie seufzte. »Derzeit ist gut. Es sieht danach aus, als bliebe es ein Dauerzustand.«

»Das tut mir leid. Sind Sie deswegen in Behandlung?«

»Nicht mehr. Ich hatte eine Therapeutin, aber ich bin inzwischen gefestigt. Es wäre wünschenswert, wenn meine Erinnerungen irgendwann zurückkämen. Bis dahin versuche ich, das Beste aus allem zu machen. Allerdings scheint es so, als hätte ich nicht nur meine Vergangenheit vergessen, sondern auch, wie sich ein Orgasmus anfühlt.«

»Ich verstehe. Eine komplexe Geschichte. Nun schauen wir mal, vielleicht kann ich Ihnen helfen. Wären Sie bereit, sich auf ein Experiment einzulassen?«

Wenn es ihrer Sache dienlich war, gewiss. »Was denn für eins?«, hakte sie interessiert nach.

»Vertrauen, Frau Keller. Bringen Sie mir einfach Vertrauen entgegen. Manche Dinge entfalten ihre Wirkung, wenn man sie vorerst im Unklaren lässt.« Er sagte das mit einer solchen Überzeugung, dass sie nicht anders konnte, als ihm zu vertrauen. Sie hatte das Gefühl, er wusste sehr genau, was er tat. Zwischen ihnen war jedenfalls etwas, und der Doktor spürte das auch, da war sie sich sicher.

»In Ordnung«, erwiderte sie heiser, denn ihre Stimme war von Erregung belegt. Es war ihr nicht unangenehm, im Gegenteil, sie wollte, dass er das mitbekam. Denn vielleicht, ja vielleicht erregte es auch ihn, denn aus irgendeinem Grund wünschte sie sich genau das. Dass sie ihn erregte.

Dr. Tannert lächelte und beugte sich über den Tisch, blickte zwischen ihre Beine, die leicht geöffnet waren.

»Für dieses Experiment müssen Sie für einen Moment die Kontrolle abgeben. An mich.«

Das klang beunruhigend erregend.

»Sie werden tun, was ich Ihnen sage. Und Sie werden mir gehorchen.« Bei diesen Worten wurde ihr überraschend schnell heiß zwischen den Beinen. Gehorchen. Ein Schauer jagte ihr über den Rücken. Und wie er es sagte. So selbstbewusst, so dominant und bestimmend. Ganz anders als Erik, der zuvorkommend und dadurch auch ein wenig langweilig gewesen war.

Sie nickte nur. Nicht, weil sie sich nicht traute, sich seiner zu erwehren. Sie hätte das auch gar nicht gewollt.

»Sehr gut. Sie werden also meine Anweisungen befolgen.« Dies war keine Frage, sondern eine Feststellung. Dann erhob er sich, lief zu ihrem Stuhl und stellte sich hinter sie. Seine starken Hände legten sich auf ihre Schultern, hielten sie dadurch an ihrem Stuhl fest. Die Berührung ließ sie aufstöhnen.

»Gut so, lassen Sie los, Janine. Und gehen Sie noch einen Schritt weiter«, flüsterte er ihr ins Ohr. Seine Stimme verursachte ihr eine Gänsehaut. »Schließen Sie die Augen, vergessen Sie, wo Sie sind, erspüren Sie Ihren Körper.«

Es war fast wie Hypnose. Janine war nicht mehr Herrin ihrer Sinne. Sie wollte tun, was er sagte. Gehorchen. Ihre Augen fielen wie durch Magie zu, und ihre Beine öffneten sich noch etwas mehr. Wie er es verlangte, erspürte sie sich selbst. Es war ein intensives Gefühl, wie sie es zuvor nie gekannt hatte. Ihre Muskeln waren angespannt, alles in ihr glühte, pulsierte. Da war Leben in ihr. Und Leidenschaft.

»Spüren Sie sich, Janine. Und was ist das für ein Gefühl? Beschreiben Sie es mir.«

»Ich bin … nervös. Mein Herz schlägt … schnell.«

»Haben Sie Angst?«

»Nein … das … ist es nicht. Es ist … aufregend.«

»Das ist gut.« Sein Lob ließ ihr Herz gleich noch einmal höherschlagen. »Jetzt nehmen Sie Ihre Hand, Janine, und berühren Sie sich zwischen Ihren Schenkeln«, hauchte er verführerisch.

Janine zögerte. Das Experiment bekam eine verruchte Note. Ihr Verstand wollte rebellieren, doch ihr Körper wollte immer noch gehorchen.

»Nur keine Scheu, Janine. Alles, was hier geschieht, bleibt in diesem Raum«, wiederholte er sein Versprechen, und sie folgte der Aufforderung aus dem Impuls heraus, legte ihre Hand auf ihre Scham, deren Pulsieren sie selbst durch den Stoff ihrer Hose spürte.

»Streicheln Sie sich!«, forderte er sie auf.

Janines Finger kreisten über ihren Venushügel und dann tiefer. Sie spürte, wie sich ihre Schamlippen prall unter dem Stoff abzeichneten, und es erregte sie, dass Dr. Tannert es sehen konnte.

Aber das bloße Berühren und Reizen ihrer empfindsamsten Stelle genügte ihr nicht. Es machte lediglich Lust auf mehr, weckte ihren Appetit.

Sie wurde unruhig, bewegte ihr Becken vor und zurück, rieb sich an der Kante des Stuhls.

»Geduld, Janine, Geduld. Sie sind wie eine Blüte. Zart. Es dürstet Sie nach Wasser, das ist nur zu verständlich. Aber wir wollen das Gute noch hinauszögern, um es dadurch noch schöner und intensiver zu machen. Reizen Sie Ihre Möse weiter.«

Möse. Das Wort hätte sie sonst abgestoßen, doch aus seinem Mund klang es geil. Er hätte kein besseres wählen können. Janine spürte, dass dieser Mann das Potential hatte, sie hörig zu machen. Das war erschreckend. Vor allem wenn man bedachte, wie kurz sie sich erst kannten. Sie war schon jetzt Wachs in seinen Händen – und wollte es auch gar nicht anders.

Ihr Körper war vollgepumpt mit Adrenalin, ihre Muskeln zitterten, und ihr Unterleib bebte, aber ihre Hand blieb auf ihrer Hose, strich die Form ihrer Scham nach. Da bemerkte sie etwas Feuchtes unter ihren Fingern. Erschrocken hielt sie den Atem an. Sie trug heute eine helle Hose. Jeder würde den Fleck sehen.

»Hinreißend«, kommentierte Dr. Tannert das Malheur.

»Der Fleck?«

»Wie Sie beben.« Er lächelte verheißungsvoll. »Jetzt dürfen Sie die Hand in Ihre Hose stecken. Doch machen Sie es langsam und genüsslich. Kosten Sie den wunderbaren Moment aus.«

»Ja, Doktor Tannert«, brachte sie keuchend hervor und befolgte auch diese Anweisung, als wäre es das Selbstverständlichste von der Welt, einem genau genommen völlig Fremden die Kontrolle zu überlassen. Ihre Hand rutschte spielend leicht in ihre Hose und auch in ihren Slip, der schon so feucht war, als wäre sie gerade damit schwimmen gewesen. Ihr eigener Duft erfüllte den Raum. Sie hatte ihn nie bewusst wahrgenommen. Jetzt erschien er ihr süßlich und beschwingend.

Sie hörte, wie Dr. Tannert ihn einatmete und ein sinnliches Stöhnen aus seiner Kehle drang.

»Wunderbar«, murmelte er, doch sie war nicht sicher, ob es überhaupt für sie bestimmt gewesen war.

»Und jetzt führen Sie Ihren Finger ein.«

Janines Zeigefinger glitt über ihre Schamlippen und von dort in ihre Enge. Wie gut sich das anfühlte.

»Bewegen Sie ihn, Janine. Ich will sehen, wie Sie ihn bewegen.«

Kurz kamen Zweifel in ihr auf. Was machte sie nur? Was war das für ein Lüstling, dieser Doktor? Aber dieses gierige Wispern an ihrem Ohr, die Hitze, die von seinem Körper ausging und ihr verriet, dass auch er erregt war, machten sie geil. Und in ihr wuchs der Wunsch, für ihn zu kommen. Sie wollte ihm einen gewaltigen Orgasmus schenken. Und sie wollte ihn selbst erleben, ihn auskosten bis in die letzten Züge, diesen fulminanten Höhepunkt, nach dem ihr Körper schon so lange gierte.

Ihr Finger bewegte sich schneller, glitt in sie, als wäre er einzig dazu da. Sie hörte das verräterische Schmatzen ihrer Scham, spürte, wie sich die Feuchtigkeit ihrer Lust um ihre

Fingerkuppe schloss. Und dann plötzlich war da dieser feste Griff um ihr Handgelenk. Janine riss erschrocken die Augen auf. Dr. Tannert hatte ihren Arm ergriffen, und Lust und Begierde leuchteten in seinen dunklen Augen auf. Ein gieriges Grinsen breitete sich auf seinem Gesicht aus, das von seinen langen Haaren halb verdeckt war. Dämonisch. Aber auch sexy.

»Keine Angst, ich tue das nur für Sie.« Er kniete sich neben ihren Stuhl und übernahm die Kontrolle über ihre Hand, bewegte sie vor und zurück. Dadurch war es fast so, als würde er sie mit seinem eigenen Finger vögeln.

Janines Lust wurde nur noch größer. Aus jeder anderen Praxis wäre sie geflohen, wenn man sie auf solche Weise therapiert hätte. Aber der Doktor hatte etwas an sich, dem sie sich nicht entziehen, dem sie sich – im Gegenteil – unterwerfen wollte. Sie genoss es, sein Spielzeug zu sein. Und dann geschah es. Einem Wunder gleich erlebte sie einen gewaltigen Orgasmus, der ihren gesamten Körper zum Erbeben brachte. Janine stöhnte auf. Gequält und erleichtert, gefangen und befreit zugleich. Die Kontraktionen ihrer Muskeln schüttelten sie durch. Ihr Herz schlug so schnell, dass ihr schwindelte. Endlich! Darauf hatte sie so lange gewartet, sich so sehr danach verzehrt. Die Erlösung.

Und dann versank sie in tiefe Entspannung, glitt auf dem Stuhl zurück und vergaß, wo sie war und dass sie nicht allein war.

Erst als der Druck um ihr Handgelenk plötzlich nachließ, erinnerte sie sich an Dr. Tannerts Anwesenheit. Dieser nahm zufrieden lächelnd hinter seinem Schreibtisch Platz und drückte die Fingerspitzen beider Hände aneinander. Jetzt wirkte er nicht nur dämonisch, sondern sogar teuflisch. Natürlich hatte er das Spiel genossen. Er hatte sie zu Dingen gebracht, die sie sonst nie getan hätte. Hatte sie verführt. Ob er das mit allen Patientinnen machte?

Ein Schauer jagte ihr über den Rücken, doch er fühlte sich süß an.

»Ich bin sicher, ich kann noch mehr für Sie tun, Frau Keller«, sagte er nun wieder äußerst seriös. Lediglich die Tatsache, dass Schweißperlen an seinem Haaransatz glänzten, ließ eine Ahnung zu, was gerade in dem Sprechzimmer auf Schloss Cohen geschehen war.

»Sie sind definitiv fähig, den Orgasmus zu erlangen. Das hat meine Untersuchung recht eindrücklich belegt. So weit die guten Nachrichten.«

»Gibt es denn auch eine schlechte Nachricht?«, hakte sie verunsichert nach. Mal davon abgesehen, dass dieser Kerl sie zu seinem willenlosen Spielzeug gemacht und sie das auch noch genossen hatte.

Dr. Tannert schüttelte den Kopf. »Lediglich noch bessere Nachrichten. Ich denke, ich kann Ihnen helfen, wieder Lust an der Lust zu empfinden. Ihnen neue Wege zeigen. Sie müssen sich lediglich auf das Abenteuer einlassen.«

Er blätterte in seinen Unterlagen. »Wie ich sehe, haben Sie einen Wochenendkurs für Anfang des nächsten Monats gebucht.«

Sie nickte. Das war wirklich eine Dummheit gewesen. Aber sie bereute es nicht im mindesten.

»Ich möchte Ihnen einen Vorschlag machen. Wir bieten derzeit auch etwas längere Seminare an. Hier zum Beispiel einen Zwei-Wochen-Kurs inklusive Übernachtung und Vollpension.«

Was das kostet! Jetzt war ihr klar, warum er sich so viel

Mühe mit ihr gegeben hatte. Schöne Geschäftsmethoden waren das. Leider hatten sie auch gefruchtet. Janine verzehrte sich nach einer Wiederholung dieses wunderbaren Erlebnisses.

»Ich gebe Ihnen ein paar Unterlagen mit, die Sie sich in Ruhe ansehen können. Wenn Sie sich entschieden haben, rufen Sie mich einfach an. Hier ist meine Karte.«

Für einen Moment hoffte sie, dass er ihr seine private Nummer gab, es war jedoch nur die direkte Durchwahl in sein Büro.

Janine würde den interessanten Doktor nur zu gern wiedersehen. Auch wenn ihr klar war, dass sie in seinen Augen wohl tatsächlich nur ein hübsches Spielzeug war. Aber die Gefühle, die er ihr gegeben hatte, die wollte sie noch einmal erleben. Endlich ein Orgasmus. Und auch noch ein so schöner. Überwältigend!

»Ich denke über alles nach.«

»Tun Sie das. Und einen schönen Tag noch, Frau Keller.«

⌐

Kaum hatte Janine Keller das Sprechzimmer verlassen, atmete Krischan Tannert tief durch und befreite seinen Schwanz aus der Hose. Seine Hände zitterten vor Anspannung. Und vor Gier.

Welch ein Zufall das war. Ausgerechnet Janine Keller hatte sich für Cupido angemeldet. Als er die E-Mail mit Janines Buchung gelesen hatte, hatte er zuerst seinen Augen nicht getraut, aber dann hatte er unter den sonstigen Bemerkungen im Anmeldeformular ihre Geschichte gelesen. Auch das – den Autounfall und ihre Amnesie – hatte er zunächst für einen Trick gehalten, vielleicht, um ihn zurückzugewinnen? Oder um ihn noch mehr zu quälen?

Doch als sie seine Praxis betreten und ihn aus unwissenden Augen angesehen hatte, da hatte er gewusst, dass ihre Geschichte stimmte.

Janine hatte ihre Vergangenheit und somit auch ihn vergessen. Sie wusste nicht, wer er war. Er schüttelte den Kopf, lachte leise und verstärkte den Druck seiner Hand an seinem Schaft. Dieser leere Blick. Ihre Naivität und Gutgläubigkeit. Er war ein Fremder in ihren Augen. Jemand, von dem sie glaubte, ihn heute zum ersten Mal zu sehen. Oh, wie falsch sie damit lag. Sie hatten eine gemeinsame Geschichte, die von Sex geprägt war. Ihr Körper hatte das gespürt und funktioniert, aber ihr Geist war ahnungslos geblieben. Das war sein Glück. Bisweilen war er dieser Frau geradezu hörig gewesen. Und auch heute hatte Janine, obwohl sie so anders war als früher, genau dieselben Gefühle in ihm ausgelöst. Begehren. Sehnsucht. Der Wunsch, sie und ihren Körper zu besitzen.

Verdammt! Er hatte wirklich gedacht, er wäre über diesen Punkt längst hinaus. Doch für ihn war es nach dieser kurzen Begegnung und diesem zauberhaften Spiel zwischen ihren Beinen, als wäre die Zeit niemals weitergegangen. Er fühlte sich genau wie damals, als er sie kennen- und lieben gelernt hatte, und das zeigte ihm, dass er im Grunde noch immer genau an demselben Punkt war, wo er früher gewesen war. Er war ihr verfallen. Vielleicht jetzt sogar noch stärker wegen der langen Entbehrung. Eine Beziehung wie die ihre gab es nur einmal im Leben.

Und Janine?

Er studierte ihre Akte, die seine Sprechstundenhilfe aus Routine angefertigt hatte, las all die Notizen, die er sich während ihres Gesprächs gemacht sowie den Fragebogen, den sie ausgefüllt hatte. Konnte er eine Frau an der Lustschule aufnehmen, die an einer schweren Amnesie litt? Widersprach das den ärztlichen Grundsätzen?

Krischan dachte an ihr lustvoll verzerrtes Gesicht, während er die Kontrolle über ihre Hand übernommen und sie dadurch zum Orgasmus gebracht hatte. Mit ihrem eigenen Finger.

Nein, es sprach nichts dagegen. Sie war gefestigt. Ihr Leben ging weiter. Mit oder ohne Erinnerungen.

Und er? Er bekam eine einmalige Gelegenheit, die sich gewiss nicht noch einmal bieten würde. Die Chance auf Rache.

Rache dafür, dass sie ihm das Herz herausgerissen und darauf herumgetrampelt hatte. Dieses Miststück. Diese Egomanin.

Warum nur fühlte er sich trotzdem immer noch zu ihr hingezogen? Das machte ihn wütend.

Erneut dachte er an ihre entzückenden bebenden Lippen, kurz bevor sie ihren Höhepunkt erreicht hatte. Der Mund war leicht geöffnet gewesen, und er hatte ihren leisen Atem gehört. Das sanfte Stöhnen.

Janine hatte kaum noch etwas gemeinsam mit der Janine, die er einst gekannt hatte. Sie wirkte gehemmter, geradezu passiv.

Da kam ihm eine Idee. Warum sollte er ihr nicht von ihrer eigenen Medizin geben? Sie in die Abhängigkeit treiben, in die sie ihn einst getrieben hatte? Einfach den Spieß umdrehen.

Er malte sich aus, wie sie vor ihm kniete, an seinem Schwanz lutschte und darum bettelte, dass er in ihr kam. Diese Vorstellung war zu geil.

Krischan spritzte ab. Doch er hatte rechtzeitig ein Taschentuch zur Hand. Es würde eine süße Rache werden, die quälend, aber auch lustvoll sein würde. Und wenn er Janine dadurch zerstörte? Na, wenn schon. Sie hatte es nicht anders verdient.

Die Tür ging auf, und seine Angestellte Gloria Aden kam herein. »Das Wartezimmer ist heute ganz schön voll, du brauchst doch bestimmt eine Pause.« Sie setzte sich auf seinen Schreibtisch und erhaschte dadurch einen Blick auf seinen bebenden Schwanz.

»Oh, du hattest schon eine«, sagte sie amüsiert und hauchte ihm einen Luftkuss zu.

⌒

Janine Keller füllte noch am selben Tag das Formular von Cupido aus, das ihr Dr. Tannert mitgegeben hatte. Sie musste vollkommen verrückt geworden sein! Und doch hatte sie das Gefühl, genau das Richtige zu tun, als sie ihren Wochenendkurs gegen den Zwei-Wochen-Kurs eintauschte. Auch Lena hatte ihr nach einem kurzen Telefonat dazu geraten und ihr versprochen, sie finanziell zu unterstützen. Janine war ihrer Freundin sehr dankbar, dass sie ihr half. Ohne Lena wäre vieles schwerer bis unmöglich.

Die Balkontür stand offen, und angenehm kühler Wind wehte herein. Die sommerlichen Temperaturen wären ohne eine frische Brise kaum zu ertragen.

Vierzehn Tage lang würde sie sich Tag und Nacht in die Obhut dieser Sexperten, wie die sich in ihren Unterlagen selbst bezeichneten, begeben und eine Lusttherapie machen, die ihr hoffentlich helfen würde, alle Hemmungen abzubauen. Dass ihr Problem in Wahrheit Hemmungen waren, davon war sie inzwischen überzeugt, denn dem wunderbaren Dr. Tannert war etwas gelungen, was bisher nicht einmal ihr selbst geglückt war. Was für ein geiler Orgasmus! Wenn sie nur daran zurückdachte, war sie sogleich wieder erregt. Ihre Hände vermochten es ohne seine Anleitung allerdings nicht, das Erlebnis zu wiederholen. Es war fast so, als bestünde da eine Art Blockade in ihr. Was sie heute gemacht hatten, das war schon ein bisschen kinky gewesen. Sex im Sprechzimmer. Eine erotische Untersuchung. Es hatte ihr gefallen. Das war verrückt und verrucht gewesen.

Ob das vielleicht ein Hinweis auf ihre Vergangenheit war? Ob sie auf ausgefallene Sachen gestanden hatte?

Janine musste lachen. Das konnte sie sich nun wirklich nicht vorstellen. Das entspräche nicht ihrer Persönlichkeit, wie sie sie im letzten halben Jahr kennengelernt hatte. Es sei denn, der Unfall hätte nicht nur ihr Erinnerungsvermögen ausgelöscht, sondern auch gleich noch ihre Persönlichkeit ausgetauscht, durch eine zweite ersetzt.

In dem Fragebogen, den sie für den Zwei-Wochen-Kurs ausfüllen sollte, wurden ziemlich intime Antworten verlangt:

Hatten Sie schon einmal Sex mit einer anderen Frau/einem anderen Mann?

Sehen Sie gern Pornofilme?

Wann hatten Sie zum ersten Mal Sex?

Woran denken Sie, wenn Sie sich selbst befriedigen? Haben Sie bestimmte Fantasien? Wiederholen sich diese Fantasien?

Ach herrje, was schrieb man da nur hin? Die Antworten auf diese Fragen konnten doch nur peinlich sein.

Janine entschied dennoch, die Fragen so ehrlich wie möglich zu beantworten, aber so wenig wie nötig über sich preiszugeben. Wer wusste schon, wozu ihre Offenheit noch gut war. Schließlich hatte sie wirklich Interesse daran, endlich wieder geile Orgasmen zu haben.

Nachdem sie alle Fragen zu ihrer Zufriedenheit beantwortet hatte, faltete sie den Fragebogen zusammen und steckte ihn in einen Umschlag.

Vielleicht würde sie Krischan Tannert schon bald wiedersehen. Sie hoffte es inständig.

～

Sina Dammstedt war 28 Jahre alt und wollte etwas erleben. Ihr Freund Bruno zog es vor, den Abend vor dem Fernseher zu verbringen, eine Tüte Chips in der einen, ein Bier in der anderen Hand. Couchpotato nannte sie ihn liebevoll und legte den Kopf auf seinen Schoß. Wie stets kraulte er ihr die Haare. Aber an diesem Abend hatte Sina Dammstedt Lust auf mehr, und sie führte seine Hand langsam über ihren Körper bis hin zu ihrem Schritt.

»Wir könnten doch mal wieder etwas Unanständiges machen«, schlug sie vor und setzte ihren Verführerinnenblick auf.

Bruno aber steckte sich noch ein paar Chips in den Mund und zerkaute diese lautstark.

»Ich will das sehen«, sagte er nur und deutete zur Flimmerkiste.

Sina seufzte und erhob sich verärgert. Nicht einmal die Hitze in ihrem Schritt hatte ihn aus der Reserve gelockt. Aber für diesen Fall hatte Sina vorgesorgt. Sie ging ins Schlafzimmer, schälte sich aus ihrer Alltagskleidung und schlüpfte in die verführerischen Dessous, die sie nur für diesen Anlass gekauft hatte.

Schwarze Spitze mit roten Rüschen. Knapp und sexy. Sina betrachtete sich im Spiegel. Sie hatte eine süße Figur, einen kleinen Po und Brüste, die gerade groß genug waren, um gänzlich in zwei Männerhänden zu verschwinden. Bruno hatte über die Jahre hinweg ein bisschen zugelegt, aber das störte sie nicht weiter. Dass er jedoch kaum noch Sport mit ihr machen wollte, verärgerte sie dagegen schon. Überhaupt schien er nur noch wenig Interesse an gemeinsamen Aktivitäten zu haben. War das der berühmte Beziehungskiller »Alltag«, der sich in ihr Leben geschlichen hatte? Noch wollte sie jedenfalls nicht aufgeben. Sie übte ein paar sexy Bewegungen vor dem Spiegel und kehrte dann entschlossen ins Wohnzimmer zurück, wo Bruno gerade durch die Kanäle zappte.

»Ist deine Serie schon zu Ende?«, fragte sie mit rauer Stimme. Sina versuchte, bewusst tiefer und somit sexy zu klingen, aber das musste er wohl überhören, denn er zeigte keinerlei Reaktion. Nicht einmal Erstaunen.

»Nö, nur Werbung«, erwiderte er, ohne sie auch nur anzusehen. Das war frustrierend. Sie stand halb nackt in der Tür, und er würdigte sie keines Blickes.

»Wie findest du meine neue Unterwäsche? War ein Schnäppchen.«

»Gut«, kam es wie aus der Pistole geschossen, doch er hatte sie noch immer nicht angeschaut.

Langsam wurde sie wirklich wütend.

»Schau mich doch erst mal an!«, forderte sie ihn auf.

Bruno drehte den Kopf zur Seite, und als er sie sah, blieb sein Mund offen stehen. »Wow«, entfuhr es ihm schließlich.

Na bitte, dachte Sina. Sie hatte schon befürchtet, Bruno wäre ein hoffnungsloser Fall.

»Das sieht heiß aus«, gab er zu.

Sie bewegte sich auf ihn zu und setzte sich auf seinen Schoß. »Und es könnte noch heißer werden.«

Sie spürte die Beule, die sich in seiner Hose gebildet hatte. Sie pulsierte und wurde zusehends heißer. Brunos Pupillen waren geweitet, und sein Atem ging schneller. Es war offensichtlich, dass ihr Anblick ihn erregte. Genau das hatte sie sich erhofft. Ihre Hände glitten unter sein Hemd, kraulten die Haare auf seiner Brust.

»Ich bin zu jeder Schandtat bereit«, flüsterte sie ihm ins Ohr.

Bruno schluckte hörbar. Dann öffnete er rasch seine Hose, und Sina rutschte zur Seite, damit er seinen Schwanz befreien konnte.

Er hatte ein wirklich schönes Stück. Groß. Kräftig. Die Eichel schimmerte rot, und ein Lusttropfen hatte sich bereits auf ihr gebildet. Ein lustvoller Vorbote.

Sina beugte sich über seinen Schwanz und hauchte ein Küsschen auf seine Spitze. Sofort erfasste ein Zittern Brunos Unterleib, das sich schnell auf seinen ganzen Körper übertrug.

»Das fühlt sich schön an«, sagte er heiser.

»Das soll es ja auch.« Sie zwinkerte ihm zu.

Langsam umschlossen ihre Lippen seine Eichel, saugten sich an ihr fest, und seine Spitze wurde noch heißer, glühte förmlich. Ganz vorsichtig glitten ihre Lippen tiefer, eroberten Millimeter für Millimeter des prächtigen Schafts, der in ihrem Mund zu zucken begann.

»Weiter so«, keuchte Bruno, und Sina gab sich alle Mühe, denn sie hoffte auf eine Gegenleistung. Wenn sie mit ihm fertig war, würde er sie zum Orgasmus lecken. Das konnte er wie kein Zweiter, denn er war ein wahrer Zungenkünstler. Wenn sie nur schon daran dachte, stieg ihre Körpertemperatur sogleich noch einmal an.

Inzwischen hatte sie seinen Schwanz vollständig aufgenommen. Sie spürte seinen Hodensack an ihren Lippen, das Kitzeln seiner Haare. Langsam fuhr ihr Mund wieder hoch, um dann erneut an ihm hinabzugleiten, und mit jedem Mal wurde sie dabei etwas schneller.

Brunos Glied wuchs und pulsierte so heftig in ihrem Mund, dass sie glaubte, er würde jeden Augenblick kommen.

»Ich liebe dich, Sina«, hörte sie ihn flüstern, und es folgte ein Stöhnen, das tief und männlich war.

Seine Worte motivierten Sina sogar noch mehr. Ihr Kopf bewegte sich immer schneller vor und zurück, vor und zurück.

Plötzlich legte Bruno eine Hand in ihren Nacken und steuerte ihre Bewegung. Es erregte sie. Er war sonst eher ein zärtlicher Liebhaber, doch es war aufregend, dass er nun die Kontrolle übernahm. Sina ließ sich fallen und gebrauchen. Es gab ihr einen Kick. Doch zu ihrer Enttäuschung war das Spektakel schneller beendet als erwartet. Bruno kam es, und zwar gewaltig in ihrem Mund. Sina störte das nicht im mindesten. Ganz im Gegenteil. Dieser Part war ziemlich antörnend. Doch was danach kam, war wie ein Dämpfer, und ihre Erregung erlosch im selben Augenblick, in dem sich Bruno zurücklehnte und sich wieder ganz dem Fernseher widmete, so als hätte sie keine Bedürfnisse, die jetzt ebenfalls befriedigt werden wollten.

»Sag mal, das ist jetzt aber nicht dein Ernst, oder?«

»Was meinst du?«, fragte er unschuldig, und wahrscheinlich wusste er tatsächlich nicht, wovon sie sprach.

»Ich sitze hier in heißen Dessous neben dir, was könnte ich da wohl im Sinn haben?«

»Du hast noch mehr im Sinn als das, was schon passiert ist?«, fragte er völlig verwirrt nach.

Diese Frage machte sie unheimlich wütend. Dachte dieser Kerl denn wirklich nur an sich und seine Befriedigung? Er zuckte achtlos mit den Schultern und schaute wieder in die Glotze. Wie sie das aufregte!

»Bin ich vielleicht auch noch da?«

Er sah sie aus teilnahmslosen Augen an. Dann schien ihm jedoch ein Licht aufzugehen. »Sorry, wie dumm von mir. Können wir uns nach meiner Serie um dich kümmern? Bitte! Es ist gerade sehr spannend.«

Sina glaubte, sich verhört zu haben, aber Bruno meinte es ernst. Sie war jedoch jetzt geil, nicht später.

»Okay, ich geb's langsam auf.« Das alles, diese Beziehung, das hatte keinen Sinn mehr. Sina zog sich ins Schlafzimmer zurück, wo ihr Blick wieder in den Spiegel fiel. Was hatte Bruno an ihr auszusetzen? Oder anders ausgedrückt, warum verwandelte er sich bei ihrem Anblick nicht in ein wildes Tier, das ausgehungert über sie herfiel? Hatte ihr Couchpotato etwa eine andere? Sie verwarf den Gedanken gleich wieder. So wenig Elan, wie Bruno in letzter Zeit hatte, wäre ihm die Suche nach einer anderen Partnerin viel zu anstrengend gewesen.

Sina ließ sich aufs Bett sinken und starrte an die Decke. In diesem Moment fühlte sie sich unbeschreiblich hilflos. Bruno war ihr wichtig. Aber die Beziehung zu ihm machte sie nicht mehr glücklich.

Sina rief ihre Freundin Lena an, die immer ein offenes Ohr für sie hatte und meistens Rat wusste.

»Er ist so langweilig geworden«, beklagte sich Sina. »Früher sind wir rausgefahren, haben es im Wald getrieben oder im Fahrstuhl. Jetzt krieg ich ihn nicht mal dazu, mich auf dem Sofa zu vögeln. Liegt es an mir? Ich habe aber gar nicht das Gefühl, dass ich mich verändert habe.«

»Mach dir keine Sorgen, Süße. Du bist nicht schuld. Vielleicht liegt es am Alltag, ihm fehlt ein bisschen Schwung und Pep.«

»Und was kann ich dagegen tun? Die Dessous, die wir neulich zusammen gekauft haben, haben nicht den gewünschten Effekt erzielt. Ich weiß mir langsam keinen Rat mehr.«

»Wie bitte? Bei dem heißen Teil ist dein Freund kalt geblieben?«

»Kalt nicht direkt. Er hat sich schon seine Portion Sex abgeholt, nur für mich blieb da nichts mehr übrig.«

»Du meine Güte, das gibt's doch nicht. Das ist wirklich ein schwieriger Fall. Aber die sind oft die interessantesten.«

»Nur wenn man ein Sexualtherapeut ist. Als Betroffene kann ich dir versichern, dass interessant was anderes ist.«

»Sexualtherapeut? Das ist vielleicht gar keine schlechte Idee. Ihr solltet eine Lusttherapie machen.«

Sina hörte diesen Begriff zum ersten Mal. Es klang interessant, also wollte sie mehr wissen.

»Ich habe erst kürzlich eine gute Freundin von mir an die Schule der Lust vermittelt. Sie beginnt schon bald mit ihrer ›Therapie‹. Ein paar Plätze sind bestimmt noch frei. Warum meldest du Bruno und dich nicht als Paar einfach an?«

Lena hatte ihr von der unglücklichen Freundin, die ihr Gedächtnis verloren hatte, schon einmal erzählt. Sina fand den Schritt, den diese nun ging, sehr mutig, und sie selbst wollte auch nur zu gern aktiv werden, es gab dabei nur ein Problem.

»Ich werde Bruno nicht überzeugen können, da mitzumachen. Das wird ihm zu anstrengend sein.«

»Und wenn er gar nicht erfährt, was du vorhast? Wenn du ihm erzählst, es handele sich um einen Entspannungsurlaub auf einem hübschen Schlösschen in der Nähe von Potsdam? Das Ambiente ist nämlich tatsächlich sehr auf Urlaub und Entspannung ausgelegt.«

»Selbst das wird ihn wohl nicht mitreißen.«

»Autsch. Der Kerl scheint wohl wirklich zur Schlaftablette mutiert zu sein, wie?«

Ihre Freundin Lena kannte Bruno auch aus vergangenen

Tagen, die Sina wirklich sehr vermisste. Mit Bruno konnte sie jedenfalls nicht rechnen, auch wenn Lenas Idee mehr als nur verführerisch klang.

»Ich kann jetzt nur noch eins tun«, sagte Sina entschlossen.

»Und das wäre?«

»Ich werde ihn vor die Wahl stellen. Entweder er tut was für uns, oder wir sind die letzte Zeit ein Paar gewesen. Er muss wissen, was ihm wichtiger ist. Auch ich habe dann Klarheit.«

»Klingt vernünftig.«

Sina war in diesem Moment so voller Energie und Tatendrang, sie wollte die Sache gleich hinter sich bringen. »Ich ruf dich in ein paar Minuten zurück.«

»Alles klar, viel Glück.«

Entschlossen marschierte sie in das Wohnzimmer zurück, wo Bruno noch immer in genau der gleichen Haltung auf der Couch saß wie zuvor. Lediglich das Volumen seiner Chipstüte hatte sich verringert.

Sina stellte sich vor den Fernseher und stemmte die Hände in die Seiten.

»Schatzi, du stehst mir im Bild«, erklärte Bruno und versuchte, den Hals so zu verrenken, dass er an ihr vorbeischauen konnte.

»Ach was, ist nicht wahr.«

»Ich kann nichts mehr sehen«, klagte er.

»Jetzt ist auch Zuhören angesagt, mein Freund.«

Bruno erschrak, weil ihre Stimme ungewollt lauter geworden war. Sie deutete mit dem Zeigefinger auf ihn. »Du und ich, wir werden Urlaub machen. Schon nächste Woche.«

»Was … aber wieso …«

»In einem hübschen kleinen Schlösschen, in dem wir gemeinsam an einer Lusttherapie teilnehmen werden.«

»Lusttherapie? Wovon redest du …?«

Sie schnitt ihm sogleich das Wort ab. »Ich habe die Faxen dicke. Mich nervt der Alltag auch, aber ich versuche, das Beste aus allem zu machen, anstatt mich hängen zu lassen so wie du. Ich will wieder ein erfülltes Sexleben. Wenn du nicht mitkommst und mit mir an dem Problem arbeiten willst, kannst du dir eine neue Freundin suchen.«

Ihre Worte hatten offenbar gesessen. Brunos Lippen zuckten unwillkürlich, doch augenscheinlich fiel ihm keine schlagfertige Antwort ein.

»Und wann soll es noch mal losgehen?«, hakte er verunsichert nach.

»Nächste Woche.«

Er zögerte einen Augenblick, und sie fürchtete schon, er würde nein sagen und damit beweisen, dass ihm der Fernseher wichtiger war als sie. Doch zu ihrer Überraschung nickte er plötzlich. »In Ordnung. Ich werde Urlaub einreichen. Ich hoffe, dass das so kurzfristig klappt, aber ich werde alles daransetzen, mit dir zu diesem Schloss zu fahren.«

Sina nickte erleichtert. Dass er so schnell Einsicht zeigte, hatte sie gar nicht erwartet.

»Gut«, sagte sie zufrieden. »Jetzt darfst du auch deine Serien weitergucken.« Sie trat vom Fernseher weg, aber er erhob sich, ging auf sie zu und zog sie in die Arme.

»Du weißt schon, dass ich dich sehr liebe, oder?«, flüsterte er ihr ins Ohr.

Sina wusste keine Antwort auf diese Frage. Wenn sie ehrlich war, war sie sich seiner Gefühle schon lange nicht mehr sicher gewesen. Doch im Moment fühlte es sich gut an, ihm so nah zu sein. Und seine Worte berührten sie.

»Es tut mir leid, wenn ich eine Enttäuschung für dich bin«,

fuhr er fort. Derart viel Selbstreflexion hatte sie ihm gar nicht zugetraut. Vielleicht war sie auch nicht immer fair zu ihm gewesen.

»Ich verspreche dir, ich mache diese Therapie mit dir, denn ich möchte auch etwas ändern.« Seine Lippen näherten sich den ihren, berührten diese sanft und öffneten sie mit leichtem Druck.

Sina schmeckte seine Zunge auf der ihren und warf den Kopf in den Nacken. Wenn sie später Lena anrief, um ihr von Brunos Reaktion zu erzählen, würde die ihr wohl kein Wort glauben. Jetzt aber versank sie erst einmal in seinen Armen. Bruno glitt mit der Hand in ihr Dekolleté und strich zärtlich über ihre Brüste. Sofort überlief sie eine Gänsehaut.

»Die Dessous sind wirklich heiß«, gab Bruno zu und ging dann auf die Knie vor ihr. So tief, bis sie seinen Atem an ihrer Scham spürte.

✣

Als man Janine Keller an einem lauwarmen Sommerabend eine Woche nach ihrer Ummeldung ihr Zimmer in Schloss Cohen zuwies, erwartete sie gleich zu Beginn ihrer Lusttherapie eine böse Überraschung. Da Schloss Cohen früher ein Internat gewesen war, gab es keine Einbettzimmer. Ganz im Gegenteil. Am Ende des Ganges ihrer Etage befand sich sogar ein Schlafsaal für mehr als zehn Personen. Insofern hatte sie wiederum Glück, dass man sie in einem Zweitbettzimmer untergebracht hatte. Mit derart vielen fremden Menschen zu nächtigen hätte ihr gewiss nicht behagt.

Janine schaute sich in ihrem Zimmer um. Es war einigermaßen groß und gut ausgestattet, wenngleich sie den Verdacht hatte, dass dies noch dieselben Möbel waren, die schon zu

Internatszeiten hier gestanden hatten. Aber das machte im Grunde ja nichts, solange sie gepflegt waren.

Mit einem Seufzen ließ sie sich auf die federweiche Matratze sinken. Hoffentlich war das hier alles kein Fehler. Doch wenn sie an Dr. Tannert dachte, fühlte es sich alles andere als nach einem Fehler an. Da war irgendetwas zwischen ihnen, was sie zu ihm hinzog. Das Gefühl war derart intensiv, dass sie es nicht verleugnen oder ignorieren konnte. Der Sache wollte sie auf den Grund gehen, hoffte sie doch darauf, eine Spur in ihre Vergangenheit zu finden.

Mit einem Mal ging die Tür auf, und der Kopf einer blonden Frau lugte herein, unterbrach Janine in ihren Gedanken.

»Guten Tag, Zimmergenossin«, rief die Fremde. »Ich bin Sina«, stellte sie sich dann vor und trat ein, bewaffnet mit zwei Koffern, die sie vor dem Schrank abstellte, ehe sie Janine die Hand reichte.

»Freut mich, ich bin Janine«, sagte sie gezwungenermaßen, obwohl sie keine Lust auf Bekanntschaften hatte. Der Grund ihrer Teilnahme an der Lusttherapie war schließlich sehr intim.

»Janine Keller?«

»Ja. Woher kennen Sie denn meinen Nachnamen?«

»Ich bin Sina Dammstedt.«

Dieser Nachname sagte ihr wiederum nichts, und sie zuckte hilflos mit den Schultern.

»Wir haben eine gemeinsame Freundin«, erklärte Sina aufgeregt und setzte sich neben Janine. »Das ist ja wirklich unglaublich, so ein Zufall aber auch! Ich meine, ich wusste, dass Sie teilnehmen würden, aber dass wir sogar ein Zimmer teilen.«

»Welche gemeinsame Freundin meinen Sie denn?«, hakte Janine nach.

»Lena Gruber.«

»Lassen Sie mich raten, Lena hat Sie auch überredet, an dieser Therapie teilzunehmen.«

»Sie hat mir zumindest dazu geraten, ja.«

»Man muss sich langsam fragen, ob sie dafür irgendeine Art von Provision erhält.«

Sina lachte. »Lena ist leicht verrückt, aber ich glaube, solche Geschäfte hat sie eigentlich nicht nötig.«

Das stimmte, denn Lena war eine erfolgreiche Geschäftsfrau. Über Geldnöte konnte sie sich jedenfalls nicht beklagen.

»Wollen wir vielleicht Du zueinander sagen?«, schlug Sina vor.

Janine war einverstanden. Im Grunde war sie sogar heilfroh, dass ihre Zimmergenossin keine völlig Fremde war, sondern dass sie Lena auch kannte und sie somit etwas miteinander verband.

Die beiden Frauen fanden schnell einen Draht zueinander und unterhielten sich angeregt. Bereitwillig beantwortete Janine all die Fragen, die Sina bezüglich ihres Gedächtnisverlustes hatte.

»Wirklich toll, wie du damit umgehst«, sagte Sina nicht ohne Bewunderung.

Inzwischen kam Janine tatsächlich gut mit ihrem »Handicap« klar, aber das war nicht immer so gewesen. Gerade am Anfang ihrer Diagnose, kurz nach dem Unfall, an den sie sich nach wie vor nicht erinnerte, war ihre Welt zusammengebrochen, und ohne Lena hätte sie es nie so weit geschafft, wie sie jetzt war. Das war auch der Grund, warum Janine auf Lenas Rat vertraute und diese Therapie machte. Lena war so etwas wie ihr Fels in der Brandung, ihr Anker.

Ein Klopfen riss die beiden Frauen aus ihrem Gespräch.

Wer konnte das denn sein? Für eine weitere Person war kein Platz mehr übrig. Es sei denn, man erwartete von ihnen, sie würden zu dritt in einem Zweibettzimmer schlafen. Und das konnte eng werden.

»Wer ist da?«, fragte Sina, die angefangen hatte, ihre Sachen auszupacken. Janine hatte es ihr gleichgetan. Ein Koffer war schon unter ihrem Bett verschwunden und der Inhalt in einen der großen Schränke geräumt.

Niemand antwortete auf Sinas Frage, stattdessen wurde ihnen ein Briefumschlag unter die Tür hindurchgeschoben.

»Was ist denn das? Eine geheime Botschaft?«, wunderte sich Janine.

»Ich schaue mal nach. Vielleicht haben wir ja Post von einem Verehrer bekommen?«

»Es würde mich wundern, wenn ich einen hätte.«

»Ach was, nicht so bescheiden.« Sina zwinkerte ihr zu und öffnete den Umschlag. »Da ist eine DVD drin«, stellte sie erstaunt fest. »Bitte einlegen« stand auf dem Kuvert. Janine blickte sich im Zimmer um, entdeckte dann eine zweitürige Kommode und zog die Türen auf. Dahinter verbargen sich ein großer Flachbildschirm und ein DVD- Player.

»Sieh mal an, hier wird man ja richtig verwöhnt.«

Sina legte die DVD ein und setzte sich zu Janine auf das riesige Bett. Das Logo der Lustschule flimmerte über den Bildschirm, und nach einer Überblende erschien eine Frau mit strenger Frisur, deren Augen so bohrend waren, dass Janine das Gefühl hatte, sie könne bis tief in ihr Innerstes schauen. Und das, obwohl es sich nur um eine Aufzeichnung handelte.

»Herzlich willkommen auf Cupido, der Schule der Lust. Mein Name ist Gloria Aden. Ich bin eine der Kursleiterinnen, die Ihnen dabei helfen wollen, Ihre Lust neu zu entdecken. Den ersten Schritt haben Sie erfolgreich hinter sich gebracht. Und bevor es morgen richtig losgeht, haben wir uns eine Hausaufgabe für Ihren Zimmergenossen und Sie überlegt.«

Sina und Janine sahen sich an und lachten amüsiert. Hausaufgaben gab es hier also auch? Nun, was erwarteten sie anderes von einer Schule.

»Hübsche Idee, das mit der DVD«, bemerkte Sina, während Gloria Aden ungerührt fortfuhr: »Entspannen Sie sich, genießen Sie die wohlklingenden Melodien, die wir für Sie ausgesucht haben, und erforschen Sie den Körper Ihres Zimmergenossen. Nur keine Scheu. Wir sind alle aus einem Grund hier, und es gibt nichts, was wir voreinander verbergen müssen. Machen Sie sich frei von allen Zwängen und Sorgen.«

»Was?«, entfuhr es Janine. Sie hatte sich doch hoffentlich nur verhört.

Sina schien genau denselben Gedanken zu haben und spulte noch einmal ein Stück zurück.

»… erforschen Sie den Körper Ihres Zimmergenossen.« Dann klickte sie auf Pause.

»Meinen die das ernst?«, fragte sie verunsichert.

»Das spielt keine Rolle. Wir werden einfach nicht mitmachen«, sagte Janine entschieden.

»Sehe ich genauso.«

Da waren sie sich ja zumindest einig. Aber irgendetwas schien Sina dennoch zu bedrücken. Ihre Augen schimmerten verdächtig, und plötzlich verbarg sie das Gesicht in ihren Händen.

»Was ist … denn los?«, fragte Janine unsicher. »Habe ich etwas Falsches gesagt? Ich meine, wenn ja, tut mir das leid. Ich bin durch meinen Unfall manchmal etwas ungestüm.«

»Ach nein, es liegt doch nicht an dir.« Sina holte ein Taschentuch aus ihrer Hosentasche und schnäuzte sich.

Janine nickte. Es interessierte sie dennoch brennend, was in Sina gefahren war. Niemand weinte schließlich ohne Grund.

Sina lehnte sich zurück und atmete tief durch. »Tut mir leid. Ich wollte das eigentlich gar nicht. Weißt du, wenn alles geklappt hätte, wäre ich gar nicht deine Zimmergenossin geworden, sondern hätte ein Zimmer mit meinem Freund bezogen.«

»Dein Freund?«

»Bruno.« Sie nickte. Mit ihrem Freund hätte Sina die Hausaufgabe natürlich spielend gemeistert.

»Zuerst war er Feuer und Flamme für die Idee hierherzukommen, und ich hatte schon gedacht, alles würde sich wieder einrenken. Aber dann hat er es schleifen lassen, den Urlaub zu spät beantragt, so dass er natürlich nicht genehmigt wurde.« Sie zerknitterte das Taschentuch in ihrer Hand. »Es war ohnehin knapp, eine Woche vorher. Aber er hat sich nicht mal Mühe gegeben. Egal, einfach nicht mehr dran denken«, sagte sie mehr zu sich selbst als zu Janine.

Janine wusste nicht recht, was sie sagen, wie sie Sina trösten sollte, also legte sie ihr nur beruhigend eine Hand auf die Schulter. Doch mit einem Mal war Sina wieder gut drauf, was Janine nur umso mehr verwirrte. Hatte sie eine Art Schalter eingebaut, mit dem sie von schlechter zu guter Laune switchen konnte?

»Also gehen wir es an. Machen wir die Hausaufgabe?«

Janine erschrak über diese Frage. Eben waren sie sich doch noch einig gewesen, dass sie es nicht tun wollten. Sina schien ihr Unbehagen zu spüren.

»Ich meine ja nur, es könnte wichtig für die Therapie sein. Sonst würden die doch so etwas nicht ohne Grund verlangen.«

»Das ist mir ziemlich egal. Weißt du, ich finde das geht zu weit. Die können doch nicht erwarten, dass sich zwei wildfremde Menschen einfach näherkommen und anfangen, sich gegenseitig zu befummeln.«

»So ungewöhnlich ist das doch gar nicht, manche Leute gehen leidenschaftlich gern in Swingerclubs oder suchen sich einen One-Night-Stand.«

Janine musste an Erik denken. Aber der Unterschied war, dass Erik ein Mann und Sina eine Frau war.

»Oder hast du ein Problem damit, dass ich eine Frau bin?«, hakte Sina nach, als hätte sie Janines Gedanken simultan mitgelesen.

Janine beobachtete verunsichert, wie sich Sina ihr T-Shirt über den Kopf zog. Ihr üppiger, in einem hübschen Spitzen-BH verpackter Busen kam darunter zum Vorschein und wippte anzüglich, ja auffordernd.

»Das hat damit nichts zu tun«, rechtfertigte sich Janine nach viel zu langem Zögern.

»Ach nein?« Sina massierte ihre Brüste.

»Nein«, bestätigte Janine, doch sie klang wenig glaubwürdig. Dabei hatte sie während ihrer Oberschulzeit sogar einmal einen Girl's Crush wegen einer Mitschülerin gehabt. Aber das war Jahre her. Außerdem ging es ihr letztlich ums Prinzip. Sie kannte Sina nicht, und dass sie eine Frau war, kam lediglich erschwerend hinzu. Janine hielt einfach nichts von einem Hechtsprung ins kalte Wasser.

»Was glaubst du denn, was wir die nächsten zwei Wochen hier machen werden?«, fragte Sina provokant und entledigte sich auch ihres BHs, den sie achtlos auf einen Stuhl warf, um dann an ihren Nippeln zu zupfen, bis sie lang und steif wurden.

Der Anblick ließ Janine alles andere als kalt.

»Natürlich wird es heiß hergehen«, beantwortete Sina ihre Frage selbst.

»Das weiß ich«, sagte Janine. Doch der wahre Grund für den Zwei-Wochen-Kurs war Krischan Tannert und niemand sonst. Vielleicht war es naiv gewesen zu hoffen, dass sie vor allem mit ihm zu tun haben würde.

Die »Hausaufgabe«, wie sie es so schön nannten, überforderte sie in diesem Moment. Vielleicht sah es morgen ja schon ganz anders aus. Sie hatte auch nicht damit gerechnet, dass es gleich am ersten Abend, quasi kurz nach Einzug, schon zur Sache gehen würde. Und es erstaunte sie, wie locker Sina das alles auf einmal aufnahm und wie entspannt sie damit umging.

»Du musst ja nicht mitmachen«, meinte Sina schließlich und schlüpfte, nackt wie sie nun war, unter die Decke. Schon nach kurzer Zeit bewegte sich die Decke genau an der Stelle, wo sich Sinas Hände befinden mussten, nämlich zwischen ihren Beinen. Ihre Augen waren geschlossen, und Janine hörte sie leise stöhnen.

Es war ein merkwürdiges Gefühl, dass sie nun das Bett mit einer Frau teilte, die es sich gerade selbst besorgte. Janine wusste nicht, was sie sagen oder tun, geschweige denn, wo sie hinblicken sollte.

Sinas Stöhnen wurde lauter, ihre Hände bewegten sich schneller, die Bettdecke raschelte. Was für eine surreale Situation, und doch bewirkte sie auch, dass Janine ebenfalls ein leises Prickeln zwischen ihren Schenkeln verspürte.

»Ich gehe mal ins Bad«, sagte sie, weil das Prickeln schnell stärker wurde und sich in ein Pulsieren verwandelte.

Sina antwortete nicht, aber ihr Stöhnen wurde lauter. So laut, dass Janine es sogar noch im angrenzenden Badezimmer hören konnte.

Verflucht, die Situation machte sie tatsächlich richtig scharf. Janines Hand wanderte unter ihr Höschen und kraulte ihre heiße Scham, die inzwischen so feucht geworden war, dass schon bei der ersten Berührung ein verräterisches Schmatzen erklang.

Sie betrachtete ihr Spiegelbild und erkannte sich kaum wieder. Ihre Augen glänzten vor Lust, und kleine Schweißtropfen perlten von ihrer Stirn, während sich ihr Zeigefinger langsam in ihre Enge vorwagte. Janine ließ sich fallen. Sinnbildlich. Sie war hier, um ihre Hemmungen abzulegen, um wieder Orgasmen haben zu können, Lust zu empfinden. Sie war bereit, alles Nötige dafür zu tun. Auch wenn es ihr im Augenblick absurd erschien, so merkte sie doch an der Reaktion ihres Körpers, dass es nicht absurd war, denn es erregte sie tatsächlich. Und dass dort draußen ihre Zimmergenossin lag und es sich selbst machte. Janine überlegte, ob sie doch noch mal rausging und sich zu Sina legte, sie berührte und küsste, wie es die Hausaufgabe von ihr verlangte. Aber dafür fehlte ihr noch der Mut. Sie war jemand, der erst einen Schritt nach dem anderen machte. Und die Tatsache, dass sie nun hier stand und sich selbst befriedigte, dabei sogar Lust und Erregung verspürte, das war für sie ein gewaltiger Schritt nach vorn.

Ihr Zeigefinger glitt immer schneller in sie, strich über ihren G-Punkt, reizte diesen, bis sie sich vor Wonne auf die Unterlippe biss, so lange, bis ein kleiner Blutstropfen hervorquoll. Da merkte Janine, dass es in ihrem Zimmer ruhig geworden war. Sina musste wohl schon gekommen sein. Konnte Sina ihr Stöhnen jetzt hören, so wie Janine sie zuvor gehört hatte? Der Gedanke glich einem mittelschweren Schock, kam ihr Stöhnen doch einer Offenbarung gleich.

Ihre Lust wurde dennoch größer.

Janine vergaß ihre Sorgen. Was sie hier tat, fühlte sich einfach zu gut an. Sie spürte, dass ein Orgasmus möglich war, dass sie ihn mit genügend Feingefühl hervorkitzeln konnte. Sie reizte mit ihrem Daumen ihre kleine Perle, die unter dem steten Streicheln größer wurde und zu pulsieren begann. Ein Höhepunkt wäre nun die Krönung. Fast konnte sie ihn greifen, so nah schien er ihr zu sein.

»Ich hab's doch gewusst«, sagte plötzlich Sina, deren Kopf seitlich durch die Tür lugte.

Janine erschrak derart, dass ihr die Lust augenblicklich verging. Verärgert biss sie die Zähne zusammen und ballte die Hände hinter ihrem Rücken zu Fäusten. Aber dann beruhigte sie sich sehr schnell. So nah war sie immerhin noch nie allein gekommen.

»Du hast es mir verpatzt«, sagte sie.

»Oh, das tut mir leid. Und wenn du magst, helfe ich dir. Zusammen kriegen wir das schon wieder hin.«

»Nein danke.« Janine wollte nichts von Sina oder sonst einer anderen Frau. Sie liebte Männer. Nur Männer. Auch wenn es sie merkwürdigerweise erregt hatte, Sina nebenan dabei zuzuhören, wie sie gekommen war.

»Ich gehe jetzt schlafen«, entschied Janine und schlüpfte erst in ihren Schlafanzug und dann unter die Decke.

⟞

Krischan Tannert hatte gleich Feierabend, und in seinem Bett lag die nackte Gloria Aden. Rasch vervollständigte er noch einen Bericht, den er eigentlich schon gestern Abend hatte fertigstellen wollen, als seine Gedanken zu Janine Keller wanderten. Sie war nun hier, auf Schloss Cohen – in seinen Fängen.

Er freute sich sehr auf die Lustspiele, die ihnen noch bevorstanden. Vor allem aber freute er sich darauf, sie zu bestrafen für das, was sie ihm angetan hatte. Auf lustvolle Weise natürlich. Diese Art der Bestrafung war so viel machtvoller als jede andere, bettelten die Bestraften doch um weitere Bestrafungen, was die Sache für ihn nur umso reizvoller machte.

»Kommst du zu mir?«, fragte Gloria und rekelte sich in seinem Bett.

Fast hatte er ihre Anwesenheit vergessen.

»Gleich, ich muss noch etwas fertigstellen.«

»Mach nicht zu lange, ich will dich endlich bei mir haben.«

Er reagierte nicht auf ihre Worte. Seit der unschönen Trennung von Janine hatte es keine Frau mehr geschafft, sein Herz zu erobern. Stets war es ihm nur um körperliche, um lustvolle Dinge gegangen. Das war einfach und unkompliziert, vor allem aber effektiv. Es ärgerte ihn, dass Janine, wenn auch nur geringfügig, noch immer diese Macht über ihn zu haben schien, schließlich dachte er seit ihrem Wiedersehen an nichts anderes mehr.

»Woran denkst du?«, fragte Gloria, die ein Gespür für andere und somit vermutlich schnell gemerkt hatte, dass es gar nicht sein Bericht war, der ihn ablenkte.

»An eine Patientin«, sagte er ehrlich.

»Ein interessanter Fall?«

»O ja, so kann man das sagen. Ich kenne sie von früher.«

Nun hatte er Glorias volle Aufmerksamkeit. Es war kein Geheimnis, dass Gloria mehr für ihn empfand, doch er hatte ihr von Anfang an klargemacht, dass sie nicht mehr von ihm bekommen würde als das, was sein Körper bereit war, ihr zu geben. Es war eine rein sexuelle Beziehung. Sie hatte sich darauf eingelassen, kannte die Regeln und die Bedingungen.

»Ach ja? Und wer ist es?«

»Janine Keller.«

»Der Name sagt mir etwas. Sie ist erst heute eingezogen, richtig?«

»Ja.«

»Und woher kennst du sie?«

Er antwortete nicht, aber Gloria kombinierte geschickt. »Sie ist diejenige …«, sagte sie nur, aber sie beide wussten, was gemeint war. Er hatte vor Gloria begründet, weshalb sein Herz versteinert, warum er zu keiner emotionalen Regung mehr fähig war. Janine war die Frau aus seiner Vergangenheit, die ihm das angetan hatte. Das lag nun auch für Gloria klar auf der Hand. Wie besessen hatte er Janine geliebt. Vergöttert. Ihr gedient. Es hatte schon an Manie gegrenzt. Und sie? Sie hatte ihn verraten. Seine Hand ballte sich zur Faust.

»Will sie dich zurück?«

»Nein, sie erinnert sich nicht an mich. Sie hat ihr Gedächtnis verloren. Ein Umstand, der mir in die Karten spielt.«

»Was hast du denn vor?«

»Ich werde sie zu meiner Sklavin erziehen«, gestand er seinen Wunsch ein, den er zuvor nicht direkt hatte formulieren können. Aber nun war alles für ihn klar. Janine würde nicht nur bestraft werden, er würde sie auch zu seiner Sexsklavin machen. Und vielleicht, nur vielleicht, sollte es ihm gelingen, ihr Herz zu gewinnen, würde er es ihr brechen, so wie sie das seine gebrochen hatte.

»Ich helfe dir«, erklärte Gloria zu seiner Überraschung.

»Was willst du denn tun?«

»Ich weiß es noch nicht, ich kenne sie ja auch noch gar nicht. Aber zu gegebener Zeit werde ich dir helfen. Und jetzt komm, ich kann nicht länger warten.«

Krischan nickte und schaltete seinen Laptop aus, ohne seinen Bericht abgeschlossen zu haben. Der würde dann morgen Abend fertiggestellt werden. Zumindest hoffte er das.

Er zog sich das Hemd aus und legte sich zu Gloria, die ihn mit offenen Armen und heißen Küssen empfing. Und in dem Moment kam ihm eine Idee. Warum sollte er nicht an Gloria austesten, was er später mit Janine vorhatte? Er beugte sich über sie und öffnete die Schublade seines Nachtschranks, um ein Paar glänzender Handschellen herauszuziehen.

Diese hielt er Gloria vor die Nase. Ihre Augen weiteten sich beim Anblick der Fesselwerkzeuge. Als Sextherapeut kannte er diesen Blick sehr genau. Die geweiteten Pupillen deuteten auf ein Zunehmen ihrer Erregung hin.

Gloria biss sich unmerklich auf ihre volle Unterlippe. Da hatte er längst ihr rechtes Handgelenk gepackt und eine Schelle darum geschlossen. Wie hübsch das aussah. Die zarte Frauenhaut, eingezwängt in das glänzende Metall. Im Nu hatte er sie an die Stäbe seiner Bettrückwand gefesselt. Und als er sie nun so hilflos vor sich liegen sah, unfähig, sich seiner zu erwehren, musste er erneut an Janine denken. Er wünschte, sie wäre es, die jetzt hier mit ihm war und nicht Gloria.

Er würde ihren Körper mit seinen Lippen Zentimeter für Zentimeter erkunden, alle Erhebungen, jede Stelle abtasten, mit Küssen bedecken.

Gloria stöhnte lustvoll auf, als sein Atem über ihren Hals strich.

»Was hast du denn mit mir vor?«, fragte sie heiser. Heiserkeit war ein weiteres Anzeichen für Erregung. Krischan war amüsiert, wie leicht Frauen zu durchschauen waren, wenn es um Lust ging. Vielleicht war es aber auch so, dass die Frauen sich ganz bewusst durchschauen ließen, um das zu bekommen, wonach sie verlangten, was sie ersehnten. Ein Trick, dem er nur zu gern nachging.

Seine Hand strich über ihren festen Bauch und wanderte tiefer, legte sich auf ihren heißen Venushügel. Und je tiefer seine Finger glitten, desto stärker wurde die Hitze, die Gloria ausstrahlte.

Krischan erinnerte sich daran, wie sehr es Janine früher angemacht hatte, wenn er sie an dieser bewussten Stelle mit der Hand verwöhnte. Sie hatte es geliebt, dort unten gestreichelt zu werden. Und er hatte es geliebt, wenn sie ihm genau das befohlen hatte.

»Sag es mir«, hauchte Krischan.

»Was sagen?«, fragte Gloria.

»Mir sagen, was ich mit dir machen soll. Hier unten.« Er gab ihr einen sanften Klaps zwischen die Schenkel.

Gloria stöhnte erneut auf, dieses Mal noch lauter, noch intensiver, und ein Schauer jagte durch ihren bebenden Körper.

»Das …« Sie keuchte auf. »War doch schon ein guter Anfang.«

Krischans Hand legte sich erneut auf ihre Scham, dieses Mal jedoch besitzergreifend. Er wollte Gloria klarmachen, dass sie ihm gehörte. Für diese Nacht.

Gloria verstand, spreizte die Beine noch etwas weiter und erlaubte ihm, mit seinem Finger in sie zu dringen. Ganz langsam schob er diesen in sie. Es fühlte sich schön an. Doch die Erinnerung an Janine überlagerte alles. Er hatte sie oft geleckt, sie mit dem Finger befriedigt oder bis an den Rand des Orgasmus gebracht, nur um sie dann mit Hilfe seines Schwanzes zu erlösen. Genau das hatte er jetzt auch mit Gloria vor. Es wäre aufregend, dennoch war es nicht dasselbe. Denn Gloria war nicht die Frau, die er begehrte.

Doch er konnte seine wahren Gefühle gut vor ihr verbergen. Sein Finger drang immer tiefer in sie. Er spürte das Vibrieren in ihrem Innern. Spürte, wie ihre Lust anschwoll. Und dann entzog er sich ihr wieder. Gloria stieß einen gequälten Laut aus.

Krischan genoss den Moment, doch er wollte nicht zu grausam sein, denn schließlich war es nicht Janine, die vor ihm lag. Die würde er viel länger leiden lassen. Nein, Gloria sollte bekommen, wonach es ihr verlangte. Sein Finger drang erneut in sie. Ein zweiter gesellte sich hinzu.

Er beobachtete Gloria genau. Ihren schnellen Atem. Ihren Brustkorb, der sich in diesem Rhythmus hob und senkte. Die geschlossenen Augen, unter deren Lidern es ohne Unterlass zuckte.

Ja, es war der rechte Moment. Er wollte ihr nun erlauben zu kommen. Dafür entzog er ihr erneut seine Finger, setzte sich zwischen ihre Schenkel und spreizte diese noch etwas mehr, so dass er Platz zwischen ihnen hatte. Dann hob er ihr Becken an, brachte es in die rechte Position und drang in sie. Gloria wand sich lustvoll vor ihm, zerrte an ihren Fesseln, als wollte sie sich tatsächlich befreien, vor ihm fliehen. Doch es war nur ein Spiel. Ihr lustvolles Lächeln, der Glanz des Begehrens in ihren Augen sprachen eine andere Sprache.

Sie sagten: »Nimm mich.« Und tatsächlich kamen genau diese Worte jetzt aus ihrem Mund. Sie überraschten ihn nicht. Gloria war für ihn ein offenes Buch. Das machte den Sex mit ihr nicht schlechter. Im Gegenteil. Der Sex war grandios. Ganz besonders an diesem Abend. Denn es waren eigentlich zwei Frauen, mit denen er schlief. Gloria, die physisch hier war, deren Körper er tatsächlich unter seinem spürte, deren Hitze sein Blut in Wallung brachte. Und Janine, die nur in seinem

Kopf existierte, die ihn aber in diesem Moment genauso sehnsüchtig und fordernd anblickte, die den Orgasmus genauso erflehte, wie es Gloria tat.

Schon bald, da war sich Krischan sicher, würde dies keine bloße Fantasie mehr sein. Bald würde die echte Janine hier vor ihm liegen, sich ihm unterwerfen. Er freute sich auf diesen Moment, sehnte ihn herbei wie nichts anderes auf der Welt.

Glorias Körper zuckte noch einige Male, dann versank sie in eine selige Entspannung, blieb erschöpft liegen.

Auch Krischan war gekommen. Er zog sich aus ihr zurück, streichelte liebevoll ihre Brüste, weil er das Gefühl hatte, sie für das wunderbare Geschenk, das sie ihm gemacht hatte, belohnen zu müssen.

Gloria sah ihn an, ihre Lippen spitzten sich kaum merklich, doch es entging ihm dennoch nicht. Es sah aus, als forderte sie einen Kuss ein. Doch nicht irgendeinen, sondern einen romantischen. Das verriet ihr Blick.

Er lachte. »Vergiss unsere Regeln nicht«, erinnerte er sie. Mit Romantik hatte er schon lange nichts mehr am Hut. Romantik störte. War zerstörerisch, wenn sie zu Bruch ging. Er hatte aus der Vergangenheit gelernt. Er würde nicht zweimal denselben Fehler machen.

⌒

»Das war ein wundervoller Abend«, sagte sie.

»Der noch nicht enden muss.« Sein Gesicht lag im Schatten, obwohl die Straße in den buntesten Farben leuchtete. Doch sie schienen nicht durch die verdunkelten Scheiben der Limousine vorzudringen, als gäbe es hier eine natürliche Sperre, welche die Lichter außen vor ließ.

Er nahm ihre Hand, hielt sie fest.

»Ich will nicht, dass der Abend jetzt endet«, formulierte er seinen Wunsch eindringlich.

Sie sah den silbernen Ring an seinem Mittelfinger. Ein einzelner Buchstabe schmückte ihn. Wofür das A wohl stand?

»Komm mit mir, bleib heute Nacht an meiner Seite.«

Kurz meinte sie, seine Zähne aufblitzen zu sehen, während er lächelte.

Sie stimmte zu. Und wenig später fand sie sich in seinem Loft über den Dächern Londons wieder. Es war luxuriös eingerichtet. Geschmackvoll. Er bot ihr Champagner an.

Sie nahmen auf dem Ledersofa Platz, genossen die kühle Abendluft, die durch die offene Tür zur Dachterrasse hereinwehte.

»Ich denke, nein, ich bin mir sicher, dass diese Begegnung Schicksal war«, flüsterte er und näherte sich ihr. Doch seine Lippen berührten die ihren nicht. Stattdessen sank er vor ihr auf die Knie.

»Sag es mir, wenn ich mich irre. Und sag es mir, falls du es auch spürst.« Seine Stimme vibrierte. Vor Erregung.

»Du irrst dich nicht. Ich spüre es auch«, gab sie zurück. Ihre Stimme klang in ihren Ohren merkwürdig mechanisch.

Sie versuchte, sein Gesicht zu erkennen, doch es war stets im Schatten. Wahrscheinlich würde sie es nur dann sehen, wenn er es ihr erlaubte.

Er beugte sich zu ihren Stiefeln herunter, hob einen von ihnen leicht an und leckte über das Leder.

»Was tust du denn da?«

Er antwortete nicht, machte einfach weiter. Leidenschaftlich.

Ein sinnliches Prickeln erfasste ihren Unterleib. Die Situation war überraschend geil, und sie legte ihr zweites Bein auf seinem Rücken ab, benutzte ihn wie einen Tisch.

Langsam zog er den Reißverschluss ihres Stiefels herunter und entblößte ihre Wade, die er zärtlich streichelte, ebenso wie er zuvor ihren Stiefel mit seiner Zunge liebkost hatte.

»Ich will dir dienen, Paona«, verkündete er, und seine Worte allein erregten sie so sehr, dass sich ihre Hand zwischen ihre Beine legte und ihre empfindsamste Stelle sanft massierte.

»Sag mir, was ich für dich tun soll, und ich werde es tun.«

Ihr Blick fiel wieder auf seinen Ring. Wofür stand das A?

»Küss mich«, befal sie und deutete mit dem Zeigefinger nach unten. Er verstand, zog ihr den Stiefel aus und küsste ihre nackte Fußsohle, leckte sie zwischen ihren Zehen und nahm sogar ihren großen Zeh in den Mund, als handelte es sich um ein männliches Glied. Der Anblick erregte sie sehr, und sie rieb noch etwas fester an ihrer Scham. »Diene mir«, flüsterte sie, als ein schriller Schrei erklang.

Janine fuhr in die Höhe und blickte sich erschrocken um. Sina stand an ihrer Balkontür, die offen stand, und zeigte hinaus. »Da war ein Spanner!«, schrie sie.

»Was?«

Janine war noch immer nicht ganz bei sich. Sie brauchte einen Moment, um sich erst mal zu orientieren. Was war das für ein verrückter Traum gewesen? Wo war sie überhaupt? Die Erinnerung kam schnell zurück, und im Nu stand sie neben Sina, blickte ebenfalls hinaus, aber sie konnte in der Dunkelheit niemanden ausmachen.

»Du hast schlecht geträumt«, vermutete sie, aber Sina war sich ganz sicher.

»Ich habe ja nicht mal geschlafen. In fremden Betten brauche ich immer eine Eingewöhnungszeit. Ich bin mir ganz sicher. Der Kerl hat durch die Scheibe zu uns reingestarrt.«

Das klang ziemlich unheimlich. »Hast du ihn denn erkannt?«

»Nein, ich habe keine Ahnung, wer das war. Du, wir müssen das sofort dem Leiter von Cupido melden. Ich bin sicher, der findet das auch nicht witzig, wenn hier irgendwelche Perversen rumstreunen.«

Sina war ziemlich aufgebracht und drohte schon zu hyperventilieren.

Janine untersuchte erst einmal den Balkon, vielleicht hatte der Spanner ja eine Spur hinterlassen? Aber sie konnte nichts Auffälliges entdecken.

»Hast du etwas gefunden?«, fragte Sina aufgeregt. »Fußspuren oder einen Knopf, den er verloren hat? Was auch immer!«

»Hier ist nichts, rein gar nichts. Bist du sicher, dass du nicht geträumt hast?« Das war in diesem Augenblick die logischste Erklärung. Der Spanner hätte schließlich auch einiges an Aufwand betreiben müssen, um überhaupt auf den Balkon zu kommen, denn ihr Zimmer lag im zweiten Stock des Schlosses. Ein Seil oder eine Leiter waren aber ebenfalls nirgends zu entdecken gewesen. Hätte er eins von beidem benutzt, dann hätte er es wohl in Rekordzeit nach seiner Entdeckung entfernt haben müssen. Auch das war nicht glaubwürdig. Zumal nicht die geringste Bewegung im Innenhof zu sehen war. Janine war überzeugt, dass Sina doch eingeschlafen und der Spanner lediglich in ihrem Traum in Erscheinung getreten war. Sie schien ohnehin eine Person zu sein, die schnell überreagierte und sehr emotional war. Janine brauchte nur an ihren plötzlichen Weinkrampf zu denken. Es hatte keinen Sinn, jetzt unnötig alle Pferde scheu zu machen, denn für Janine war der Fall ziemlich klar.

»Leg dich wieder hin, da ist nichts, und da war auch nichts.«

»Wie kannst du dir da so sicher sein? Wir müssen doch jemanden informieren.«

Und die armen Angestellten von Cupido um ihren verdienten Schlaf bringen? Janine schüttelte den Kopf. »Das hat auch Zeit bis morgen, wenn du es unbedingt melden willst.«

Sina blickte sie an, als hätte Janine den Verstand verloren, dabei war es offensichtlich genau umgekehrt.

»Morgen erst? Und wenn er noch mal zurückkommt?«

Janine seufzte. Da hatte man ihr ja eine schöne Zimmergenossin ausgewählt. Sie hoffte, dass Sina nun nicht jede Nacht Gespenster sah.

»Er wäre ziemlich dumm, wenn er das täte. Immerhin weißt du doch nun von seiner Existenz. Vielleicht rechnet er sogar damit, dass du die Polizei einschaltest. Ich bin sicher, er kommt nicht noch mal.« Weil es ihn mit hoher Wahrscheinlichkeit gar nicht gab, aber Janine wollte sich um diese Uhrzeit nicht mit Sina streiten.

Sina nickte zögerlich. Janines Argumente schienen sie endlich zu überzeugen.

»Und wenn es einer von der Schule war? Also gar kein Fremder?«, sorgte sie sich.

»Auch das wird sich morgen klären.« Vielleicht war es tatsächlich nicht verkehrt, den Vorfall zu melden. Am Ende würde herauskommen, was Janine bereits vermutete. Nichts außer einem bösen Traum.

⌒

Am nächsten Morgen hatte Janine den nächtlichen Zwischenfall fast wieder vergessen, denn ihr eigener Traum beschäftigte sie viel mehr. Auf merkwürdige Weise war ihr das skurrile

Pärchen vertraut vorgekommen, die Situation auch, und für einen Moment hatte sie überlegt, ob sie vielleicht selbst Paona war. Naheliegend wäre es ja immerhin gewesen. Aber es gab keine Ähnlichkeit zwischen ihnen, obwohl sie während ihres Traums tatsächlich in Paonas Haut gesteckt hatte. Vielleicht war Paona jemand aus ihrer Vergangenheit? Vielleicht waren diese Bilder auch nur eine Nebenwirkung der Medikamente, die Meierson ihr verschrieben hatte? Angeblich sollten sie ja das Erinnerungsvermögen verbessern. Doch bisher war da nichts zurückgekehrt.

»Kommst du mit? Ich möchte den Vorfall von letzter Nacht der Leitung des Schlosses melden. Ich brauche dich zur Unterstützung«, sagte Sina, nachdem sie geduscht und sich angezogen hatte.

Janine nickte, denn sie hoffte darauf, Krischan Tannert wiederzusehen. Doch zu ihrer Enttäuschung war lediglich Gloria Aden, seine Stellvertreterin, im Büro zu sprechen. Sina schilderte ihr das unheimliche Szenario in den schillerndsten Farben, und Janine merkte, dass auch Gloria ihre Probleme damit hatte, diese abstruse Geschichte zu glauben. Doch um kein Risiko einzugehen, verständigte sie die Polizei.

Eine knappe halbe Stunde später traf die Polizeibeamtin ein, um den »Tatort« zu untersuchen. Sina, die sie in das gemeinsame Zimmer einließ, war so nervös, dass sie ohne Unterlass an ihren Fingernägeln kaute. Das Erscheinen der Polizistin sorgte für ein Übriges, denn sie war auffallend groß und stattlich gebaut. Kurze braune Haare. Dazu die Uniform. Eine Respektsperson durch und durch.

»Guten Morgen, mein Name ist Senta Melua. Wo genau haben Sie den Eindringling bemerkt?«, fragte sie mit rauer Stimme.

Erneut gab Sina ihre Geschichte zum Besten. Sie habe nicht einschlafen können und deshalb wach gelegen, mit dem Blick zum Balkon, als ihr plötzlich eine Bewegung draußen aufgefallen war. Zuerst habe sie es nur für einen Vogel gehalten, der sich verirrt hatte, aber dann glaubte sie, ein Gesicht zu erkennen, das durch die Scheibe zu ihnen hereinschaute.

»Haben Sie die Person erkannt? Können Sie sie beschreiben?«

»Nein, leider nicht. Es war zu dunkel. Ich bin nur sicher, dass es ein Mann war. Ich glaube, er hatte eine Kapuze oder so etwas auf.«

Senta Melua machte sich ein paar Notizen, dann begab sie sich zu der Stelle, an der Sina den Spanner gesehen hatte. Sie untersuchte den Tatort sehr gründlich, machte sich sogar die Mühe, den Innenhof in Augenschein zu nehmen, und kam zu demselben Schluss, zu dem Janine letzte Nacht ebenfalls gekommen war. Niemand, der bei klarem Verstand war, kletterte nachts auf einen Balkon im zweiten Stock. Und das auch noch, ohne sichtbare Spuren im Sand unter dem Balkon zu hinterlassen.

»Wahrscheinlich hat Ihnen Ihre Fantasie einen Streich gespielt«, erklärte die Beamtin, als sie den Balkon noch einmal betrat und nach unten zeigte. »Ohne nötiges Equipment schafft es jedenfalls niemand hier herauf und erst recht nicht so schnell wieder herunter, wie es in Ihrer Schilderung der Fall war.«

»Ich bin mir aber wirklich sicher«, beharrte Sina auf ihrer Version der Geschichte.

»Ich kann jedenfalls vorerst nichts weiter für Sie tun. Sollten Sie nochmals eine ähnliche Beobachtung machen, melden Sie das bitte sofort.«

Sina blickte der Polizistin unglücklich nach. »Ich habe mir das nicht eingebildet«, beteuerte sie leise, so dass es nur Janine hören konnte.

»Schau lieber mal auf die Uhr. Es ist schon spät. Wir sollten längst beim Frühstück sein«, sagte Janine und ärgerte sich über ihre wenig sensible Antwort. Aber mit solchen Dingen hatte sie oft noch Schwierigkeiten.

»Ich habe jetzt wirklich keinen Hunger, die halten mich alle für verrückt.«

»Ach, Unsinn, niemand tut das.«

»Aber sie denken, ich hätte es mir eingebildet oder geträumt. Dabei habe ich das Gesicht wirklich gesehen. Nicht mal du glaubst mir das.«

Janine legte beruhigend einen Arm um Sinas Schultern. »Wenn der Kerl das nächste Mal auftaucht, gibst du ihm einfach einen Schlag auf den Kopf, und dann hast du deinen Beweis.«

»Haha. Sehr witzig.«

»Nun komm schon, lass uns etwas essen, das bringt die gute Laune zurück.«

⌒

Der Speisesaal lag im Erdgeschoss von Schloss Cohen und mutete altertümlich an. Eine lange Tafel, die von einem Ende des Raumes bis zum anderen reichte, befand sich in der Mitte der Halle. Gewiss hatten an diesem Tisch schon die Adligen vor zweihundert Jahren gespeist.

Zum ersten Mal hatte Janine die Möglichkeit, die anderen Kursteilnehmer in Augenschein zu nehmen. Ihr fiel gleich auf, dass es sich um eine bunte Mischung handelte. Es waren Pärchen, sowohl jüngere als auch ältere, Singlefrauen sowie

92

Singlemänner und auch gleichgeschlechtliche Paare. Die meisten wirkten ein wenig verhalten, so wie Janine. Stumm saßen sie am Tisch, nahmen ihr Frühstück zu sich, bis jemand kam, um die Teilnehmer in einzelne Gruppen einzuteilen, da der Zwei-Wochen-Kurs dieses Mal außergewöhnlich viele Teilnehmer hatte. Gruppe A sollte sich nach dem Essen im Schlossgarten einfinden, Gruppe B im Entspannungsraum und Gruppe C, zu der Janine und Sina gehörten, sollte im Wartezimmer Platz nehmen.

Janine wurde ganz aufgeregt, als das Wort Wartezimmer fiel, hoffte sie doch auf eine möglichst gründliche Untersuchung von ihrem Doktor. War das nicht verrückt? Vor gar nicht langer Zeit hatte sie sich sogar gegen Lenas Erotikfilmpräsentation gewehrt, und jetzt wollte sie nichts lieber, als sich einem fast völlig fremden Mann hinzugeben. Was das gewisse Etwas, das Dr. Tannert zweifelsohne besaß, ausmachen konnte …

Eine knappe Stunde später fand sie sich im Untersuchungsraum von Krischan Tannert wieder. Zu ihrem Ärger war eine ganze Reihe anderer Patienten vor ihr dran gewesen, darunter auch Sina. Es hatte einen ernüchternden Beigeschmack für Janine. Zeigte es ihr doch, dass sie für Tannert nur eine von vielen Patientinnen war. Insgeheim hatte sie gehofft, bevorzugt von ihm behandelt zu werden. Aber das war offensichtlich nicht der Fall. Womöglich erinnerte er sich nicht einmal mehr an sie, während sie ihn nicht hatte vergessen können. Doch die Enttäuschung war sofort verflogen, als sie aufgerufen und ins Sprechzimmer geführt wurde, wo sie Tannert sah, diesen dunklen verführerischen Teufel, der gebieterisch hinter seinem Schreibtisch saß, als säße er dort auf einem Thron.

»Guten Morgen«, sagte er, ohne sie anzusehen. Die rabenschwarzen Haare waren zu einem Zopf zusammengebunden. An seiner Stirn machten sich zwei kleine Geheimratsecken bemerkbar, die ein wenig an Teufelshörner erinnerten.

Janine atmete tief durch. Es war unglaublich, was allein sein Anblick an chaotischen Gefühlen in ihr auslöste. Endlich hob er den Kopf, sah sie an, und sein flammender Blick ließ sie innerlich erschaudern. Das Gefühl war ihr vertraut, eine Mischung aus süßer Furcht und beklemmender Erregung.

Krischan Tannert war möglicherweise ein Weg in ihre Vergangenheit, das spürte sie instinktiv. Zumindest vermochte er es, Gefühle in ihr zu wecken, welche die alte Janine gekannt haben musste, denn die neue Janine war bis vor kurzem nicht einmal ansatzweise zu Ähnlichem fähig gewesen.

»Guten Morgen«, erwiderte sie und nahm vor seinem Schreibtisch Platz. Sie war unbeschreiblich nervös, und seine männliche Ausstrahlung verwirrte sie nur noch mehr, bestärkte sie in dem Gefühl der erhabenen Ehrfurcht.

»Ich habe schon gehört, dass Sie und Frau Dammstedt keine besonders ruhige Nacht hatten.«

»Ich habe ganz gut geschlafen«, gab Janine zu. »Die Polizei hat bereits Entwarnung gegeben, wahrscheinlich hat Sina einfach nur schlecht geträumt. Ein Spanner war jedenfalls nicht auf unserem Balkon.« Und darüber war sie auch mehr als froh.

Er lächelte. »Dann sind Sie trotz allem entspannt in den Tag gestartet?«

Sie nickte. »Ich bin ausgeruht.«

Er griff nach seinem Stethoskop.

»Das höre ich gern. Machen Sie sich bitte frei.«

Obwohl er dies gewiss so neutral meinte wie jeder Hausarzt, der seinen Patienten zu untersuchen gedachte, fing es augenblicklich an, zwischen ihren Beinen heftig zu prickeln. Und zwar so stark, dass sie unweigerlich die Schenkel aneinanderpressen musste, um der Situation Herr zu werden.

Janine zog ihr T-Shirt über den Kopf und entblößte ihren nackten Busen, da sie auf einen BH verzichtet hatte. Für Krischan Tannert natürlich.

Er kam näher und legte das Stethoskop auf ihr Dekolleté.

»Ist Ihnen kalt?«, fragte er besorgt.

»Nein, wieso?«

»Weil Sie eine Gänsehaut haben.«

Sie blickte an sich herunter, sah ihre Brüste, die ihr größer als sonst vorkamen, die förmlich anschwollen, und entdeckte die feine Gänsehaut überall, die Tannerts Untersuchung verursachte. Das Stethoskop wanderte zu ihrer linken Brust. Aus Versehen, oder war es vielleicht sogar Absicht, berührte er dabei ihre Brustwarze, die sich erregt aufrichtete. Dr. Tannert schien das nicht zu bemerken oder bewusst zu ignorieren, was Janine sehr enttäuschte.

»Einmal umdrehen, bitte!«, forderte er sie schließlich auf und horchte ihre Lunge ab. Wie bei einer ganz normalen Untersuchung sollte sie die Luft anhalten und anschließend husten.

Schließlich maß er noch den Blutdruck. »Alles in Ordnung«, sagte er zufrieden und setzte sich wieder an seinen Schreibtisch, um sich Notizen zu machen. »Anorgasmie kann auch körperliche Ursachen haben«, erklärte er, kritzelte irgendetwas in seine Akten und schien von diesem Vorgang geradezu gefesselt.

Nichts machte den Anschein, dass er die Untersuchung von neulich wiederholen wollte. Sollte es das gewesen sein? Ihr Körper verzehrte sich nach ihm! Sie hoffte, dass man ihr die

Enttäuschung nicht ansah, während sie ihr T-Shirt wieder überstreifte. In dem Moment streckte er die Hand in ihre Richtung aus. »Ich habe nicht gesagt, dass Sie sich wieder anziehen dürfen.«

Sie stockte in ihrer Bewegung. Seine Stimme klang so dominant und befehlsgewohnt. Das machte sie an, erweckte erneut jenes süße Gefühl zwischen ihren Schenkeln.

In ihrer unmöglichen Position blieb sie sitzen, die Arme hochgestreckt, das T-Shirt halb über dem Kopf, die Brüste entblößt.

»Die Untersuchung ist noch nicht beendet«, fuhr Dr. Tannert fort.

Seltsam erleichtert streifte sie das T-Shirt wieder ab, legte es zur Seite und wartete gespannt auf die nächste Anweisung. Dr. Tannert aber ließ sich Zeit, studierte seine Unterlagen weiter, als gäbe es in diesem Moment nichts Wichtigeres auf der Welt.

»Im Gespräch mit Frau Dammstedt musste ich erfahren, dass Sie beide Ihre Hausaufgaben nicht gemacht haben. Warum nicht?«

Er sah sie über seine Brille hinweg mit seinen faszinierenden Augen an.

»Ich … fühlte mich nicht wohl … bei dem Gedanken … ich meine, ich kenne Sina Dammstedt kaum …«

»Sie müssen lernen, Ihre Hemmungen abzulegen. Deswegen sind Sie hier. Vertrauen Sie auf die Anweisungen Ihrer Anleiter. Mich kennen Sie doch auch kaum, dennoch vertrauen Sie mir.«

Janine nickte, obwohl sie nicht überzeugt war. Sie würde auch jetzt eine solche Hausaufgabe verweigern.

»Kommen Sie, ich will mir das noch einmal näher ansehen.«

Er winkte sie mit sich, zog einen Vorhang zurück, der den Raum abteilte, und deutete zu einem Untersuchungsstuhl, der sie sehr stark an den ihres Gynäkologen erinnerte.

»Dort drüben ist eine Kabine, machen Sie sich bitte auch untenherum frei.«

»Soll ich mir denn das T-Shirt wieder anziehen?«, fragte sie verunsichert.

Dr. Tannert schüttelte den Kopf, und Janine schoss das Blut in die Wangen. Sie würde dann völlig nackt sein. Das war beschämend, aber unsagbar geil. Rasch ging sie an dem Doktor vorbei in die Kabine und schloss diese mit zitternden Händen hinter sich ab.

Nackt vor Dr. Tannert. Auf dem Untersuchungsstuhl! Sie wusste nicht, welches Gefühl stärker in ihr vorherrschte. Nervosität oder Erregung. Das war alles so verwirrend. Wieso brachte sie dieser Kerl nur so durcheinander? Sie erkannte sich selbst kaum wieder. Hatte sie sich etwa auf den ersten Blick in den Doktor verliebt? So etwas Lächerliches! Dennoch war sie wie Wachs in seinen Händen.

Janine hatte bereits ihre Jeans ausgezogen und war gerade dabei, ihren Slip abzustreifen. Ihre Hände zitterten. Sie verzichtete darauf, ihre Hose ordentlich auf dem Stuhl abzulegen, denn dafür hatte sie jetzt wirklich keinen Nerv. Stattdessen warf sie ihre Sachen achtlos in die Ecke und trat aus der Kabine. Doch in dem Moment, in dem sie in den Untersuchungsraum zurückkam, befiel sie ein Gefühl von Nacktheit und Scham. Sie bedeckte ihre Brüste mit einem Arm und hielt eine Hand vor ihr Geschlecht. Dabei wollte sie doch eigentlich, dass Dr. Tannert sie heiß und sexy fand. Dass er sie begehrte.

Er hatte vor dem Untersuchungsstuhl Platz genommen, wandte ihr den Rücken zu. Sein Körper zeichnete sich unter dem festen Stoff seines Kittels ab, und Janine erkannte, dass er auffällig breite Schultern hatte. Und was für ein Kreuz! Der Mann trainierte gewiss in seiner Freizeit.

»Kommen Sie, setzen Sie sich«, forderte er sie auf, ohne sie nach wie vor anzublicken.

Janine hörte, dass seine Stimme leicht belegt war, fast schon heiser klang, was ein Zeichen dafür war, dass auch ihn die Situation nicht gänzlich kalt ließ. Wie sie das freute! Und anheizte.

Sie huschte durch den Raum und setzte sich auf den Gynäkologenstuhl, ihre Beine legte sie in den Stützen ab. Es war ganz so, wie sie es von ihrem Frauenarzt gewöhnt war. Normalerweise empfand sie diese Art der Untersuchung nicht unbedingt als angenehm, ganz im Gegenteil, sie war jedes Mal froh, schnell fertig zu sein. Bei Dr. Tannert verhielt es sich anders. Es gefiel ihr, sich ihm zu öffnen.

»Nehmen Sie bitte die Hand weg!«, forderte er sie auf, und Janine tat es. Sie spürte die kühle Luft an ihren Schamlippen, genauso wie das leise Prickeln in ihrem Innern. Mein Gott, was tat sie hier nur? Sie lag nackt auf dem Gynäkologenstuhl, und just in diesem Moment untersuchte ein – zugegebenermaßen attraktiver, nichtsdestotrotz fremder – Mann ihren Intimbereich. Aber genau darauf hatte sie gehofft, es angelegt.

War Krischan Tannert überhaupt Gynäkologe? Sie wusste nur, dass er einen Doktortitel hatte und Sexualtherapeut war. Erneut kam ein Schamgefühl in ihr auf, paarte sich abermals mit ihrer Erregung, was einen hübschen Cocktail ergab, der ihre Hormone mächtig in Wallung brachte.

»Ich werde Ihnen helfen, Ihre Hemmungen abzulegen«, versprach der Doktor, und dann spürte sie plötzlich seinen warmen Atem direkt zwischen ihren Schamlippen. Janine hob erschrocken den Kopf, um zu sehen, was er da tat. Tatsächlich beugte sich der Arzt gerade über ihre Scham, wohl in der Absicht, sie mit seinen Lippen zu berühren. Das war verrückt!

Hitze stieg ihr in den Kopf, erfasste ihren ganzen Körper. Sie wusste nicht, was sie tun sollte. Sich einfach ergeben? Aufstehen und gehen! Bloß nicht! Dieser Moment war viel zu aufregend, sie wollte ihn keinesfalls verpassen. Sie wollte wissen, wie weit Dr. Tannert ging. Wünschte sie sich nicht, von ihm berührt zu werden? Seine Hände an ihrem Körper zu spüren? Machte seine Zunge da einen Unterschied?

Überhaupt nicht. Das wäre sogar noch besser. Unruhig rutschte sie auf dem Stuhl hin und her. Die Beinstützen verhinderten, dass sie einfach die Oberschenkel zusammenkniff. Im Grunde war sie ihm ausgeliefert. Zwar hatte er sie nicht körperlich gefesselt, doch seine flammenden Augen und sein gieriges Lächeln taten es, und zwar viel besser, als es jeder Strick vermocht hätte.

Janine konnte nicht anders. Sie blieb, harrte aus, hoffte, ihn zu spüren, und fürchtete sich doch zugleich davor. Und dann nahm er ihr jegliche Entscheidung einfach ab, indem seine Zunge zwischen ihre Schamlippen glitt und zielstrebig ihre Perle ertastete.

Janine hatte in diesem Augenblick das Gefühl, innerlich zu explodieren. Die Hitze nahm zu, ein Schweißfilm bedeckte ihren Körper. Es fühlte sich verdammt gut an, und instinktiv streckte sie sich ihm entgegen, weil sie mehr wollte. Dr. Tannert aber zog sich sogleich wieder zurück und beobachtete amüsiert die kleinen Zuckungen, die durch ihren Unterleib brandeten. Fast als hätte er Spaß daran, sie hinzuhalten, zu quälen.

»Sehr schön, Janine. Endlich lassen Sie los, fügen sich mir.«

Sein Grinsen sah böse, aber auch verdammt sexy aus. Zärtlich glitten seine Hände an den Seiten ihrer Oberschenkel entlang, doch sie verschmähten absichtlich ihre sich verzehrende Scham.

»Wollen Sie, dass ich aufhöre?«, fragte er mit süßer Stimme.

»Nein!«, schoss es aus ihr hervor.

Er grinste sie so an, als hätte er mit keiner anderen Antwort gerechnet.

»Was soll ich dann tun?«, hakte er unschuldig nach und streichelte sie weiter, immer weiter.

Janine biss sich auf die Unterlippe. Mich lecken, dachte sie, doch sie brachte es nicht über sich, ihren Wunsch auszusprechen.

Seine Hände näherten sich ihren Schamlippen, doch schienen diese zugleich nie zu erreichen, weil er so geschickt darum herumstreichelte, ihre Lust dadurch anheizte, ohne ihr zu geben, wonach sie verlangte. Trieb er dieses Spiel mit all seinen Patientinnen? Oder war sie die Einzige?

Janine hoffte sehr, dass Letzteres der Fall war. Sie fühlte sich auf unerklärliche Weise zu dem Doktor hingezogen. Er schien genau zu wissen, wo er sie berühren musste, um ihre Lust zu entfachen, denn dieses Hinhalten war einfach nur geil, machte alles nur noch intensiver. Das Gefühl, das seine Fingerspitzen auf ihrer Haut hinterließen, kam ihr vertraut vor. Und wieder kam ihr der Gedanke, Dr. Tannert würde einen Teil aus ihrer Vergangenheit berühren. Wahrscheinlich völlig unbewusst, aber doch so effektiv.

»Was soll ich tun? Sie müssen es mir schon sagen, Janine, sonst streichle ich Sie ewig weiter, was sicherlich auch sehr angenehm ist, doch nicht ganz Ihrem Wunsch entspricht, wie ich annehme.«

Janine schloss die Augen, sie wimmerte leise, weil sie es vor Lust kaum noch aushielt. Sie wollte noch einmal seine Zunge an ihrer Klitoris spüren, spüren, wie sich seine Lippen um ihre Perle legten und zärtlich an ihr saugten.

»Bitte …«, flüsterte sie.

»Ja? Ich bin ganz Ohr.«

Sie hörte am Klang seiner Stimme, wie sehr ihm dieses Spiel gefiel. Es machte ihm Spaß, sie zu reizen, was wiederum Janine auf verwirrende Weise erregte, genauso wie der Umstand, dass er immer die Oberhand zu behalten schien, obwohl er doch mindestens so erregt war wie sie.

»Bitte … lecken Sie … mich … da unten.«

»Und wo genau?« Er hauchte ein Küsschen direkt neben ihre Scham, und Janine glaubte, den Verstand zu verlieren.

»Hier?«, fragte er. »Oder hier?« Dieses Mal setzte er das Küsschen auf die andere Seite. Geschickt küsste er sie um ihre Scham herum. Was für ein Teufel! Das Kribbeln wurde immer stärker.

»Lecken Sie meine … Möse.« Möse. So hatte er ihre Scham genannt, und deshalb gebrauchte sie das Wort ebenfalls. Es törnte sie an, weil es ihn angetörnt hatte.

Und als wäre dies das Zauberwort gewesen, spürte sie im nächsten Moment wieder das himmlische Gefühl seiner Zunge zwischen ihren Schamlippen. Zugleich spielte sein Zeigefinger an ihrer Enge. Sie spürte ganz deutlich, wie er ihre Pforte umkreiste, doch nicht eindrang. Wollte er sie erneut dazu bewegen, ihre Wünsche laut auszusprechen? Nichts wollte sie in diesem Moment lieber, als nun auch noch seinen Finger, vielleicht sogar zwei oder drei, in sich zu spüren. Um ihm das verständlich zu machen, schob sie ihm ihren Unterleib entgegen. Aber Dr. Tannert ignorierte die Zeichen, die sie ihm sandte, und konzentrierte sich nur auf ihre Perle, die in seinem Mund wuchs.

Sein Zeigefinger legte sich direkt vor ihre Spalte, blieb dort, übte ein wenig Druck aus, so dass sie das Gefühl bekam, er würde jeden Moment in sie dringen. Doch das tat er nicht. Es war nur eine Täuschung.

»Dr. Tannert …«, sagte sie leise und keuchte. »Bitte … ich will … Sie ganz in mir spüren.«

Er lachte plötzlich, doch es war kein Auslachen, sondern ein männliches, sogar überlegenes Lachen, das ihr gefiel, sie antörnte. »Sprechen wir hier noch von meinem Finger, Janine?«

Janine fiel erst jetzt auf, wie unklar sie sich ausgedrückt hatte. Das war ihr sehr peinlich.

»Ich meinte … eigentlich …« In dem Moment drang sein Finger in sie und raubte ihr den Atem. Langsam bewegte er sich vor und zurück, dann immer schneller, reizte ihren G-Punkt und entlockte ihr die schönsten Gefühle.

»Genießen Sie es, Janine. Lassen Sie sich fallen.«

Janine horchte auf seine markante Stimme und folgte seiner Anweisung.

»Es gibt nichts, wofür Sie sich schämen müssten. Sie sind hier, um zu genießen«, sagte er, und er hatte recht. Sie war eine erwachsene Frau, die ihre Lust auslebte.

»Sie sind hierher ins Cupido gekommen, um zu genießen. Vergessen Sie das nicht, Janine.«

Ja, sie war nach Schloss Cohen gereist, um genau das hier zu erleben. Dr. Tannerts Hände zu spüren. Seine Lippen. Seine Küsse. Er war der Grund, warum sie hier war. Nur er.

»Vertrauen Sie mir, vertrauen Sie Ihren Anleitern. Lassen Sie sich nicht von Ihren Hemmungen bremsen.«

Sein Zeigefinger und seine unermüdliche Zunge reizten sie

in einem fort. Weiter und immer weiter, bis sie ihr zu einem fantastischen Höhepunkt verhalfen, der ihren Körper regelrecht erbeben ließ. Selbst Sekunden später spürte sie noch das starke Vibrieren und die winzigen Nachbeben in ihrem Körper. Und mit einem Mal fühlte sie sich ihm auf unerklärliche Weise noch näher. Es hatte etwas Vertrautes an sich, etwas, das ihr bekannt vorkam, als hätte sie es schon einmal erlebt, gleich einem Déjà-vu. Manche Dinge konnten Erinnerungen auslösen. Gerüche, Geräusche, ein bestimmtes Wort. Das hatte Meierson gesagt. Sie wusste nicht, was es in diesem Fall gewesen war, denn das Gefühl war viel zu unklar.

»Sehr gut«, sagte er und erhob sich. In seiner Hose, die durch den geöffneten Kittel zu sehen war, hatte sich eine Beule gebildet, die nicht zu übersehen war. Das Spiel hatte auch ihn erregt. *Sie* hatte ihn erregt!

»Sie können sich wieder anziehen, Janine.«

Janine war enttäuscht, diese Worte aus seinem Mund zu hören. Viel lieber wollte sie sich bei ihm revanchieren. Etwas für ihn tun, nachdem er ihr diese wunderschönen Gefühle beschert hatte.

»Haben Sie denn keinen Wunsch?«, fragte sie unschuldig nach.

Dr. Tannert drehte sich überrascht zu ihr um und hob dabei eine Braue. Er hatte längst wieder seine Unterlagen in den Händen, studierte eine Akte, die nicht die ihre war.

»Wie meinen Sie bitte?«

Sie deutete verschmitzt auf die Beule in seiner Hose. »Ich würde gern auch etwas für Sie tun, Dr. Tannert.«

Er sah an sich herunter, doch anstatt die Hose zu öffnen und seinen Schwanz zu befreien, legte er die Akte zur Seite und knöpfte seinen Kittel zu.

»Missverstehen Sie bitte meine Intentionen nicht. Ich bin in erster Linie Ihr Therapeut. Es geht mir nur darum, Ihnen dabei zu helfen, wieder Lust zu spüren und Erfüllung zu finden. Natürlich bin auch ich nur ein Mann, und der Anblick einer schönen Frau geht nicht spurlos an mir vorüber.«

Janine kam sich schrecklich dumm vor. Im Gegensatz zu ihr konnte er Gefühle und Sex auseinanderhalten. Sie hingegen war wie ein Teenager auf dieses gefährlich trügerische Spiel hereingefallen, hatte ihre Lust mit Hingezogenheit verwechselt. Nein, korrigierte sie sich in Gedanken. Sie hatte nichts verwechselt. Das war ja gerade das Schlimme! Sie fand Dr. Krischan Tannert tatsächlich sehr anziehend, und sie hätte sich auch dann zu ihm hingezogen gefühlt, wenn er sie nicht zum Orgasmus gebracht hätte. Die Tatsache, dass ihn dieses kleine Intermezzo auch erregt hatte, zeigte ihr, dass er möglicherweise auch mehr Interesse an ihr hatte, als ihm lieb war.

»Sie sind für mich eine Patientin, Janine. Nicht mehr und nicht weniger«, erklärte er, doch es klang wie eine Rechtfertigung.

Janine nickte. Sie musste erst einmal wieder einen klaren Kopf bekommen. Zwischen ihren Beinen prickelte es nach wie vor oder schon wieder.

Sie ging in ihre Kabine zurück und zog sich wieder an. Janine hoffte sehr, dass sie noch viele Einzelgespräche beim Leiter der Lustschule haben würde. Er war ein Garant dafür, dass sie Fortschritte in der Therapie machte. Und vielleicht würde sich sein abweisendes Verhalten noch in Hingabe verwandeln. Sie hoffte es.

Nachdem alle Teilnehmer der Gruppe C das Arztgespräch hinter sich gebracht hatten, fanden sich die Männer und Frauen im Entspannungsraum im Kellergewölbe von Schloss Cohen ein.

Janine war überrascht, dass es schon nach Mittag war. Die Zeit in Dr. Tannerts Sprechzimmer war schneller vergangen als erwartet. Wenn er sich für jede Patientin derart viel Zeit nahm, war der Tag schnell herum. Es konnte also gar nicht sein, dass er bei jeder Frau derart intensive Untersuchungen vornahm. Dass sie die Einzige war, bedeutete dies allerdings auch nicht.

Janine blickte sich um, musterte die anderen Frauen sehr genau. Einige sahen kaum mehr als durchschnittlich aus, andere waren regelrechte Sexbomben, zumindest was die Optik betraf. Welche von ihnen hatte wohl auch das Vergnügen gehabt, den Doktor näher kennenzulernen?

Janine achtete sehr darauf, was die anderen Teilnehmerinnen über Krischan Tannert sagten. Einige schienen ihn ganz hinreißend zu finden, andere bezeichneten ihn gar als männliches Model, das gut und gern für ein Fitnesstudio oder Unterwäsche Werbung machen könnte.

Fest stand, jede Frau hatte bemerkt, wie attraktiv der Leiter von Cupido war. Jede von ihnen hatte ein Auge auf ihn geworfen.

»Wirklich ein Süßer, der Tannert«, meinte nun auch Sina, und Janine blieb vor Schreck fast das Herz stehen. Was, wenn Krischan Tannert auch mit ihrer Zimmergenossin intim geworden war? Das würde sie nicht aushalten. Es wäre eine Katastrophe, dann auch noch mit ihr das Zimmer zu teilen. Und die beste Freundin. Lena.

»Hat … er dich auch … untersucht?«, wollte Janine wissen.

»Natürlich hat er das«, antwortete Sina irritiert.

In dem Moment betrat Gloria Aden den Entspannungsraum und schloss nach einem kurzen Wort der Begrüßung die Schränke an den Seiten auf.

»Was denn … für eine Untersuchung?«, hakte Janine nervös nach. Jetzt fiel ihr auch ein, dass Sina kurz vor ihr im Untersuchungszimmer gewesen war. Allerdings nicht so auffällig lange wie sie selbst.

»Blutdruck, Puls, solche Sachen halt.«

Janine atmete erleichtert aus.

»Jeder nimmt sich bitte eine Matte«, forderte Gloria Aden die Teilnehmer auf.

Janine wusste nicht, was genau es war, doch Gloria Aden war ihr nicht sonderlich sympathisch. Schon heute Morgen im Büro, als Sina den nächtlichen Vorfall meldete, hatte sie eher eine Abneigung gegen sie verspürt. Gloria Aden wirkte streng und unnahbar, im Grunde war sie das Gegenteil von Dr. Tannert, bei dem sie sich geborgen fühlte.

Hypnotische Melodien erschallten nun über die Lautsprecher, die an allen Wänden des Raumes angebracht waren.

»Bilden Sie mit Ihren Matten einen Kreis.«

Alle kamen der Aufforderung nach. Gloria Aden nahm in der Mitte Platz, ging eine Anwesenheitsliste durch, die Janine sehr an ihre Schulzeit erinnerte, und fuhr dann fort: »Sie hatten eine Hausaufgabe von mir bekommen.«

»Warum hast du Tannert eigentlich gesteckt, dass wir beide nicht mitgemacht haben bei dieser … Aufgabe?«, flüsterte Janine Sina zu.

»Er hat mich danach gefragt.«

»Wir gehen nun reihum, und jeder von Ihnen berichtet den anderen von seinen Erfahrungen. Ich bin sicher, viele von Ihnen haben einen Aha-Effekt erlebt.«

Wie jetzt? Moment mal! Jeder sollte davon berichten? Es gab nichts zu berichten. Janine wurde noch nervöser, fing sogar an, an ihren Nägeln zu kauen.

Hoffentlich würden die anderen empört reagieren über diese Forderung. Aber das war nicht der Fall. Janine war erstaunt, wie offen viele von Anfang an reagierten und ohne große Probleme von ihren sexuellen Erfahrungen berichteten.

Sina, die mit ihrer Matte neben sie gerückt war, hörte aufmerksam zu. »Die sind jetzt alle einen Schritt weiter als wir.«

»Ach was, das glaube ich nicht«, erwiderte Janine.

Ein älteres Pärchen, das sich laut eigener Aussage schon seit Jahren nicht mehr gegenseitig angefasst hatte, erzählte von seinen aufregenden Erfahrungen.

»Er hat mich früher nie so intensiv berührt«, erklärte die Frau. »Ich meine, früher hatte ich das Gefühl, ihm nicht zu genügen, aber diese Nacht war wunderbar. Einzigartig.« Sie küssten sich vor aller Augen.

Es folgten ähnliche Geschichten, meist mit überraschenden Wendungen. Alle schienen durchweg positive Erfahrungen gemacht zu haben, bis schließlich ein Mann und eine Frau, die sich erst gestern Abend kennengelernt hatten, gestanden, dass sie sich nicht hatten überwinden können, die Aufgabe zu erfüllen. Genau wie Janine und Sina.

Sie war regelrecht froh, dass nach all diesen offenherzigen Menschen auch jemand wie sie tickte.

Nils und Katharina, so hießen die beiden, wurden nun von Gloria Aden in die Mitte des improvisierten Kreises gebeten, wo sie sich gegenüber hinsetzen sollten.

»Es ist keine Schande, Hemmungen zu haben. Sag mir ehrlich, Nils, findest du Katharina nicht attraktiv?«

»Doch, sie ist eine schöne Frau«, gab er zu. »Nur kenne ich sie nicht näher. Das hat mich gehemmt.«

»Und du Katharina, findest du Nils nicht attraktiv?«

»Er sieht gut aus«, gestand Katharina.

»Entspannt euch, und schaut euch in die Augen, folgt euren Instinkten«, sagte Gloria und zog sich aus der Mitte des Kreises zurück, so dass Nils und Katharina allein dort zurückblieben.

Janine beobachtete das Geschehen argwöhnisch. Was sollte das jetzt bringen? Glaubte Gloria Aden wirklich, dass sich die beiden nun einander hingeben würden, vor allen anderen, nur weil sie sich eine Weile in die Augen geblickt hatten und ihren Instinkten folgten? Vielleicht würden sie sich in Gedanken gegenseitig ausziehen, aber doch niemals in Wirklichkeit.

Das war mehr als unglaubwürdig. Wenn es gestern Nacht im Schutz ihres Zimmers ohne neugierige Beobachter nicht passiert war, dann würde es jetzt erst recht nicht passieren.

Doch Janine wurde eines Besseren belehrt. Plötzlich schienen sowohl Nils als auch Katharina alles abzustreifen, was sie bis gerade eben noch davon abgehalten hatte, übereinander herzufallen. Zugegeben, die beiden waren ausgesprochen attraktive Menschen, und es war anzunehmen, dass sie einander zumindest anziehend fanden – auf rein körperlicher Ebene. Dass sie diesem Drang nun aber so ohne jede Scheu nachgaben, obwohl sie doch eben noch anderes beteuert hatten, machte die Sache nur ominöser. Zumal sie unter der Beobachtung zahlreicher Leute standen, die nicht weniger freizügig von ihren eigenen Erlebnissen berichtet hatten. Und diese Menschen, die Zuschauer waren, schienen Nils und Katharina nur noch mehr anzuheizen. Vielleicht war das ja auch die Krux an der Sache?

Janine jedenfalls würde nicht nachgegeben, wenn man Derartiges von ihr verlangte.

Katharina beugte sich zu ihm vor, küsste ihn zärtlich, während seine Hände über ihren nackten Busen strichen. Es waren nur die Fingerspitzen, die diesen berührten, aber Janine konnte ganz deutlich die Gänsehaut sehen, die sich an dieser Stelle bildete. Sie erschrak über ihre Beobachtung, weil ihr dadurch bewusst wurde, wie genau sie überhaupt hinsah. Das war ziemlich verrucht, grenzte an Voyeurismus. Aber daran störte sich hier niemand. Im Gegenteil. Sie waren eine Gruppe von Voyeuren. Und in ihrer Mitte befanden sich zwei Exhibitionisten, die offensichtlich Gefallen daran fanden, in diesem Moment sehr genau beobachtet zu werden.

Sanft bettete Nils seine Zimmergenossin auf die Matte, legte sich auf sie, während Katharina ihre Beine spreizte. Janine hatte gar nicht mitbekommen, wann sich die beiden auch ihrer Kleidung entledigt hatten, vielleicht war sie zu diesem Zeitpunkt in Gedanken gewesen. Nun aber sah sie alles, jedes intime Detail, und vor allem, wie sich sein steifer Schwanz an ihrer Scham rieb. Noch war er nicht eingedrungen, aber seine Eichel drückte sich fordernd gegen ihre Pforte, bis Katharina ihn endlich einließ. Mit einem einzigen Stoß verschwand er in ihr, und zeitgleich bäumte sich die junge Frau lustvoll stöhnend auf, krallte ihre Finger in seinen Rücken.

Nils bewegte sein Becken, erst langsam, dann immer schneller, und mit jedem Stoß wurde das Vibrieren in ihrem Unterleib sichtbarer und für alle Anwesenden spürbarer.

Janine beobachtete die Menschen um sich herum. Sie alle waren fasziniert von dieser Szene, niemand wandte den Blick ab, niemand fühlte sich beschämt. Und sie sah Gier in den Augen der anderen. Wie gebannt, fast hypnotisiert starrten sie das Pärchen an. Es wäre beinahe unheimlich gewesen, hätte Janine nicht dieses süße Prickeln zwischen ihren Beinen verspürt, das ihren Verstand ausschaltete, während Lust von ihr Besitz ergriff.

Es war ein Auftritt. Eine Bühne. Für einen kurzen Moment kamen ihr ihre eigenen Gedanken absurd, regelrecht fremd vor, als hätte sie ihr jemand anderer eingepflanzt. Und doch war es wahr. Nils und Katharina waren die Akteure, die anderen die Zuschauer. Ein unheimliches Gefühl von Vertrautheit erfasste Janine.

Katharina wandte sich lustvoll unter Nils Stößen, ihr ganzer Körper erzitterte vor Wollust, und schließlich konnte jeder sehen, wie ein verräterisches Zucken durch ihren Unterleib flutete, sie schüttelte. Ihr Atem ging schneller, ihr Mund blieb offen. Jeder hörte sie stöhnen. Jeder sah, wie ihr Körper überwältigt wurde, bis sich Nils aus ihr zurückzog und sich auf ihrem flachen Bauch ergoss, um sein Sperma anschließend abzulecken. Und das tat er mit sichtbarem Genuss.

Nils war nicht mehr derselbe wie zuvor. Und auch Janine war es nicht. Dieser Auftritt hatte sie verändert. Aus ihrer Ablehnung war Zustimmung geworden. Neugier.

Es brauchte einen Moment, ehe sich alle in der Wirklichkeit wieder einfanden. Ein kurzer Blickkontakt untereinander, und dann zogen sich Nils und Katharina schnell wieder an, als wäre ihnen just in diesem Moment erst aufgefallen, dass sie hier nicht allein waren.

»Das war sehr gut«, lobte Gloria Aden und ließ sich in der Mitte des Raumes im Schneidersitz nieder. »Ich denke, niemand hier hat Anstoß an dem genommen, was ihr uns gerade geschenkt habt.«

Es gab keine Widerworte, nur anerkennendes Nicken.

»Fahren wir fort. Sina und Janine, was könnt ihr uns über eure erste Nacht in unserem Lustschloss erzählen?«

Das süße Prickeln zwischen ihren Beinen erstarb mit einem Schlag. Janine blickte hilfesuchend zu Sina, deren Augen sich vor Schreck geweitet hatten. Was sollten sie jetzt erzählen? Wenn sie die Wahrheit sagten, würden sie sich auch vor allen anderen ausziehen müssen. Aber das wollte Janine nicht. Noch nicht, denn sie war noch nicht so weit. Und da Sina nichts sagte, ergriff sie schnell das Wort, dachte sich irgendeine verruchte Geschichte aus. Etwas, was ihr gerade in den Sinn kam.

»Wir haben uns gegenseitig zum Höhepunkt geleckt«, schloss sie ihre nicht gerade detailreichen Ausführungen und hoffte darauf, dass Gloria Aden ihr die Geschichte abnahm. Zumindest Sina hatte gut mitgespielt, sich mit keinem Wort und keiner Geste verraten.

»Äußerst eigenartig«, bemerkte Gloria und blätterte in ihren Unterlagen. »Dr. Tannert hat mir eine andere Variante erzählt.«

Wie dumm von ihr! Janine ärgerte sich über sich selbst. Sina hatte doch längst mit Krischan Tannert gesprochen gehabt. Sie kam sich schrecklich albern vor, Gloria Aden nun dieses Märchen aufgetischt zu haben.

»Wofür schämt ihr euch? Ich nehme doch an, dass es Scham ist.«

Janine wusste nicht, was sie darauf antworten sollte. Sie hatte auch keine Lust, ihr Innenleben vor diesen fremden Leuten auszubreiten.

»War es unangenehm, Nils, dass du vor unseren Augen Katharina geliebt hast?«, fragte Gloria nun.

»Nein, gar nicht. Es war … erstaunlich. Befreiend. Befriedigend.« Er suchte nach den richtigen Worten und blickte dabei Janine an. »Keine Angst. Es ist schön, wenn man loslassen kann.«

Es lief genau darauf hinaus, wovor Janine sich gefürchtet hatte. Alle wollten sehen, wie sie Sina liebte.

»Ich werde euch helfen«, sagte Gloria und erhob sich, um das Licht zu dimmen und die Musik lauter zu machen, bis nur noch diese den Raum erfüllte. Beruhigend strömten die hypnotischen Klänge auf Janine ein. Waren diese vielleicht die Ursache, warum sich Nils und Katharina so schnell einander hingegeben hatten? Oder irgendeine Art von Gruppenzwang?

Die Melodien bewirkten jedenfalls tatsächlich, dass sie sich entspannte. War sie nicht hier, um genau das zu tun? Sich entspannen? Sich hingeben? Ihre Scham besiegen. Zu sich selbst finden.

»Sie sind hier, um zu genießen«, hallten Dr. Tannerts Worte in ihren Ohren wider.

Ähnliche Gedanken mussten wohl auch Sina durch den Kopf gegangen sein, denn sie ergriff plötzlich Janines Hand und zog sie mit sich in die Mitte des Raumes.

»Wir ziehen das jetzt durch«, entschied sie kurzerhand und zog sich ihr Shirt über den Kopf. Ihre Brüste wippten nach, waren schön gerundet, etwas größer als die von Janine. Sinas Brustwarzen waren steif und gerötet, verrieten ihre Erregung.

»Ich weiß nicht, ob ich das kann«, wollte Janine sagen, doch schon packte Sina ungeduldig ihren Hinterkopf und zog ihn nach unten, so dass Janines Lippen fast ihre Brustwarzen berührten. Erschrocken hielt sie den Atem an, lauschte dem überraschten und sichtlich erregten Stöhnen der Zuschauer.

112

Hitze stieg ihr in die Wangen. Und nicht nur dort. Auch in ihrer Scham pulsierte es ohne Unterlass.

»Nimm sie in den Mund!«, befahl Sina, offenbar hatte sie von Janines Zögern genug.

Und zu ihrer eigenen Überraschung tat Janine, was Sina verlangte, ohne jeden Protest. Vielleicht spürte sie instinktiv, wenn sie jetzt nicht ins kalte Wasser sprang, würde sie es nie mehr tun.

Vorsichtig umschlossen ihre Lippen die kleine Knospe, die nun in ihrem Mund förmlich erblühte, sich entfaltete.

Sina kraulte wohlwollend ihren Hinterkopf, während Janine aus dem Augenwinkel die Reaktionen einiger Teilnehmer mitbekam. Ein Mann steckte sich, wie er wohl dachte unauffällig, eine Hand in die Hose, eine Frau spielte durch den Stoff ihrer Bluse mit ihren Brustwarzen. Die Zuschauer waren nicht länger passiv, sie verwandelten sich in aktive Wesen, die zwar zusahen, aber auch selbst agierten. Und plötzlich tauchten wieder jene skurrilen Bilder aus ihrem Traum von letzter Nacht vor ihrem geistigen Auge auf. Bilder, die sie nicht willentlich herbeirief, sondern die sich selbständig formten, als würde sie jemand von außen in ihren Kopf senden.

Die Liebe zwischen Herrin und Sklaven. Der Augenblick, in dem der Diener Paonas Stiefel ableckte, den Absatz in den Mund nahm, an ihm lutschte. Janine wurde ganz anders, als sie sich an diesen aufregenden Moment erinnerte. Zugleich quälte sie ein fieser Kopfschmerz, der stechend war und so plötzlich einschlug wie ein Blitz, nur um gleich darauf wieder zu verschwinden.

»Jetzt kümmere dich um meine andere Brustwarze«, drang Sinas Stimme aus weiter Ferne zu ihr vor. Wie in Trance gehorchte Janine, löste ihre Lippen von dem Nippel, um sich mit derselben Hingabe dem anderen zu widmen. In ihrem Traum war sie Paona gewesen, die Herrin. Jetzt aber, in der Realität, war sie die Sklavin. Und diese Rolle erregte sie sehr.

»Sehr gut. Nun knie dich vor mich hin!«, befahl Sina. Gier trat in die Augen der Teilnehmer. Dieselbe Gier, die sie auch in den Augen von Paonas Sklaven gesehen hatte.

Begehren. Ja, in diesem Moment begehrten all diese Menschen Sina und sie. Es war ein geiles, erhabenes Gefühl, das ihr Selbstvertrauen gab. Sie fühlte sich mit einem Mal wohl in ihrer Haut. Wohl und sexy.

»Auf die Knie«, verlangte Sina erregt. Ihr Körper bebte vor Lust, ihr Atem ging schnell. Janine gehorchte. Alle verfolgten jede von Janines Bewegungen. Sie sah in den Blicken der anderen, dass sie nur zu gern ihre oder Sinas Position einnehmen wollten.

»Leck mich da unten!«, forderte Sina sie auf, zog die Hose samt Slip in einem Ruck herunter und spreizte ihre Beine. Janines Lippen versanken in Sinas Scham. Sie roch deren betörenden weiblichen Duft, atmete ihn gierig ein und steckte ihre Hand in ihre Hose, rieb mit ihren Fingern an ihrer eigenen Scham, die schon feucht und geschwollen war und in der es leise schmatzte. Aber das konnte niemand hören, weil Sinas Stöhnen alles übertönte.

»Leck mich schneller!«, sagte sie streng, und ihre Finger gruben sich in Janines Haare, um ihren Kopf zu steuern.

Janine schwindelte. Kurz flirrte es vor ihren Augen, und sie fürchtete schon, ohnmächtig zu werden, als plötzlich wieder Paona und ihr Sklave vor ihrem geistigen Auge auftauchten.

»Nimm ihn in den Mund!«, sagte Paona und deutete zu ihrem Stiefel. Und ihr Sklave tat es, leckte den Stiefel ab, befreite dann ihren Fuß aus der ledernen Ummantelung, um sich ihren Zehen zu widmen. Plötzlich waren überall Leute um sie herum, die ihnen zusahen, die durch Öffnungen in den Wänden zu ihnen blickten. Surreal. Unwirklich.

Wieder dieser alles verzehrende, zerstörerische Kopfschmerz, der sie fast ohnmächtig werden ließ, der sie jedoch nur so kurz wie ein Blitz durchzuckte.

Janine wollte nicht aufgeben, nicht jetzt. Sie spürte die heißen Blicke von überall her, hörte das leise Stöhnen jener, die sich nicht zurückhalten konnten und sich längst selbst befingerten. Und dann nahm sie Sinas Perle in den Mund. Diese pulsierte so schnell, dass Janine fast glaubte, Sina würde jeden Moment in ihrem Mund explodieren. Sie wurde heißer, glühte, zuckte und schließlich sank ihre Zimmergenossin auf die Knie. Lachend. Ihre Brüste wippten im Rhythmus ihres Atems.

»Das war geil«, sagte sie und es konnte jeder hören, weil niemand im Raum wagte, etwas zu sagen, lediglich die Musik spielte im Hintergrund.

»Wie war es für dich? Willst du auch kommen?«

Janine nickte nur.

»Dann lass mich dir helfen. Alle sollen sehen, wie ich es schön für dich mache.« Sie packte Janine bei den Schultern und drückte sie rücklings auf ihre Matte, zog ihr die Hose herunter, um dann mit dem Gesicht zwischen ihren Schamlippen zu versinken. Sinas Zunge fühlte sich fantastisch an. Süß und zärtlich, aber auch fordernd und elektrisierend. Janine warf den Kopf in den Nacken, so dass sie das Publikum nur auf dem Kopf stehend sah. Janine war drauf und dran, den Verstand zu verlieren, aber das war ihr seltsamerweise egal. Ihr Unterleib vibrierte. Ein Gefühl, als brächen Wellen über sie herein. Erregend. Geil. Wäre da nicht dieser unerträgliche Kopfschmerz, der immer wieder durchkam.

Und dann verschwammen die Gesichter vor ihren Augen, ehe es dunkel um sie wurde. Janine spürte nur noch ihren Orgasmus. Dann schwanden ihr die Sinne.

⌒

Krischan Tannert befühlte den Puls der jungen Frau, die auf der Liege im Krankenzimmer lag und blickte dabei auf seine Armbanduhr, um ihre Herzschläge zu zählen. Offenbar hatte Janine Keller während des Entspannungskurses einen Kreislaufzusammenbruch erlitten. Ihre Herzfrequenz war jedoch in Ordnung. Genauso wie ihr Blutdruck.

»Sollen wir einen Krankenwagen rufen?«, fragte Gloria Aden besorgt.

Er schüttelte den Kopf. »Nicht nötig. Sie wird schon bald wieder fit sein.« Es schien nichts allzu Ernstes zu sein. Gott sei Dank. Machte er sich tatsächlich Sorgen um Janine? Er verwarf den Gedanken gleich wieder. Eigentlich sollte es ihn freuen, dass sich dieses kleine Miststück übernommen hatte. Doch das tat es nicht …

»Na schön, ich gehe dann mal zur Gruppe zurück«, sagte Gloria und verschwand.

Krischan ließ sich auf einen Stuhl neben Janines Bett sinken und betrachtete ihre Hand. Aus einem Impuls heraus, den er nicht wirklich kontrollieren konnte, ergriff er sie dann, hielt sie fest, wie er sie früher gehalten hatte.

Seit Janine wieder in sein Leben getreten war, breitete sich eine angenehme Wärme in seinem Herzen aus, die er lange nicht gespürt hatte.

Dabei lag es doch Jahre zurück, als er Janine Keller geliebt hatte. Aufrichtig geliebt. Wie ein junger Mann, der sich zum ersten Mal in seinem Leben verliebte. Aber daran erinnerte sie sich nicht einmal mehr, und er durfte es ihr nicht sagen, wenn seine Rache gelingen sollte. Von dieser würde er nicht abrücken, auch wenn sie ihm zugegebenermaßen im Moment leidtat.

Sanft strich er ihr eine Haarsträhne aus dem Gesicht.

Es hatte ihm gefallen, sie heute Morgen zu befriedigen. Genau wie früher. Nie im Leben hätte er diese starken Reaktionen seines Körpers für möglich gehalten. Doch sie zeigten ihm, dass er noch längst nicht mit Janine abgeschlossen hatte. Es vielleicht auch nie würde. Was wiederum seine Wut entfachte, weil er sie von sich abhängig machen wollte, um sie dann zu bestrafen. Nun machte es jedoch den Anschein, als wäre er ihr immer noch hörig. Er verachtete diese Schwäche an sich, versuchte, die Sehnsucht, die er in diesem Moment empfand, zurückzudrängen, da öffneten sich ihre Lippen. Wurde sie wach? Wollte sie etwas sagen? Aber Janine regte sich nicht weiter, lediglich ihr Mund war nun leicht geöffnet, als hoffte sie auf einen Kuss, der sie erweckte. Was für eine grausame Versuchung. Er war drauf und dran, diesen wunderschönen Mund tatsächlich zu küssen.

Aber dann stöhnte Janine leise, und er ließ ihre Hand rasch los. Sie drehte sich zur Seite, und ihre Decke fiel halb herunter, offenbarte ihre schlanken endlosen Beine und ihren süßen Po.

Krischan lehnte sich zurück. Er konnte den Blick nicht von ihr abwenden. Und da bemerkte er, dass sein Begehren noch viel stärker wurde.

»Was machst du nur mit mir?«, fragte er in den Raum hinein, aber die Frage war an Janine gerichtet, die ihm nicht antworten konnte.

Krischan fürchtete, irgendjemand könne seine Erektion noch bemerken, daher verschwand er rasch in seinem Büro und schloss sich ein. Dort zog er die Hose und die Unterwäsche herunter, um seinen erigierten Schwanz in die Hand zu nehmen und daran zu reiben. Dabei dachte er an Janine, deren herrliche Brüste und den süßen Duft, den ihre Möse verströmte. Die Erinnerung an dieses eigenwillige, hoch erotische Aroma verstärkte seine Erregung. Er rieb etwas stärker an seinem Glied. Wie schäbig das war. Er benutzte die arme Janine als Wichsvorlage. Doch andererseits hatte es dieses Miststück nicht anders verdient. Er musste sich nur immer wieder in Erinnerung rufen, dass sie ihm das Herz gebrochen hatte.

Er würde seine Rache durchziehen, nicht davon abweichen, völlig gleich, wie Janine heute war. In ihr schlummerte die alte Janine, die grausam und herzlos war. Und wenn er die arglose Janine bestrafte, strafte er ihr Alter Ego mit.

Für jeden der nun folgenden Tage hatte er ein Einzelgespräch mit ihr arrangiert. Und er würde für jedes dieser Treffen einen Grund finden, warum er sie noch einmal nackt sehen und genauer untersuchen wollte. Das gefiel diesem kleinen Luder, das hatte er in ihren Augen gesehen. In diesem Punkt waren sich die alte und die neue Janine ähnlich.

Mit einem Schmunzeln dachte er an ihre früheren Bettabenteuer zurück, zu einer Zeit, als Janine ihm noch treu gewesen war. Die junge Frau war einst sehr experimentierfreudig gewesen. Genauso wie er. Sie waren das perfekte Paar gewesen. Ebenbürtig in allen Belangen.

Er würde herausfinden, wie viel von dieser Experimentierfreude noch in ihr steckte, und sie zu neuem Leben erwecken. Sein Schwanz zuckte in seinen Händen. Er brauchte nur an Janine zu denken, sich ihre leuchtenden Augen und ihr zärtliches Lächeln vorzustellen, schon vermischten sich die verhassten romantischen Gefühle in seinen Höhepunkt mit ein, wurden zur treibenden Kraft …

Janine durfte für den restlichen Tag nicht mehr an dem Kursangebot teilnehmen, sondern ruhte sich stattdessen in ihrem Zimmer aus. Inzwischen ging es ihr viel besser. Tannerts Sprechstundenhilfe hatte ihr ein paar Tropfen mitgegeben, die den Kreislauf anregen sollten. Ab morgen durfte sie wieder regulär alle Kurse besuchen. Heute sollte sie sich allerdings noch schonen.

Janine legte sich hin und starrte an die Decke, weil sie nicht wusste, was sie mit der freien Zeit anfangen sollte.

Dann schaltete sie den Fernseher an und stellte einen Nachrichtensender ein. Überall auf der Welt gab es Probleme. Ein Öltanker war gekentert, glücklicherweise war jedoch noch kein Öl ins Meer ausgelaufen. Ein renommiertes Kaufhaus stand kurz vor dem Bankrott. Die Ehefrau eines britischen Politikers ließ sich scheiden, weil ihr Mann angeblich eine Affäre mit einer Deutschen gehabt hatte.

Janine schaltete die Kiste aus, als die Tür aufging und Sina hereinkam. Sie sah gut aus, strahlte über das ganze Gesicht. Offenbar tat ihr das Kursprogramm sehr gut.

»Wie geht es dir denn?«, fragte sie gleich und streifte sich schon wieder ihr T-Shirt ab.

Janine konnte nicht anders, als zu ihren Brüsten zu blicken.

»Besser. Viel besser.«

»Das freut mich.«

»Und was hast du so erlebt?«

»Wir haben einen heißen Film geguckt, die ganze Truppe.« Sie hob ihren Arm und roch an ihrer Achsel. »Ich muss jetzt wirklich duschen. Wenn du Details hören willst, dann komm mit ins Bad.«

Janine folgte ihr.

»War Tannert auch dabei?«

»Soweit ich weiß, ist er Arzt und kein Pornodarsteller«, erwiderte Sina lachend und schlüpfte aus ihrer Hose.

»Ich meine nicht als Darsteller, sondern als Zuschauer bei der Vorführung.«

»Nein. Hab ihn nicht gesehen.«

Janine war erleichtert. Es hätte sie gestört, wenn er die Nähe seiner anderen Patientinnen zu sehr gesucht hätte. Dabei war das albern. Er konnte ja schließlich machen, was er wollte. Aber irgendwie hoffte sie immer noch, sie wäre etwas Besonderes für ihn.

»Wir zwei Hübschen waren übrigens das Thema Nummer eins.«

»Was?«

»Wir wurden von allen Seiten für die heiße Show gelobt, die wir heute hingelegt haben. Und alle haben sich auch nach dir erkundigt. Du bist der Star des Tages.«

Janine wusste nicht, ob sie sich darüber freuen sollte oder nicht.

»Na komm, lach doch mal. War das denn alles wirklich so schlimm für dich?«, fragte Sina lachend und stieg unter die Dusche.

»Überhaupt nicht«, erwiderte Janine und bürstete ihre

120

langen Haare aus. Das war ja das Erschreckende. Sie fand zusehends mehr Gefallen an der Offenheit, die hier propagiert wurde. Es kam ihr vor, als steckte sie in einem parallelen Kosmos, der sich von der restlichen Welt abgespalten hatte.

Eine Art Paralleluniversum, in dem andere Gesetze galten. Und doch war ihr das Gefühl, sich anderen zu präsentieren, nicht gänzlich fremd.

»Wenn das so ist, warum kommst du nicht unter die Dusche zu mir?«, schlug Sina unverblümt vor.

Wollte ihre verrückte Zimmergenossin etwa da weitermachen, wo sie aufgehört hatten? Ob das gut für ihren Kreislauf war? Im Moment schien er ja stabil. Aber eigentlich hatte man ihr Ruhe verordnet. Dennoch reizte es sie, das Spiel mit Sina zu wiederholen. Und wenn sie aufpasste, was konnte schon passieren?

»Wieso eigentlich nicht«, sagte Janine selbstbewusst, denn es gab keinen Grund mehr, sich zu fürchten. Wovor auch? Es ging nur um Lust und Leidenschaft, um den Spaß und darum, Sehnsüchte zu erfüllen. Daran war nichts verkehrt. Im Gegenteil. Es war ganz natürlich. Sie hatte sich immerzu dieser natürlichen Seite verwehrt.

»Wow, du bist ja vollkommen verändert«, war Sina überrascht, als Janine nackt die Kabine betrat. Offenbar hatte sie nicht damit gerechnet, dass Janine das Angebot ohne Einwände annehmen würde.

Heiß prasselte das Wasser auf sie beide herunter. Janine zog den Duschvorhang hinter sich zu, und in der Kabine wurde es sehr eng.

Es hatte ihr gefallen, wie Sina ihr Befehle erteilte. Das war antörnend und zugleich auch hilfreich gewesen, denn genau dadurch waren ihre Hemmungen verschwunden. Es gab vermutlich keine bessere Art, sich fallen zu lassen. Ein wenig Verantwortung abzugeben. Das war reizvoll für sie, und umso besser, wenn es Sina reizte, die andere Rolle zu übernehmen. Und tatsächlich schien Sina genau derselbe Gedanke durch den Kopf zu gehen, denn sie legte ihre Hände auf Janines Schultern und drückte sie leicht nach unten, bis Janine mit ihren Knien aufkam.

»Ich werde dich einseifen«, kündigte die Blondine an und tat sich etwas Duschgel auf die Hand, mit der sie Janine anschließend einschäumte, erst ihre Nackenpartie, dann glitt Sinas Hand über ihre Schulter nach vorn und kümmerte sich um Janines linke Brust. Ein süßes Prickeln erfasste sie, und ihr Nippel reckte sich gierig den zärtlichen Fingerspitzen von Sina entgegen. Es fühlte sich verdammt gut an, von ihr berührt zu werden.

Sinas Hand glitt nun zu Janines anderer Brust. Auch um diese kümmerte sie sich liebevoll, doch viel zu kurz, wie Janine fand. Sina ließ von ihr ab und stellte sich breitbeinig vor sie, zog sacht ihre Schamlippen auseinander, so dass ihre Perle sichtbar wurde.

»Ich will, dass du sie küsst«, bestimmte Sina frech.

Janine wollte ihr nicht widersprechen. Es gefiel ihr, wenn Sina zu einer Art weiblichen Macho wurde, den sie bedienen musste. Also beugte sie sich vor und umschloss Sinas Klitoris mit ihren Lippen, saugte sanft an ihr, bis sie ihre Hitze unter der Zungenspitze spürte.

»Und jetzt will ich noch deinen Finger in mir spüren.«

Janine musste unweigerlich an ihr Einzelgespräch mit Dr. Tannert denken. Nur dass Sina jetzt in ihrer Rolle war, während sie die des Doktors übernommen hatte. Und als sie ihren

Zeigefinger sanft in Sinas feuchte Enge schob, wurde die Erinnerung an ihre heiße Zusammenkunft mit dem attraktiven Leiter der Lustschule sehr viel greifbarer, was Janine nur noch mehr antörnte.

Sie leckte Sina überall, schmeckte deren süße Lust, schluckte sie hinunter, bis sie ein verräterisches Zucken in Sinas Innerem verspürte, das einen Orgasmus ankündigte.

Janines Finger drang tiefer in sie, wurde schneller. Sina stöhnte auf, hielt sich mit beiden Händen am Duschvorhang derart fest, dass sie ihn um ein Haar heruntergerissen hätte. Und dann stöhnte die Blondine auf, und ihr Stöhnen endete in einem lustvollen Aufschrei, der ihren Körper zuerst vibrieren und anschließend erzittern ließ. Janine zog ihren Finger zurück und blickte zu der erschöpften Sina auf. Ihr Mund stand offen, und ihr Atem ging stoßweise.

»Leck ihn ab!«, befahl sie.

Janine starrte ihre glänzende Fingerspitze an, zögerte aber kurz.

»Na los!«, sagte Sina ungeduldig, und Janine befolgte auch diesen Befehl. Es törnte sie unbeschreiblich an, Befehle entgegenzunehmen, und je klarer diese formuliert waren, desto intensiver war die Wirkung auf sie.

Sie steckte sich den Finger in den Mund, leckte gierig an ihm, bis sie den letzten Tropfen von Sinas Lust in sich aufgenommen hatte.

»Das hat Spaß gemacht. Aber es kann immer noch eine Steigerung geben. Ich bin gleich wieder da«, sagte Sina und schob den Vorhang zur Seite, um – nackt wie sie war – aus dem Bad zu stolzieren. Fror sie nicht? Wahrscheinlich war ihr Blut derart in Wallung geraten, dass sie die Kälte außerhalb der kleinen Kabine gar nicht mehr spürte. Janine hingegen fing sofort an zu frieren und das nur, weil der Duschvorhang für einen kurzen Moment zur Seite gezogen worden war.

Sie stellte sich schnell unter die Dusche, um ihren Körper mit so viel heißem Wasser wie möglich berieseln zu lassen.

Es dauerte nicht lange, da kam Sina zurück. Wieder riss sie den Duschvorhang weiter auf, als es eigentlich nötig war.

»Da bin ich wieder, und ich habe eine Überraschung für dich«, kündigte sie an. Ihre rechte Hand versteckte sie hinter ihrem Rücken. Irgendetwas hatte sie mitgebracht. Nur was?

»Dreh dich um«, sagte sie.

Janine zögerte nicht, tat es einfach und lehnte sich mit dem Oberkörper an die geflieste Wand.

Sina trat hinter sie, strich ihre Wirbelsäule entlang und gab ihr einen überraschenden Klaps auf den Po.

»Süßer Hintern«, bemerkte sie.

Janine wusste nicht, wie sie auf dieses Kompliment reagieren sollte, zumal es auch noch von einer Frau stammte. Sie schwieg, aber sie freute sich dennoch über die anerkennenden Worte.

»Beine auseinander«, verlangte Sina und schob Janines Oberschenkel mit ihrer Hand leicht auseinander, um diese schließlich auf Janines Scham zu legen.

»Hui, da verbrennt man sich ja fast«, scherzte sie und kraulte Janine zwischen den Beinen.

Es hätte ihr völlig genügt, wenn Sina es dabei belassen hätte, es war entspannend und erregend zugleich. Doch ihre Zimmergenossin hatte etwas anderes mit ihr vor, denn plötzlich war da etwas Hartes, das sich gegen ihre Pforte schob, für sie aber zu groß war.

Janine wandte den Kopf, versuchte, über ihre Schulter zu blicken, um zu erkennen, was es war. Aber Sina packte sie beim Nacken und drehte ihren Kopf in die Ausgangsposition zurück, so dass Janine sich das abstrakte Muster auf den Fliesen aus nächster Nähe ansehen konnte.

»Nicht gucken, es ist doch eine Überraschung«, sagte Sina verheißungsvoll und schob das harte Etwas in sie. Es war riesig und vor allem dick. Ein Wunder, dass es sich seinen Weg überhaupt so spielend bahnen konnte. Janine hatte das Gefühl, dass Sina sie Stück für Stück ausfüllte, und dann drückte die große Blonde auf einen Knopf, der das Etwas mit einem Mal derart stark vibrieren ließ, dass Janine einen leisen Schrei ausstieß.

»Keine Angst, es ist nur zu deinem Besten«, versicherte Sina ihr und kraulte beruhigend Janines Nacken. Für einen kurzen Moment schwindelte ihr, doch ihr Kreislauf ließ sie kein zweites Mal im Stich.

Das ist ein Dildo, schoss es Janine durch den Kopf. Was hätte es auch sonst sein sollen? Etwas anderes kam nicht in Frage. Janine machte sich klar, was in diesem Moment geschah. Sina penetrierte sie mit einem künstlichen Glied, und ihnen beiden bereitete das großen Spaß. Das war doch verrückt!

Und es war geil!

»Du hast sicher längst erraten, was meine Überraschung ist.« Sina lachte leise. »Oder doch nicht?«, fügte sie fragend hinzu und kicherte.

Und dann merkte Janine, dass da noch etwas anderes war. Etwas, das auf ihren Anus drückte. Erst leicht, dann etwas fester, mit der Absicht, sich in sie zu schieben.

Zweifach penetriert! Janine konnte es nicht glauben. Nicht zu glauben, was Sina hier tat und wie sie selbst darauf reagierte! Sie wollte das Etwas in sich spüren. Auf der Stelle! Und so tief wie möglich. Gierig schob sie Sina ihren Po entgegen.

Es setzte einen weiteren Klaps auf ihr Hinterteil, das gehörig zu brennen anfing. Janine wünschte, sie hätte ihren Po in einem Spiegel sehen können. Er brannte, musste rot glühen. Sie fand die Vorstellung ziemlich scharf.

»Das gefällt dir wohl?«, fragte Sina amüsiert und versetzte ihr noch einen Schlag und sogar noch einen weiteren.

Janine glaubte, innerlich zu verglühen, jeden Moment würde sie kommen. Doch Sina wollte es ihr offenbar nicht allzu leicht machen. Sie schien genau zu spüren, dass sich Janine ihrem Höhepunkt näherte, doch noch bevor sie diesen erreichte, zog sie den Doppeldildo aus ihr heraus.

Janine keuchte auf. Wie konnte Sina ihr das nur antun? So kurz vor ihrem Orgasmus! Wie schwer es ihr immer noch fiel, zum Höhepunkt zu kommen, und dann das!

Sina lachte. Es klang grausam. Aber auch verrucht und sexy. »Sag es mir!«, forderte sie.

»Sagen? Was sagen?«

»Dass ich dich ficken soll.« Sina schien nach ihrer frustrierenden Beziehung zu Bruno regelrecht aufzublühen, und offenbar hatte sie großen Nachholbedarf. Außerdem erinnerte Janine diese Aufforderung sehr an das, was auch Tannert von ihr hatte hören wollen, was die Sache nur noch reizvoller und aufregender machte. Immerhin hatte Janine nun keine Schwierigkeiten mehr, das Wort »Möse« zu gebrauchen, aber »Ficken« kostete sie noch Überwindung, denn das Wort gefiel ihr nicht. Wollte ihr nicht gefallen. Was auch immer.

»Wenn du es nicht sagst, besorg ich es dir nicht«, warnte Sina sie streng.

Janine biss sich auf die Unterlippe. Sie wollte diesen Orgasmus. In ihr war noch immer dieser kleine Funke, der nicht erloschen war, der immer wieder aufflammte.

»Bitte«, sagte Janine und seufzte. »Bitte steck ihn wieder in mich.«

»Das klingt ja süß. Aber das Codewort war ein anderes.«

»Ich … kann es nicht sagen …«

»Das musst du aber, wenn du heute nicht leer ausgehen willst.«

Sina kraulte Janines Scham, was ihre Gier nur noch mehr anfachte. Verdammtes Luder. Sie wusste genau, was sie tun musste, um Janine schwach zu machen. Und es funktionierte auch noch perfekt. Kurz rutschte ihre Fingerkuppe in Janines feuchte Enge. Ihr Unterleib erzitterte förmlich. Aber dann entzog sie sich Janine auch schon wieder, gab ihr einen verspielten Klaps mit der Hand, der ihre Pobacke brennen ließ.

»Nun? Ich höre.«

Janine brachte es nicht über sich. Alles in ihr sträubte sich dagegen, aber die Lust gewann allmählich die Oberhand. Sie wollte, dass Sina sie endlich mit dem Dildo nahm, sie wollte diesen verdammten Vibrator in sich spüren. In beiden Öffnungen. Und das tief! Sehr tief.

Schweiß perlte von ihrer Stirn. Diese verfluchten Hemmungen, sie hatte gedacht, sie wäre schon viel weiter.

Sina führte den Dildo gezielt um ihre Schamlippen herum, um sie zu reizen, und Janine spürte, wie Lustfeuchtigkeit aus ihr herausrann. Erneut biss sie sich auf die Unterlippe. Dieses Mal so fest, dass ein Blutstropfen hervorquoll. Er schmeckte süß.

»Bitte … nimm mich«, bat Janine verzweifelt.

»Das Codewort«, forderte Sina erbarmungslos und streichelte erneut Janines Scham. Sina war ihrem Tannert so ähnlich. Und das törnte Janine nur noch mehr an, und sie wünschte inständig, nicht Sina stünde mit ihr unter der Dusche, sondern Tannert!

»Du zerfließt ja förmlich, meine Liebe«, bemerkte Sina beiläufig, aber Janine hörte das Amüsement in ihrer Stimme.

Janine schloss die Augen, versuchte, sich auf ihre Lust und die erregenden Gefühle in ihrem Unterleib zu konzentrieren, den Verstand und alle Scham auszuschalten. Wie würde Krischan Tannert reagieren, wenn sie ihn anbettelte, sie zu ficken?

Allein die Vorstellung war so geil, dass sie es nicht länger aushielt.

Ihre Scham wurde heißer, Sinas Kraulen im steten Rhythmus ließ ihre Lust auflodern. Janine konnte sich nicht mehr zurückhalten, selbst wenn sie es gewollt hätte.

»Bitte, fick mich!«, bettelte sie erregt, und ihre Stimme klang ungewohnt belegt.

Dass sie sich nun doch so rasch überwunden hatte, schien Sina zu überraschen, denn einen Moment lang hielt sie erstaunt inne, und nichts geschah. Sie hörte sogar mit dem Kraulen von Janines Scham auf! Dieses Miststück. Jetzt war es Janine, die ihren Unterleib so führte, dass sich ihre Schamlippen in Sinas offener Hand bewegten, sich an ihr rieben. Aber das Gefühl war nicht dasselbe, wie wenn Sina ihre Hand selbst steuerte. Es fehlte der Kick einer überraschenden Bewegung.

»Na bitte, geht doch«, brachte Sina schließlich hervor, und dann spürte Janine endlich, wonach sich ihr Körper die ganze Zeit quälend verzehrt hatte. Sacht verschwand das harte Kunstglied in ihrer Spalte und das etwas kleinere Glied in ihrem Anus. Millimeter für Millimeter drangen sie tiefer in Janine vor, eroberten sie Stück für Stück, füllten sie vollständig aus, bis die beiden Dildos bis zum Anschlag in ihr steckten, nur um gleich darauf wieder von Sina herausgezogen zu werden und das Spiel zu wiederholen. Mit jedem Mal, wenn die

Dildos in Janine drangen, erklang das verräterische Schmatzen aus ihrer feuchten Enge.

Sinas Bewegungen wurden schneller, ihre Stöße kräftiger. Janine fühlte sich wie in Trance. Alles um sie herum trat in den Hintergrund. Sie spürte ihren Körper intensiver als zuvor, spürte jedes noch so kleine Beben, jedes Muskelzucken und das langsame Anschwellen ihrer Lust zum Höhepunkt, der dann wie ein Orkan über sie hereinbrach. Janine schnappte nach Luft und fiel von den harten Stößen getrieben nach vorn, so dass ihr Oberkörper gegen die kühlen Fliesen gedrückt wurde. Erst jetzt spürte sie wieder das heiße Wasser, das auf sie beide niederprasselte, im selben Rhythmus, in dem Sina sie gefickt hatte. Das Wort Ficken hatte seinen Schrecken verloren. Janine war froh darüber, lachte leise.

»Nicht schlecht«, sagte Sina anerkennend, und Janine genoss das wohlig warme Gefühl des heißen Wassers auf ihrer Haut, fühlte sich erweckt, und ihr war kein bisschen schwindelig.

Janine verbrachte ihre zweite Nacht auf Schloss Cohen, und diese Nacht war angenehm und ruhig. Kein absurder Traum quälte sie, Paona und ihr Sklave ließen sie in Ruhe. Am nächsten Morgen fühlte sie sich gestärkt und ausgeruht, wie neugeboren. Und irgendwie war sie das ja auch. Sie war nicht mehr die schüchterne und zurückhaltende Janine. In ihr war eine abenteuerlustige Frau erwacht, die etwas erleben wollte, die sich nicht durch ihre eigenen Hemmungen länger begrenzen mochte.

Das Frühstück wurde wie auch am Tag zuvor im großen Speisesaal des Schlosses eingenommen.

»Und? Hattest du aufregende Träume?«, fragte Sina, als sie am Tisch Platz nahmen. Beide hatten sich zuvor am üppigen Büfett bedient. Sina bevorzugte Vegetarisches, Janine hatte Lust auf Eier und Speck bekommen.

»Nein, die Realität ist im Augenblick aufregender als meine Träume«, gab sie unumwunden zu.

»Dito«, erwiderte Sina. »Kaum zu glauben, dass ich das sage.« Das war wohl eine Anspielung auf ihre gescheiterte Beziehung.

»Bruno?«, hakte Janine nach.

»Er wäre bestimmt gern mit nach Schloss Cohen gekommen. Aber wenn er sich das vom Job her nicht erlauben kann …« Sina zuckte mit den Schultern. »Wenn's denn so war«, fügte sie hinzu.

»Glaubst du ihm etwa nicht?«

»Keine Ahnung. Ist mir auch egal. Ich habe für uns gekämpft, er hat das nicht getan, jetzt muss er mit den Konsequenzen leben.« Bruno schien Sina nicht mehr wichtig zu sein. Zumindest nach außen hin.

»Hast du eigentlich einen Freund?«, hakte Sina plötzlich nach.

»Ich glaube nicht«, antwortete Janine zögerlich. Zumindest hatte die neue Janine keinen, was die alte anging, so wusste Janine da nicht mehr als ihre neugierige Zimmergenossin.

»Ach ja, richtig, dein Gedächtnis«, fiel es Sina wieder ein. »Sorry. Du siehst, meins funktioniert auch nicht gerade bestens.«

»Ist schon in Ordnung«, sagte Janine versöhnlich, denn sie hatte Verständnis dafür, dass Sina nicht rund um die Uhr an ihr kleines Handicap dachte. Manchmal vergaß sie es sogar selbst, weil Janine ihr heutiges Leben als viel reeller wahrnahm als das, was früher einmal gewesen sein mochte. Sie konnte daher schwerlich jemand anderem einen Vorwurf machen. Fest stand, dass sie vor dem Unfall in keiner Beziehung gewesen war, das hätte Lena sonst gewusst. Auch hatte sich kein Verflossener bei ihr gemeldet. Es blieb also vage.

Das Frühstück endete um Punkt neun Uhr, und Janine vergaß fast, ihre Tabletten zu nehmen, weil sie so aufgeregt war, was der Tag für sie bereithalten mochte. Die einzelnen Gruppen wurden erneut in die verschiedenen Bereiche des alten Schlossinternats aufgeteilt. Janines und Sinas erste Station war dieses Mal der Entspannungsraum.

»Das nenne ich einen guten Start in den Tag«, bemerkte Sina und kicherte, denn sie ahnte wohl genauso wie Janine, dass der Kurs von Gloria Aden auch dieses Mal schlüpfrig enden würde.

Die beiden jungen Frauen machten sich gerade auf den Weg zum Keller, als sie die Empfangsdame von Krischan Tannerts Praxis aufhielt.

»Frau Keller, ich muss Sie leider bitten, in unserem Wartezimmer Platz zu nehmen.«

»Was? Aber warum denn das?«, fragte Sina entgeistert. Janines Herz hingegen machte vor Freude einen kleinen Hüpfer, denn mit dem Wartezimmer brachte sie unweigerlich ihren sexy Doktor in Verbindung.

»Dr. Tannert möchte Sie noch einmal … untersuchen«, erklärte die junge Frau und räusperte sich, denn jeder in diesem ehemaligen Internat wusste wohl, was das Wort »untersuchen« bei Dr. Tannert tatsächlich bedeutete.

»In Ordnung«, sagte Janine, denn sie hatte viel mehr Lust auf eine Untersuchung von Dr. Tannert als auf die, zugegebenermaßen aufregenden, Entspannungsübungen von Gloria Aden. Also folgte sie der attraktiven Sprechzimmerdame.

131

»Viel Spaß«, rief ihr Sina hinterher.

»Werde ich haben«, war Janines Antwort.

Wenige Augenblicke später saß Janine auch schon im Wartebereich und stellte mit Verwunderung fest, dass sie die einzige Patientin war. Ob Dr. Tannert es absichtlich so eingerichtet hatte, dass er jetzt keine anderen Termine hatte? Damit ihnen mehr Zeit füreinander blieb? Wie albern, so etwas auch nur zu denken. Dr. Tannert hatte viele attraktive Patientinnen, und Janine war gewiss nicht die Einzige, die von ihm auf diese besondere Weise behandelt wurde. Es hätte sie enttäuschen sollen oder eifersüchtig machen. Stattdessen spürte sie in diesem Moment vor lauter Aufregung und Vorfreude einen heißkalten Schauer nach dem anderen.

Schließlich ging Dr. Tannerts Sprechzimmertür auf. Er kam heraus und lächelte erhaben auf Janine herunter. Wahrscheinlich wusste er von seiner unwiderstehlichen Wirkung, und Janine war nicht die erste Frau, die ihm mit Haut und Haar verfallen war. Ebendies las sie auch in seinen Augen. Dr. Tannert strahlte nicht nur starkes Selbstbewusstsein aus, sondern auch eine gewisse Arroganz, wenn nicht gar Eitelkeit. Beides konnte er sich Janines Meinung nach ohne jeden Zweifel leisten.

»Frau Keller, wenn Sie bitte hereinkommen wollen.«

Er machte eine einladende Handbewegung in Richtung seines Sprechzimmers.

Janine erhob sich. Mit einem Mal begann ihr Herz, noch schneller zu schlagen, und ihre Beine fühlten sich an wie Blei. Zudem hatte sie einen dicken Kloß im Hals, den sie partout nicht herunterschlucken konnte. Lag es an Krischan Tannerts festem Blick, der verriet, dass dieser Mann keinen Widerspruch duldete? Oder war es die Situation an sich – die Tatsache, dass ein Arzt sie nur deshalb in seine Praxis bestellte, um mit ihr zu schlafen?

Janine wusste es nicht, konnte es nicht entscheiden, war quasi willenlos in diesem Moment und folgte seiner Aufforderung wie in Trance. Ein Fuß setzte sich vor den anderen. Und jedes Mal fühlte es sich an, als würde sie mit jedem Schritt einige zusätzliche Kilo Blei mit sich herumschleppen.

»Nehmen Sie Platz«, bat er wie gewohnt und deutete auf den Stuhl vor seinem Schreibtisch.

Janine gehorchte. Sie war froh, dass sie sich setzen konnte. Dr. Tannert fixierte sie mit seinem glühenden Blick, mit dem er ihren Körper förmlich abtastete. Ausgerechnet heute hatte sie sich auch noch ein besonders weit ausgeschnittenes Top angezogen. Und die kleinen Kälteschauer sorgten dafür, dass sich ihre erregten Brustwarzen unter dem dünnen Stoff abzeichneten.

»Sehr hübsch«, sagte er anerkennend und lächelte amüsiert.

Janine freute sich, auch wenn ihr klar war, dass er vermutlich jeder Patientin schmeichelte, die ihm gefiel.

»Wie fühlen Sie sich heute?«, begann er das übliche Morgengespräch, das schon nach fünf Minuten endete, weil bei Janine im Augenblick alles bestens lief und nichts zu beklagen war, wenn man von ihrer Amnesie einmal absah. Seit sie auf Schloss Cohen war, blühte sie förmlich auf. Und das hatte sie vor allem Dr. Tannert zu verdanken. Die Erinnerungslücken waren nun Teil von ihr. Ein Teil, den sie nach und nach akzeptieren gelernt hatte. Der Schrecken war verflogen, und sie war weniger an ihrer Vergangenheit interessiert als viel mehr an ihrer Zukunft.

»Sie leben sich langsam bei uns ein«, stellte er erfreut fest und überprüfte Blutdruck und Puls. Beides war zufriedenstellend.

Janine nickte. Das tat sie. Dennoch irritierte es sie, dass das Wartezimmer leer war und er explizit sie hatte sehen wollen. Sie war schließlich nicht krank, ihr Kreislauf war wieder in Ordnung, es ging ihr gut, also musste es einen anderen Grund geben.

»Weshalb haben Sie mich zu sich bestellt?«, fragte sie nach.

Er lächelte. Fast sah er ein wenig dämonisch aus. Hätte er nicht den weißen Kittel angehabt, dann hätte er sogar etwas Teuflisches an sich gehabt. Doch dieses Teuflische, das ihn umgab, erschreckte sie nicht, im Gegenteil, es zog sie an.

»Für heute habe ich eine besondere Untersuchung vorgesehen«, erklärte er knapp, ohne näher darauf einzugehen. »Bitte gehen Sie in die Kabine, und machen Sie sich untenherum frei.«

Janine gehorchte abermals. Sie konnte sogar gar nicht schnell genug in die Kabine eilen, um sich dort auszuziehen. Was immer der Doktor von ihr verlangte, sie war bereit, es zu tun. Nein, es war wahrhaftig nicht allein sein gutes Aussehen – es war jene seltsame Vertrautheit, die er ausstrahlte und die sie dazu brachte, Dinge zu tun, die sie sonst niemals getan hätte. Wahrscheinlich hatte sie in ihrem »früheren« Leben einen Mann wie ihn gekannt und war diesem verfallen gewesen. Überrascht hätte sie das jedenfalls nicht. Dr. Tannert berührte etwas tief in ihrem Inneren, was in Vergessenheit geraten war. Vielleicht gelang es ihm ja sogar, es wieder an die Oberfläche zu befördern.

Für den Augenblick hatte Janine allerdings nur ein Interesse. Sie betrachtete ihren Intimbereich im kleinen Wandspiegel, der eine Seite der Kabine ausfüllte. Ihre Schamlippen waren längst angeschwollen und glühten, das verräterische Prickeln hatte eingesetzt. In Janines Augen nur ein weiterer Beweis dafür, dass Dr. Tannert genau der richtige Mann war, um sie zu behandeln.

Janine eilte wieder aus der Kabine heraus, stolperte vor Aufregung fast über ihre eigenen Füße, hielt dann aber inne, weil sich der Raum verändert hatte. Dr. Tannert hatte einen der Vorhänge zurückgezogen, der den Untersuchungsraum abteilte, und ein eigenartiger Stuhl wurde sichtbar. Janine hatte einen solchen noch nie in einer Arztpraxis gesehen. Er wirkte auf den ersten Blick recht normal, doch an einer bestimmten Stelle machte sie eine Erhebung aus, die recht verdächtig aussah. Unwillkürlich musste sie an ihren heißen Abend unter der Dusche mit Sina denken. Denn das, was da vorblitzte, hätte der Kopf eines Dildos sein können.

»Ich möchte Sie bitten, sich auf diesen Untersuchungsstuhl zu setzen«, sagte Dr. Tannert freundlich.

Janine kam näher, betrachtete den Stuhl misstrauisch von allen Seiten. Der kleine Knubbel, der an besagter verdächtiger Stelle saß, war jedoch viel zu kurz, um überhaupt in sie zu dringen. Wahrscheinlich sah sie schon Gespenster, und die Erhebung war ganz harmlos. Irgendeine ergonomische Verformung, die für Sitzkomfort und Rückenschonung sorgte.

Janine nahm entschlossen Platz, und wie sie es erwartet hatte, war die Erhebung viel zu kurz geraten, um ihr gefährlich zu werden, streifte sie doch gerade einmal ihre Schamlippen.

»Ich muss Sie dieses Mal leider anschnallen«, erklärte Tannert entschuldigend, doch sein Grinsen verriet, dass es ihm alles andere als leidtat.

»Anschnallen?«, fragte sie verwirrt.

»Sonst werden Sie mir noch aus dem Sattel geworfen, und das wollen wir ja nicht.«

»Um was für eine Art von Untersuchung handelt es sich denn überhaupt?«

»Wir wollen die Ströme Ihres Lustempfindens aufzeichnen, um zu sehen, wie hoch Ihre Erregung steigt. Das alles wird auf einem Diagramm festgehalten.«

War das ein Witz? Von einer derartigen Untersuchung hatte sie ja noch nie gehört.

Plötzlich hockte Dr. Tannert neben ihr, und sie spürte einen festen Riemen um ihr linkes Fußgelenk, das sich mit dem Stuhl, auf dem sie saß, verband.

»Au!«, zischte sie erschrocken. »Das ist zu fest.«

»Glauben Sie mir. Das ist es nicht.« Dr. Tannert zwinkerte ihr zu. Ein ungutes Gefühl formte sich in ihrer Magengegend und vermischte sich mit der anregenden Aufregung, die ihr Herz schneller schlagen ließ. Lust konnte leichtsinnig machen, das wurde ihr in diesem Moment klar.

Krischan Tannerts Vorfreude stieg ins Unermessliche. Er hatte heute Nacht kaum geschlafen, weil er wie besessen nur an Janine hatte denken können. Und an die Strafe, die er sich für sie überlegt hatte. Der Rodeosessel schien perfekt, sie zu demütigen und sie zugleich zu erregen, was eine zusätzliche Demütigung darstellte. Sein Verlangen, sie zu bestrafen, war schließlich auch der Grund, warum er sie aus dem Entspannungskurs hatte holen lassen. Jetzt beobachtete er Janines Reaktionen genau. Sie wirkte nervös. Auch das gefiel ihm. Es war das, was er sich erhofft hatte.

»Entspannen Sie sich, Janine.«

Sie versuchte zu lächeln, doch es gelang ihr kaum. »Leichter gesagt als getan.«

»Für Aufregung ist gleich noch genügend Zeit.«

»Wie meinen Sie das?«, fragte sie sichtlich beunruhigt.

Er genoss es in vollen Zügen, sie so zu sehen. Ahnungslos. Aber offenbar ebenso erregt. Der Glanz ihrer Lust verteilte sich auf ihren Schamlippen und auch auf dem Stuhl, an den er sie festgebunden hatte.

»Finden wir es heraus!«

Krischan trat nun an ein Schaltpult mit blinkenden Knöpfen und betätigte einen von ihnen. Ein leiser Aufschrei entwich fast zeitgleich Janines Kehle. Der Rodeostuhl setzte sich in Bewegung.

»Oh, du meine Güte!«, stieß sie erschrocken hervor und versuchte, das Gleichgewicht zu halten, denn die Lehne des Stuhls reichte gerade mal bis knapp über ihr Gesäß und bot wenig Halt. Janine streckte hektisch die Arme aus und versuchte, ihr Gleichgewicht wiederzufinden.

»Was ist das denn für ein Teufelsding?«, fragte sie, während der Stuhl rotierte, und ihre Stimme wurde dabei so herrlich hoch.

»Ich kann ihn auch auf schneller einstellen«, verkündete Krischan genüsslich.

»Unterstehen Sie sich! Was soll das überhaupt bringen, mich hier durchzurütteln?«

»Das ist ja längst nicht alles, was unser wilder Hengst kann. Sie unterschätzen mich, meine Liebe. Glauben Sie wirklich, ich hätte nicht mehr als nur das für Sie vorbereitet?«

Erneut wandte er sich dem Schaltpult zu und betätigte einen weiteren Knopf. Und wieder quiekte Janine auf. Ihr Gesicht wurde blass, und ihr Mund blieb vor Schreck offen stehen. Die Sitzfläche ruckelte nicht nur, sie bewegte sich nun auch hoch und runter. Und zwar in einem ganz gewissen Rhythmus, der für sie beide unverkennbar war.

Ein schmatzendes Geräusch erklang.

Krischan lächelte zufrieden. Damit hatte die hinreißende Janine offenbar nicht gerechnet, und jetzt verschlug es ihr sogar die Sprache. Er näherte sich langsam dem Stuhl und beobachtete, wie sich der eingebaute Dildo bewegte, hochfuhr, sich in sie schob, nur um gleich darauf wieder aus ihr herauszugleiten.

»Das ist ja ein … Fickstuhl.«

»Fick … stuhl? Was für Wörter Sie plötzlich kennen.«

»Bitte, stellen Sie ihn ab. Das ist mir zu schnell.«

»Sie werden sich daran gewöhnen«, erwiderte er.

Erneut schien sie überrascht. Hatte sie wirklich damit gerechnet, er würde einfach tun, was sie sagte? In dem Fall hatte sie das Spiel noch nicht richtig verstanden.

»Ich bin der Untersuchende, und ich sage, was hier geschieht«, erklärte er mit fester Stimme, die keinen Widerstand duldete. Das schien Janine zu verstehen. Und wenn er den Glanz ihrer Augen richtig deutete, machte sie das sogar an. Dieses Machtgefälle, in dem sie sich gerade befanden. In dem Janine schon früher aufgeblüht war. Nur waren ihre Rollen vertauscht gewesen.

Janine war gefangen, litt und genoss. Was für ein schöner Anblick das war. Der Stuhl erlaubte ihr keine Pause, weil Krischan ihr keine erlaubte. Ohne Unterlass drang der Dildo in sie, füllte sie aus. Wenn Krischan es wollte, konnte er die Geschwindigkeit nochmals beschleunigen, aber das hob er sich besser für ein anderes Mal auf. So wie es jetzt war, war es genug, brachte die schöne Janine bereits an ihre Grenzen.

Janine glaubte fast, den Verstand zu verlieren. Ihr war es peinlich, dass Dr. Tannert sie in dieser Lage sah, sie geradezu genüsslich beobachtete, und zugleich törnte sie genau dies unbeschreiblich an. Es erregte ihn, sie zu quälen. Und sie erregte es, von ihm gequält zu werden. War das nicht paradox? Genauso paradox wie die Tatsache, dass sie sich einerseits wünschte, er würde dieses verdammte Ding zum Stehen bringen, und andererseits genoss sie es, den Dildo immer tiefer in sich zu spüren, von einer Maschine genommen zu werden, die Dr. Tannert steuerte. Sie war ihm und dieser Maschine ausgeliefert. Vielleicht konnte sie sich unter großer Anstrengung befreien, denn die Hände hatte er ihr nicht festgebunden. Doch in ihr war etwas, was den Moment viel zu sehr auskostete. Dieses Gefühl von Nacktheit und Beschämung erregte sie immer mehr. Genauso wie Dr. Tannerts Blicke, die von Sehnsucht und Leidenschaft, aber auch von Erregung kündeten.

Würde es ihn anmachen, wenn sie unter seinen Augen kam?

Janine spürte jedes Schwanken, jedes Vibrieren, fühlte, wie sich der Dildo wieder und wieder in sie schob. Ein Mann hätte den Rhythmus vielleicht verändert oder ihr eine Pause gegönnt, die Maschine aber machte weiter, immer weiter, so lange, bis Dr. Tannert sie abstellte. Und im Moment sah es nicht danach aus, als würde er das allzu bald tun. Ihr schwindelte, weil sich der Stuhl nach wie vor drehte. Aber der Schwindel war ihr willkommen, durch ihn fühlte sich alles viel leichter an. Irgendwie schwerelos.

Janine spürte irgendwo in ihrer Tiefe jenes kleine Fünkchen, das, wenn es erst einmal entzündet war, früher oder später unweigerlich zur Explosion führte. Ein ruckartiger Schwenk des Stuhls nach links, und sie wäre fast aus dem Gleichgewicht geraten, der Dildo aber drückte sich konsequent in sie, gab ihr sogar Halt. Die künstliche Spitze strich immer wieder über ihren G-Punkt, was einen ungeheuren Reiz auslöste, ein

Verlangen, das kaum zu stillen war. Zumindest nicht mit einem Vibrator.

Wollte sie etwa gerade, dass Dr. Tannert sie nahm anstelle dieser Maschine? Natürlich wollte sie das. Sie wollte sogar noch mehr. Sie wollte, dass er ihr genauso verfiel, wie sie ihm verfallen war. Denn das war sie, so furchtbar es auch klang. Sie hatte sich in ihren Arzt verliebt.

Janine keuchte auf. Das Fünkchen wurde zur Flamme. Hitze stieg von ihrem Unterleib auf, strömte von dort durch ihren ganzen Körper, bis in ihre Fingerspitzen. Janine glaubte, innerlich zu verglühen. Die Hitze war kaum auszuhalten. Das Atmen fiel ihr zusehends schwerer. Dr. Tannert tat nichts. Er befreite sie nicht. Er redete nicht mehr mit ihr. Er sah nur zu. Und sie sah die riesige Beule, die sich auf seinem Kittel abzeichnete.

Janine biss sich auf die Unterlippe. Sie spürte *ihn* nahen. Ihre Herzfrequenz erhöhte sich, genauso wie der Rhythmus ihres Atems. Sie hatte längst die Kontrolle über ihren Körper verloren.

Tannert kontrollierte sie über diese Maschine. Dennoch kam sie. Oder gerade deswegen. Ihr Unterleib zuckte im Rhythmus des Dildos, fast so, als gingen all die ruckartigen Schwingungen des Stuhls auf sie über. Sie spürte, wie ein Schwall süßer Lust aus ihr hervordrang, gefolgt von einem intensiven Nachglühen, das sie schweben ließ. Aber dann war auch dieser wundervolle Moment vorüber, und lediglich der Stuhl regte sich noch immer.

Dr. Tannert löste sich aus seiner Starre und ging zu dem Schaltpult. Wenige Augenblicke später hielt der Stuhl an, und der Dildo schrumpfte auf seine Minimalgröße zurück.

Noch immer kein Wort. Nur dieser kalte Blick. Fast bösartig. Als würde er sie hassen. Janine erschrak, sagte aber nichts, weil sie hoffte, es sich nur einzubilden.

»Mir ist schwindelig«, gestand sie erst nach einer ganzen Weile.

»Ich sehe mir Ihr Diagramm an«, sagte er und tat geschäftig. In den Händen hielt er etwas, das entfernt an ein EKG erinnerte.

»Hier haben wir das Ergebnis. Sie haben offenbar gerade einen Orgasmus erlebt.« Er zwinkerte ihr zu.

Janine aber fühlte sich immer noch wie erschlagen. Ihr Kreislauf spielte erneut verrückt, fast drohte sie seitlich vom Stuhl zu kippen. Erst da reagierte Tannert, eilte zu ihr hin, um sie zu stützen.

»Warten Sie, ich helfe Ihnen.« Er kniete neben ihr, fingerte an den Riemen ihrer Fußgelenke, und als diese gelöst waren, half er ihr aufzustehen.

Janine schwankte, als wäre sie betrunken.

»Möchten Sie sich noch kurz hinlegen?«, fragte er plötzlich wieder fürsorglich.

Janine schüttelte den Kopf. »Es geht schon wieder.« Noch einen Schwächeanfall wollte sie sich einfach nicht erlauben.

Tannert brachte sie zur Kabine, und sie brauchte lange, ehe sie sich angezogen hatte, denn sie musste sich immer wieder abstützen. Als sie jedoch fertig war, ging es ihr schon deutlich besser.

»Ich bringe Sie jetzt zu Ihrem Kurs«, schlug Tannert vor, als sie aus der Kabine trat.

»Nein … ich … würde lieber auf mein Zimmer gehen.« Sicher ist sicher.

»In Ordnung, wenn Ihnen das lieber ist.«

Er führte sie durch das Sprechzimmer nach draußen in den Wartesaal und von dort zum Fahrstuhl.

»Ich bringe Sie noch rauf«, versprach er.

Sie blickte scheu zu ihm auf, versuchte ein Lächeln und nickte. Der Hass war aus seinem Blick verschwunden. Vielleicht war es ja tatsächlich nur Einbildung gewesen. Sie hoffte es.

Er war zu weit gegangen. Krischan stützte die arme Janine und verfluchte sich dafür, dass er sich nicht mehr unter Kontrolle hatte. Diese Art von Spielen würde von nun an tabu sein. Vielleicht war es sogar besser, wenn er die Finger ganz von Janine ließ. Als Arzt hatte er gegenüber seiner Patientin schließlich eine große Verantwortung. Wie er sich verhielt, das war nicht professionell.

Doch allein die Vorstellung, Janine nicht mehr zu sehen, sie nicht mehr zu berühren, war unerträglich. Selbst wenn es das Vernünftigste wäre, von ihr zu lassen, er konnte und wollte es nicht.

Zudem berauschte ihn ihr Duft, der süße Geschmack ihrer Lippen. Darauf wollte er nicht verzichten.

Er blickte an ihr herunter. Sie wirkte im Augenblick so verletzlich. Und das weckte unweigerlich seinen Beschützerinstinkt. Für den Moment verbannte er alle Rachegedanken, legte den Arm enger um sie, um ihr Halt zu geben.

Janine blickte zu ihm hoch. Nicht ahnend, wer er wirklich war. Ihre Augen glänzten wunderschön.

»Sie machen sich wirklich Sorgen um mich, oder?«, fragte sie.

Er müsste lügen, würde er dies verneinen.

»Ich bin Ihr Arzt«, erinnerte er sie. Aber das allein war nicht der Grund. Vielleicht ahnte sie das, denn auf ihren Lippen zeigte sich ein unwiderstehliches Lächeln.

Ohne Janine fühlte sich Sina Dammstedt einsam. Nicht, weil sie ein Auge auf ihre attraktive Zimmergenossin geworfen hätte, sondern weil ohne Janine eine ungerade Anzahl an Teilnehmern vorherrschte. Jeder hatte einen Partner oder eine Partnerin gefunden, nur Sina stand allein da. Und dieser Umstand war es, der sie daran erinnerte, dass Bruno sie nicht mehr liebte. Zu diesem Schluss war sie letztendlich gekommen, denn er würde sich doch ganz anders verhalten, wenn er noch echtes Interesse an ihr hätte. Er hätte alle Hebel in Bewegung gesetzt, um sie nach Schloss Cohen zu begleiten. Die Sache mit seiner Arbeit war eine billige Ausrede gewesen. Und selbst wenn es an seinem Chef gescheitert war, seit sie von zu Hause fort war, hatte er sich nicht einmal gemeldet. Kein Anruf. Keine SMS. Aber dafür hatte er ja auch keine Zeit, schließlich kamen jeden Abend Dutzende seiner Lieblingsserien.

Viele Paare waren diesen Schritt – eine Lusttherapie zu machen – gemeinsam gegangen, weil sie ihre Beziehung wieder hatten aufpeppen wollen. Doch in Sinas Beziehung waren sie offenbar über diesen Punkt, noch etwas verändern, gar retten zu wollen, hinaus. Sie fragte sich, ob es überhaupt noch Sinn hatte, mit Bruno zusammenzubleiben. Wenn sie nach diesen aufregenden zwei Wochen in ihre gemeinsame Wohnung zurückkehrte, was würde sich dann ändern? Vermutlich gar nichts. Bruno wäre immer noch derselbe.

»Hätten Sie einen Moment Zeit für mich, Frau Dammstedt?«, fragte Gloria Aden, nachdem sie den Kurs beendet hatte.

Sina war wegen Janines Fehlen gezwungen gewesen, bei allen Aktivitäten, die Gloria sich für ihre Schüler ausgedacht hatte, bei sich selbst Hand anzulegen, denn niemand sonst hatte zur Verfügung gestanden, alle waren auf sich selbst und ihren Partner konzentriert gewesen. Es war ernüchternd gewesen, und dasselbe Gefühl, das sich auch zu Hause eingestellt hatte, weil Bruno sich partout nicht für sie interessieren wollte, war in ihr hochgekommen.

»Natürlich, Frau Aden. Worum geht es denn?«

Gloria nahm sie zur Seite und räusperte sich. »Mir ist aufgefallen, dass Ihre Zimmergenossin heute nicht im Kurs war.«

»Ja, sie hatte wohl ein Einzelgespräch mit Dr. Tannert.« Die Glückliche! Es gab wohl keine Frau unter den Teilnehmern, die nicht verzückt von dem attraktiven Doktor gewesen wäre. Egal, ob Singlefrau oder gebunden. Sina schloss sich dabei nicht aus. Krischan Tannert war ein Bild von einem Mann, den sie gewiss nicht von der Bettkante gestoßen hätte. Doch offenbar hatte er ein besonderes Interesse an Janine. Darüber munkelten sogar schon die anderen, obwohl die doch kaum etwas von dieser eigenartigen Beziehung mitbekommen hatten. Ganz im Gegensatz zu Sina, der nicht entgangen war, wie Janines Augen leuchteten, wenn von dem Doktor die Rede war.

»Das weiß ich bereits. Und für den Fall, dass das noch einmal vorkommen sollte, habe ich einen Vorschlag für Sie.«

»Einen Vorschlag? Was denn für einen Vorschlag?«

»Jonas Täuber.«

»Bitte, wer?« Der Name sagte ihr auf Anhieb erst mal gar nichts.

»Einer unserer Mitarbeiter, wenn Sie verstehen? Zu seinen Aufgaben gehört es unter anderem, unseren Teilnehmerinnen eine angenehme Zeit zu bereiten. Gerade für Singlefrauen wie Sie ist dies ein gern angenommener Service.«

Ich bin aber gar kein Single!, wollte Sina aus einem Reflex heraus protestieren, aber dann besann sie sich. Im Grunde genommen war sie genau das. Ein Single. Ihre Beziehung hatte keinen Bestandswert mehr. Wenn sie nach Hause kam, würde sie das einzig Richtige tun. Sich von Bruno trennen.

»Und Sie schlagen mir vor, dass dieser Herr Täuber sich um meine Bedürfnisse kümmert?«, hakte sie nach. Vielleicht hatte sie Gloria Aden ja falsch verstanden. Dieser Vorschlag klang jedenfalls äußerst unanständig. Ein völlig Fremder!

»Wenn Sie es gern so ausdrücken möchten.«

Sina zögerte einen Moment. Sie war sehr aufgeschlossen, was alles Neue betraf, sehnte sich nach dem Abenteuer. Gerade nach dieser langen Durststrecke, die sie hinter sich hatte. Aber das überschritt ihre Grenzen doch oder kam diesen zumindest verdammt nah.

»Sie können ihn ja erst mal kennenlernen. Ihre Entscheidung muss ja nicht sofort gefällt werden.« Gloria Aden zwinkerte ihr zu.

Sina nickte nur. Ansehen konnte sie sich diesen Jonas Täuber ja zumindest. Vielleicht war das ja ein ähnlich attraktiver Typ wie Dr. Tannert.

»In Ordnung, ich werde alles für Sie in die Wege leiten.« Mit diesen Worten verließ Gloria Aden den Raum, und Sina blieb allein zurück, blickte zu den unzähligen Matten, die auf dem Boden lagen. Alle paarweise angeordnet, bis auf eine. Sie seufzte. In diesem Moment fühlte sie sich einsamer denn je.

Und dieses Gefühl war letztlich der Grund, warum sie sich auf die Begegnung mit Jonas Täuber zwei Stunden später in dem kleinen Café im Innenhof der Schlossanlage einließ. Sina wusste nicht genau, was sie sich von diesem Treffen erwartete, als sie jedoch den jungen Mann sah, der sie mit einem strahlenden Lächeln begrüßte, vergaß sie schnell all ihre Vorbehalte.

»Jonas Täuber, nehme ich an?«, fragte sie sicherheitshalber nach, denn es war nur schwer vorstellbar, dass dieses männliche Supermodel tatsächlich auf sie wartete. Breite Schultern, stahlblaue Augen, hellblonde Haare, die im Sonnenlicht fast weiß schimmerten.

Jonas nickte, und sein Lächeln wurde noch breiter.

»Dann musst du Sina sein«, entgegnete er. Ganz unverkrampft ging er gleich zum Du über. Das gefiel ihr.

»Setz dich bitte, und bestell dir, worauf du Lust hast«, sagte er und reichte ihr die Karte.

Sina war jedoch viel zu aufgeregt, um sich wirklich auf das Menü einzulassen. Ihre Hände zitterten sogar ein bisschen. Was würde Janine sagen, wenn sie ihrer Zimmergenossin heute Abend von diesem verrückten Treffen erzählte?

»Was darf es denn sein?«, fragte eine Kellnerin, und Sina bestellte auf die Schnelle eine Apfelschorle, weil ihr nichts Besseres einfiel und ihre Kehle unerwartet trocken war.

»Dasselbe nehme ich auch«, sagte Jonas und stützte die Ellbogen auf den Tisch und das Kinn auf seine ineinandergefalteten Hände.

»Aufgeregt?«, wollte er wissen.

»Ein bisschen schon«, gab Sina zu. »Ich meine, so etwas macht man ja nicht alle Tage.«

»Was wir machen, ist doch etwas ganz Natürliches.«

»Schon, aber wir tun es eben im Zeitraffer.«

»Wir kürzen etwas ab, um schneller zu den angenehmeren Dingen des Lebens übergehen zu können. Nichts Verwerfliches, wenn du mich fragst. Die Fronten sind klar, wir wissen beide, worum es geht, und zudem sind wir beide erwachsen.«

Sina nickte nur und war froh, als kurz darauf ihre Apfelschorle gebracht wurde. Hastig trank sie einen großen Schluck. Ihre Kehle fühlte sich sogleich etwas besser an.

»Erzählst du mir ein bisschen von dir?«, bat Sina, die selbst nicht verstand, warum sie weniger Probleme damit hatte, mit Janine zu schlafen als mit Jonas, obwohl sie Janine doch auch kaum länger kannte. Vielleicht war es die Verbindung zur gemeinsamen Freundin Lena und die Tatsache, dass Janine eine Frau war. Männer konnten gefährlich werden. Vor allem Männer, die so gut aussahen wie Jonas Täuber.

Sie betrachtete ihn genauer. Seine Haare waren nicht einfach nur blond, sie leuchteten förmlich. Seine sinnlichen Lippen luden zum Küssen ein. Ein kantiges Kinn. Gebräunte Haut. Sportlicher Typ. Die Liste der positiven Attribute hätte sie endlos fortsetzen können, aber dann fragte sie sich unwillkürlich, ob er auch untenherum so gut bestückt war, wie sein athletischer Körperbau es erahnen ließ.

Sina spürte, wie ihr das Blut sogleich in die Wangen schoss und es heftig in ihnen prickelte. Wahrscheinlich glühte ihr Gesicht vor Scham.

»Alles in Ordnung?«, fragte Jonas besorgt nach. Natürlich hatte er sofort bemerkt, dass sie rot wie eine Tomate geworden war.

»Na klar«, antwortete Sina und nahm rasch noch einen Schluck. Sie versuchte, krampfhaft cool zu wirken, aber der Versuch scheiterte schon im Ansatz.

»Ist auch wirklich heiß heute«, gab er zu. »Was hältst du von einem kleinen Dessert?« Er zwinkerte ihr zu, und sein frivoles Lächeln verriet, dass er weder Tiramisu noch einen Becher Eis im Sinn hatte.

»Wolltest du mir nicht etwas über dich erzählen?«

»Das könnte ich, aber wozu? Ich finde, man lernt sein Gegenüber am besten kennen, wenn man es auf sinnliche Weise erforscht. Der Körper und seine Reaktionen verraten viel mehr über einen als jedes Wort.«

Er wollte also aufs Ganze gehen.

Sina trank ihre Apfelschorle aus und nickte. Na schön, was hatte sie schon zu verlieren.

»Ich bin dabei«, sagte sie selbstbewusst. Ihre Freundin Lena hätte dieses hübsche Bonbon sicher nicht verschmäht, und sie würde Jonas Täuber ebenso nicht von der Bettkante stoßen.

»Ich mag Frauen, die sich schnell entscheiden«, erklärte er und warf ein paar Münzen sowie einen Fünfeuroschein auf den Tisch. »Ich kenne ein hübsches Plätzchen, an dem wir ungestört sind.« Er blickte dabei auf seine Armbanduhr und nickte schließlich. »Völlig ungestört.«

»Und wo ist dieser Ort?«

»Komm mit, dann zeige ich ihn dir.«

Jonas ergriff ihre Hand, und sie merkte schon an der Art, wie er zupackte, dass er sehr kräftig war. Das machte Sina bewusst oder unbewusst an. Bruno hatte immer einen schwachen Händedruck gehabt.

Wenige Augenblicke später fanden sie sich in der Praxis von Dr. Tannert wieder. Zu Sinas Überraschung saß niemand an der Rezeption, und auch das Wartezimmer war leer.

»Lass mich raten, der Doktor hat gerade Mittagspause, stimmt's?«

»So ungefähr«, erwiderte er. »Und ich habe einen General-schlüssel.«

»Böser Junge.«

»Nein, das gehört zu meinem Job. Ich bin erst dann ein böser Junge, wenn ich ihn ohne die Erlaubnis des Doktors benutze.«

»Und das hast du natürlich nicht vor.« Sie lachte leise.

»Doch. Genau das.« Er steckte den Schlüssel ins Schloss und öffnete das Sprechzimmer, in dem Sina die letzten zwei Tage Gespräche mit Dr. Tannert geführt hatte. Bei diesem Besuch würde es aber gewiss nicht bei Gesprächen bleiben.

»Schau an, was haben wir denn da?« Jonas zog einen Vorhang zurück und gab die Sicht auf einen Gynäkologenstuhl frei. Hier hatte Dr. Tannert Janine geliebt, das hatte ihr Janine unter dem Mantel der Verschwiegenheit verraten. Janine konnte nicht ahnen, wie sehr Sina sie um dieses Erlebnis beneidet hatte. Jetzt machte es ganz den Anschein, als würde sie diesen Kick auch erleben dürfen.

»Wie wäre es, wenn du dich ausziehst?«, schlug Jonas vor und deutete zu der kleinen Umkleidekabine.

»Bin gleich wieder da«, versprach Sina. Sie hatte es so eilig, dass sie sich nicht einmal die Zeit nahm, die Kabinentür hinter sich zuzumachen. Was immer Jonas nun auch zu Gesicht bekam, es war nichts, was er nicht ohnehin gleich sehen würde.

Sina schlüpfte aus den Jeans, streifte die Bluse ab und entledigte sich ebenso ihrer Unterwäsche. Erst als sie vollständig entblößt war, trat sie wieder aus der Kabine. Sie war gespannt, wie Jonas reagierte. Früher hatte sie wegen ihrer guten Figur oft Komplimente bekommen. Seit sie mit Bruno zusammen war, hatte das allerdings sehr schnell nachgelassen. Zum einen, weil Bruno kaum noch Interesse an ihr gezeigt hatte, zum anderen, weil sie nur noch selten ausgegangen waren.

»Wow«, entfuhr es Jonas, und er rieb sich sogar die Augen. »Hinreißend.«

»Danke.« Sie freute sich sehr über seine Reaktion. »Aber unfair ist das schon. Ich bin nackt, und du hast dir sogar noch einen Kittel übergezogen.«

»Das ist nicht unfair, das nennt sich Rollenspiel. Für den Fall, dass du es noch nicht erkannt hast, ich spiele den Arzt, der gleich jeden verruchten Zentimeter deines verruchten Körpers untersucht. Also nimm bitte Platz, damit ich mir dich näher ansehen kann.« Er zwinkerte ihr abermals zu.

Sina war sofort Feuer und Flamme für dieses Spiel. Es klang aufregend. Abenteuerlich. Mit Bruno wäre ein solches Experiment nicht so ohne weiteres möglich gewesen.

»Jawohl, Herr Doktor.«

Sie kletterte auf den Gynäkologenstuhl und legte ihre Beine in die vorgesehenen Stützen, die dafür sorgten, dass der Blick auf ihre Scham frei lag.

Jonas streifte Latexhandschuhe über, tat etwas Gleitcreme auf seinen Finger und führte diesen in sie ein.

Sina hielt den Atem an, denn sein Zeigefinger war eiskalt. Jonas nahm dies offenbar anders wahr, denn er meinte erstaunt: »Sie sind aber ziemlich heiß. Haben Sie Fieber?«

»Nein, Herr Doktor.« Sina kicherte. Sie konnte bei diesem Spiel nicht ernst bleiben.

Jonas bewegte seinen Finger in ihr, strich über ihren G-Punkt, der ihr die Erregung nur noch mehr versüßte. Dann hielt er allerdings inne, schaute sie irritiert an, als hätte er eine außergewöhnliche anatomische Besonderheit an ihr entdeckt.

»Ist etwas nicht in Ordnung, Herr Doktor?«, fragte Sina gespielt besorgt und verkniff sich ein Grinsen.

»In der Tat, ich muss das eingehender untersuchen.« Zu seinem Zeigefinger gesellte sich nun auch sein Mittelfinger.

»Wie ich es mir dachte. Sie haben da unten ein Loch!«

»Du Spinner.« Sina lachte herzlich auf. Sie fand es schön, dass er nicht todernst bei der Sache war, sondern auch Humor in das Spiel einfließen ließ. Dadurch entstand eine lockere Atmosphäre. Und das war genau das, was sie in dieser angespannten Situation brauchte.

Seine beiden Finger glitten vor und zurück, vor und zurück, immer wieder. Und Sina genoss es. Es war erregend und entspannend, zärtlich und fordernd zugleich. Sollte sie etwa schon allein durch seine Finger kommen? Sie hatte gehofft, er würde noch ein anderes »Untersuchungsinstrument« zum Einsatz bringen.

In diesem Moment schloss jemand die Tür auf. Sina und Jonas blickten sich erschrocken an. Er legte den Zeigefinger seiner anderen Hand auf den Mund, und Sina verstand. Sie gab keinen Mucks von sich.

»Endlich sind wir ungestört«, vernahm sie die Stimme von Gloria Aden.

Der Vorhang schützte Jonas und sie. Noch!

Aufgeregt krallte Sina die Fingernägel in die Lehne des Stuhls. Unweigerlich fragte sie sich, wer bei Gloria Aden war.

»Lass das, Gloria«, erklang die zweite Stimme. Sie war männlich. Sehr männlich sogar. Und sie kam Sina bekannt vor. Dennoch brauchte es einen Augenblick, ehe sie diese erkannte. Dr. Tannert!

Das war ja interessant. Was wohl Janine dazu sagen würde, wenn sie davon erfuhr?

»Was ist denn los mit dir? Hat es dir etwa eine deiner Patientinnen angetan?«

»Mach bitte deine Bluse wieder zu.«

»Gefalle ich dir nicht mehr? Letzte Woche noch bist du über mich hergefallen wie ein ausgehungertes Tier. Weißt du das nicht mehr? Du hast mich auf deinem Gynäkologenstuhl festgeschnallt und genommen, getrieben haben wir es bis zur Erschöpfung. Wie wäre es mit einer Wiederholung?«

151

Erneut trafen sich Sinas und Jonas' Blicke. Sie konnten nur hoffen, dass Dr. Tannert stark blieb, ansonsten würden sie auffliegen.

»Ich dachte, du wolltest mit mir reden«, sagte Dr. Tannert. »Also, was hast du mir zu sagen?«

»Das war doch nur ein Vorwand, du Dummerle. Ich hatte vor, dich zu verführen. Warum stellst du dich quer? Mach mir doch die kleine Freude. Was ist schon dabei?«

»Ich bin nicht in der Stimmung.«

»Ei, ei, so was aber auch. Es ist wegen Janine Keller, oder?«

»Was redest du denn da?«

»Deine Absichten haben sich geändert. Es scheint dich ja ernsthaft erwischt zu haben. Entweder hast du eine schwere Grippe, oder du bist ... verliebt.«

»Mach dich bitte nicht lustig über mich.«

Krischan Tannert war genervt. Glorias Reize nahm er nicht mehr als solche wahr. Im Gegenteil. Alles an ihr wirkte anstrengend auf ihn. Er wollte sie nicht berühren, sie nicht einmal nackt sehen, dabei hatte sie nicht unrecht. Vor wenigen Tagen noch war das völlig anders gewesen. Er hatte sie nur zu gern in seinen Armen gehalten, sie berührt, verführt, und Gloria hatte sich ihm bereitwillig hingegeben.

Nun aber verlangte sein Körper nach einer anderen Frau. Nämlich nach jener, die er immer geliebt hatte, obwohl sie ihn nicht mehr kannte. Obwohl er sie hassen wollte!

Mit Entsetzen hatte er von ihrem furchtbaren Unfall gelesen. Und jetzt? Jetzt war er froh, dass sie hier in Schloss Cohen war. In seiner Obhut.

Früher hatte es Janine gestört, dass er als Sexualtherapeut arbeitete. Sie hatte sich immer Sorgen gemacht, er könne sich in eine seiner Patientinnen verlieben. Krischan aber war stets professionell geblieben. Zwar hatte er viele Frauen berührt, ihnen ihre Lust zurückgegeben, doch das war nicht zu vergleichen gewesen mit dem, was zwischen ihnen war. Zumal er diese besonderen Untersuchungsmethoden erst angewandt hatte, nachdem sie sich getrennt hatten.

»Was muss ich denn tun, um dich auf Touren zu bringen?« Gloria ließ nicht locker. Anstatt ihre Bluse wieder zuzumachen, streifte sie diese ab, so dass ihre üppigen Brüste entblößt wurden.

Tannert kannte keine andere Frau, die einen größeren natürlichen Busen besaß als Gloria Aden. Verführerisch wippte er bei jedem Atemzug hin und her, ihre Nippel waren gerötet und hart. Zu gern hatte er in sie gezwickt oder kleine Klammern zur süßen Folterung an ihnen angebracht. Jetzt aber verspürte er danach kein Verlangen. Im Gegenteil. Gefühle von Zärtlichkeit machten sich in ihm breit. Er wäre jetzt viel lieber mit Janine zusammen. Aber auch das machte ihn nicht wirklich froh, da er doch eigentlich etwas ganz anderes mit ihr vorhatte. Sollte er auf seine Rache verzichten? War diese Rache nicht ohnehin albern?

Gloria seufzte. »Na komm schon, das ist nicht fair.«

Er griff sie bei den Armen. »Gloria, bitte, akzeptier, dass ich heute keine Lust habe.«

»Na schön. Ich kann dich ja nicht zwingen. Dann sehen wir uns halt ein anderes Mal«, entschied sie verärgert und schlüpfte wieder in ihre Bluse.

»Ja, ja.« Er war sehr erleichtert, dass sie zur Vernunft gekommen war.

»Ganz sicher.« Sie streichelte ihm verführerisch das Kinn, dann stolzierte sie mit wackelndem Hinterteil an ihm vorbei nach draußen.

Erschöpft ließ sich Krischan auf einem Untersuchungshocker nieder. Schweiß perlte von seiner Stirn. Rasch griff er nach einem Tuch, um sich das Gesicht abzuwischen. Janine beherrschte tatsächlich sein Denken und Handeln. Es war nicht gut, sich derart von einer Person abhängig zu machen. Diese Erfahrung hatten sie beide doch schon einmal machen müssen.

Ein leises Keuchen schreckte ihn auf. Sein Blick glitt zu dem Vorhang, der sich unnatürlich bewegte, als würde Wind durch ein offen stehendes Fenster wehen, doch als er hochschaute, entdeckte er, dass alle Fenster geschlossen waren.

Das ließ nur einen Schluss zu. Wütend erhob er sich und riss in einem Schwung den Vorhang zurück. Ein lauter Aufschrei ließ ihn zurückweichen. Eine nackte Frau lag in dem Untersuchungsstuhl, und sein Angestellter Jonas Täuber, der sich offenbar einen von Krischans Kitteln ausgeliehen hatte, war gerade dabei, einige äußerst delikate Untersuchungen an seiner Begleitung durchzuführen.

Krischan räusperte sich verärgert und stemmte die Hände in die Seiten. Er wäre der Letzte, der etwas gegen ungewöhnliche Sexpraktiken gehabt hätte, gerade Doktorspiele hatten ihren Reiz, aber diese Räume waren für alle vom nicht-medizinischen Personal tabu.

»Dr. Tannert«, rief Jonas Täuber erschrocken, während die junge Frau, es handelte sich um Sina Dammstedt, wie er nun erkannte, peinlich berührt ihre Blöße mit beiden Händen bedeckte.

Geistesgegenwärtig warf Jonas ein Tuch über Sina, um ihre Nacktheit zu verbergen.

»Raus hier! Auf der Stelle«, fuhr Tannert die beiden an.

Sofort kletterte Sina von dem Stuhl, eingehüllt in das Tuch, und huschte wie ein verschrecktes Reh zur Umkleidekabine.

»Entschuldigen Sie bitte«, sagte Jonas und streifte den Kittel ab, hängte ihn an den Haken zurück. »Ich wollte nur …«

»Ich weiß genau, was Sie wollten. Sie kennen die Hausregeln.«

»Natürlich, Dr. Tannert. Es kommt nicht wieder vor.«

»Das will ich für Sie hoffen.«

Jonas lief an ihm vorbei nach draußen, und die inzwischen wieder angekleidete Sina folgte ihm.

Krischan atmete tief durch. So wütend war er schon lange nicht mehr geworden. Und nie zuvor hatte er einem Mitarbeiter eine solche Szene gemacht. Im Grunde genommen störte es ihn gar nicht, wenn auch andere seine großen Spielzeuge benutzten. In Wirklichkeit war er aus einem ganz anderen Grund verärgert. Und dieser Grund hieß Janine. Denn nichts lief so, wie er es sich vorgestellt hatte. Immer mehr kam er von dieser Racheidee ab und wollte stattdessen das Gegenteil, nämlich ihre Zuneigung gewinnen. Ja, Janine brachte ihn durcheinander. Es war nicht gut, dass er ihretwegen die Beherrschung verlor. Doch sein Körper gehorchte ihm längst nicht mehr. Allein der Gedanke an sie brachte sein Blut in Wallung. Er wollte sie nehmen, sie packen und lieben. Sich in ihr spüren.

Krischan zupfte den Kittel am Haken zurecht und entschied, dass er Janine sehen musste. Sonst würde er noch vollkommen durchdrehen. Dabei hatte er sie doch erst vor kurzem gehabt. Jetzt lechzte sein Körper schon wieder nach ihr. Nach ihren Berührungen, ihrem Lächeln, ihren Blicken und ihrer Enge.

⌒

Was für ein Schreck! Aber Sina sah die Sache nach einigen Stunden, in denen sie ausgiebig Zeit gehabt hatte, sich zu beruhigen, deutlich gelassener, ja, sie war sogar ein bisschen amüsiert darüber. Gut, Tannert hatte sie beide erwischt und im hohen Bogen rausgeworfen. Aber sie waren gewiss auch nicht die Ersten gewesen, die sich in seinen heiligen Hallen hatten vergnügen wollen. Schließlich, das hatte sie selbst gesehen, gab es dort das interessanteste Spielzeug. Ob Jonas Täuber sich dort auch schon mit anderen Frauen getroffen hatte? Ganz bestimmt sogar. Ein kleines Unbehagen kam in ihr hoch, doch sie hatte kein Recht zur Eifersucht. Jonas und sie waren kein Paar. Er war Angestellter von Cupido, zu dessen Aufgaben es gehörte, einsame Herzen zu verwöhnen. Sina beschloss, nicht weiter über Jonas Täuber nachzudenken, und verspürte den Drang nach einer wohltuenden Dusche, weswegen sie sich auf ihr Zimmer begab.

Janine war auch da, sonnte sich auf dem Balkon.

Sina grüßte die Freundin kurz und ging dann ins Bad, wo sie sich ihrer Kleidung entledigte und noch einmal die aufregende Untersuchung, die sie von Jonas erfahren hatte, Revue passieren ließ. Und während sie das tat, stieg sie unter die Dusche, drehte den Hahn auf und erschrak, als zuerst kaltes Wasser aus dem Duschkopf schoss und auf ihren noch immer glühenden Körper herabprasselte. Doch sie gewöhnte sich schnell an die Kälte, die zudem alsbald nachließ. Das Wasser wurde immer wärmer, hüllte sie ein in einen wohltuenden feuchtwarmen Kokon.

Schade, dass Jonas nun einen Kurs leitete, sie hätte ihn gern eingeladen mitzukommen. Schließlich wusste sie inzwischen aus Erfahrung, dass trotz der geringen Größe der Kabine immer noch gut zwei Personen Platz fanden.

Sie tat sich etwas Duschgel auf die Hand und schäumte ihren Körper ein, verteilte den Schaum auf ihren Brüsten, deren Nippel sich aufrichteten und wie Rosen erblühten. Wirklich dumm, dass Tannert ihnen dazwischengefunkt hatte. Aber dafür hatte sie auch einige interessante Dinge erfahren, als er sich mit Gloria Aden unterhalten und sich dabei unbeobachtet geglaubt hatte. Diese Neuigkeiten musste sie Janine unbedingt erzählen.

Aber jetzt glitt ihre Hand erst einmal zwischen ihre Beine, um zu beenden, was Jonas vorhin begonnen hatte. Es war lange her, seit die Hand eines Mannes solch intensive Gefühle in ihr hervorgerufen hatte. Seine Finger hatten sie fast um den Verstand gebracht, und ihre eigene Hand vermochte es nicht, auch nur annähernd so aufregende Emotionen in ihr hervorzulocken. Sie warf den Kopf in den Nacken, ließ das herrliche Nass auf ihre Haare und ihr Gesicht rieseln. Wie kleine Rinnsale flossen die Perlen über ihren Körper, sammelten sich zu ihren Füßen, aber da kam ihr zu viel Wasser in die Augen, und ein brennender Schmerz setzte ein. Sina schob blind den Vorhang zur Seite, tastete nach einem Handtuch, mit dem sie sich das Gesicht abtrocknete, bis sie wieder klar sehen konnte. Das brennende Gefühl ließ schnell nach.

Anschließend stellte sie die Dusche aus und stieg aus der Kabine. Als sie sich in ein Handtuch wickelte, sah sie aus dem Augenwinkel etwas aufblitzen. Etwas, was ihr merkwürdig vorkam. Sofort fuhr sie herum. Aber der Blitz war fort. War es eine optische Täuschung gewesen? Ein Lichtstrahl, der durch das schmale Fenster gedrungen war? Ihr Blick tastete die gegenüberliegende Wand ab, wurde geradezu magisch in die obere Ecke des Raumes gezogen, von wo sie das Blitzen wahrgenommen zu haben glaubte. Plötzlich hielt sie den Atem an.

Denn dort oben war tatsächlich etwas. Es erinnerte an eine Art Linse, die knapp unterhalb der Decke saß.

Eine Kamera!, schoss es ihr augenblicklich durch den Kopf. Ja, das musste eine Kamera sein! Mein Gott! Jemand beobachtete sie!

Fassungslos starrte sie die dunkle Linse an. Unfähig, sich zu regen. Das Handtuch rutschte ihr fast herunter, aber dann spürte sie ihre Hände wieder, die rasch danach griffen und es wieder hochzogen.

Eine Kamera in der Dusche! Die hatten alles gefilmt! Die erotischen Duschspiele, das morgendliche Duschen. Was für Mistkerle!

Blitzschnell fügten sich alle Puzzleteile in ihrem Kopf zu einem Bild zusammen. So etwas hatte sie doch schon mal in der Zeitung gelesen. Das waren diese Webcams, mit denen ahnungslose Frauen gefilmt und deren Videos dann ins Internet gestellt wurden.

»Janine!«, rief sie aufgebracht und rannte aus dem Badezimmer. »Janine!«

»Ich bin hier. Was ist denn los?«, schallte es vom Balkon. Die Ahnungslose sonnte sich noch immer, vielleicht wurde ja auch das gefilmt. Wo waren sie hier nur hineingeraten?

Sina stürmte zu Janine, doch sie wollte so vieles gleichzeitig sagen, dass sie keinen vernünftigen Satz zustande brachte.

»Atme erst mal tief durch«, versuchte Janine, sie zu beruhigen.

Sina griff kurz entschlossen nach dem Glas Limonade, das Janine eigentlich für sich hingestellt hatte, und nahm einen kräftigen Schluck. Dann ließ sie sich erschöpft auf die zweite Liege sinken.

»Du wirst es nicht glauben. Man hat uns gefilmt.«

»Was? Wann denn?«

Sina spürte, wie sie vor Aufregung am ganzen Körper zitterte.

»Die von Cupido. Die filmen uns. Wahrscheinlich bei allem. Und dann stellen sie es ins Internet.« Zugegebenermaßen hatte Sina keine Beweise für ihre Behauptungen, sie erschienen ihr dennoch äußerst schlüssig.

»Wie kommst du denn darauf?«

»Ich habe die Kamera eben entdeckt.«

»Das will ich sehen.«

Janine glaubte ihr offenbar nicht, genauso, wie sie ihr nicht geglaubt hatte, dass ein Spanner sie vom Balkon aus beobachtet hatte. Aber dieses Mal hatte Sina einen unumstößlichen Beweis.

Sie führte Janine ins Badezimmer, so dass auch diese die kleine Linse sehen konnte, doch zu Sinas Erstaunen blieb eine heftige Reaktion ihrer Freundin aus. Stattdessen trat sie näher an das Teil heran und kniff die Augen zusammen, als könne sie es gar nicht richtig erkennen.

»Das soll eine Kamera sein?«, fragte sie ungläubig.

»Ja, was denn sonst? Wir müssen das auf der Stelle der Polizei melden.«

Sina verstand nicht, wie Janine so ruhig bleiben konnte. Erst der Spanner, jetzt die Kamera. Und jedes Mal tat Janine so, als wäre es Sina, die ein Problem hatte.

»Mach nicht gleich alle Pferde scheu. Cupido kann sich das gar nicht erlauben, seine Teilnehmer zu filmen. Das würde einen Riesenskandal geben.«

»Schon klar, dass du Cupido verteidigst, in Wahrheit meinst du aber Tannert, wenn du Cupido sagst.«

»Was soll das denn jetzt bedeuten?«

»Hör doch auf, jeder sieht dir an, wie spitz du auf unseren Doktor bist. Aber das hier«, Sina deutete zur Linse, »das geht zu weit. Ich werde sofort etwas unternehmen.«

Sie ließ die perplexe Janine einfach stehen und schnappte sich ihr Handy, um die Polizei zu verständigen. Denn dass hier etwas nicht mit rechten Dingen zuging, das war allzu offensichtlich, auch wenn Janine das durch ihre rosarote Brille nicht erkennen wollte.

Eine gute halbe Stunde später traf Gloria Aden in Begleitung der Polizistin Senta Melua ein. Am Gesichtsausdruck der stellvertretenden Leiterin von Cupido erkannte Sina gleich, dass diese genervt war, bestimmt wieder mit einem falschen Alarm rechnete.

Senta Melua hingegen wirkte ehrlich interessiert, als Sina ihr ihre Beobachtung schilderte. Die uniformierte Frau machte sich ein paar Notizen. Sina hätte sich Unterstützung von Janine gewünscht, aber die stand nur stumm daneben. Zumindest fiel sie ihr nicht in den Rücken und meldete ebenfalls Zweifel an, wie es Frau Aden immer wieder tat.

»So einen Unsinn habe ich ja noch nie gehört. Wir filmen unsere Gäste nicht!«, beteuerte Gloria und bedachte Sina mit einem giftigen Blick. »Wollen Sie uns ruinieren, Frau Dammstedt? Was haben Sie davon, uns zu schaden? Es gibt keine versteckten Kameras in unseren Gästezimmern.«

»Das wird sich schnell herausfinden lassen, Frau Aden. Zeigen Sie mir die Kamera«, bat die Polizistin Sina.

»Gern. Wenn Sie mir bitte folgen würden.« Sina führte die Anwesenden zu ihrer Entdeckung ins Badezimmer.

»Ich brauche etwas zum Raufklettern«, sagte die Polizistin und verließ das Bad, um kurz darauf mit einem Stuhl zurückzukommen, den sie in der Ecke des schmalen Raumes platzierte, direkt unter der Linse.

»Wie sind Sie denn überhaupt auf die Kamera aufmerksam geworden?«, fragte die Polizistin interessiert.

»Ich habe etwas aufblitzen sehen. Wahrscheinlich eine Art Reflexion.«

»Verstehe.« Die Polizistin kletterte auf den Stuhl und musste sich strecken, um an die Linse heranzukommen, denn die alten Schlosszimmer hatten hohe Decken.

»Was haben wir denn da Schönes«, rief sie und versuchte, die Kamera aus der Wand zu lösen. »Scheint so, als wäre es diesmal kein falscher Alarm.« Sie zog ein kleines, kastenförmiges Gerät aus dem Loch in der Wand, das nun sichtbar wurde.

»Das kann ich mir überhaupt nicht erklären. Sie müssen mir glauben, diese Kamera muss ein Außenstehender angebracht haben«, erklärte Gloria Aden aufgeregt, und angesichts der plötzlichen Blässe ihres Gesichts war Sina überzeugt, dass Gloria zumindest nichts von dieser Praktik wusste, was jedoch nicht automatisch für den Halbgott in Weiß galt.

»Sie hatten recht, Frau Dammstedt. Es handelt sich tatsächlich um eine Kamera«, bestätigte die Polizistin, nachdem sie das Gerät untersucht hatte. »Irgendjemand hat sie gefilmt.«

»Ich lege meine Hand dafür ins Feuer, dass es niemand von Cupido war. Das versichere ich Ihnen als stellvertretende Geschäftsführerin.«

»Sie sollten die anderen Zimmer auch durchsuchen. Wer weiß, wie viele Kameras es gibt«, schlug Sina vor und erntete erneut einen giftigen Blick von Gloria.

»Sie werden keine weiteren finden, das ist ein Einzelfall«, beharrte diese. »Kann man denn herausfinden, wer die Kamera installiert hat und für wen das Material bestimmt ist?«

»Das Ganze geht jetzt erst einmal zur Kriminaltechnik«, sagte die Polizistin.

Sina war unendlich erleichtert, dass sie diesmal recht behalten hatte.

Senta Melua inspizierte noch alle Zimmer in dem betreffenden Flügel, in dem sie sich befanden.

»Tut mir leid, dass ich dir nicht gleich geglaubt habe«, entschuldigte sich Janine, die Sina nach draußen in den Flur folgte. »Es klang einfach … absurd.«

»Schon okay, ich bin ja so froh, dass man mir jetzt glaubt.«

—

Sina hatte auf ein großes Spektakel von skandalösem Ausmaß gehofft. Auf ein Blitzlichtgewitter und wochenlange Schlagzeilen auf den Titelseiten der Gazetten. Darauf, eine Verschwörung aufzudecken, vielleicht sogar einen ganzen Internetring zu sprengen. Aber der Skandal blieb aus. Noch am selben Tag erfuhren sie, dass ihr Badezimmer tatsächlich der einzige Ort war, an dem eine Kamera installiert worden war. Nach einer ausführlichen Befragung standen für die Polizei weder Gloria Aden noch Krischan Tannert unter Tatverdacht, Cupido blieb außen vor. Vorerst.

Stattdessen übernahm Senta Melua die These von Gloria, die davon ausging, dass der Täter eine außenstehende Person war. Plötzlich war auch wieder von dem Spanner die Rede, an dessen Existenz zuvor niemand geglaubt hatte. Und der Verdacht kam auf, es könne sich um jemanden handeln, der sich Sina und Janine ganz bewusst als Opfer ausgesucht hatte. Deswegen wurden beide Frauen noch einmal befragt, doch weder Sina noch Janine konnten jemanden benennen, der ein ernstes Interesse daran gehabt hätte, ihnen zu schaden. Da in dem Gespräch aber auch Brunos Name fiel, beschloss die eifrige Polizistin, diesen zumindest einmal aufzusuchen und die Lage vor Ort abzuklären, was Sina jedoch für eine unsinnige Idee hielt. Es hätte sie überrascht, wenn er sich überhaupt dazu aufraffte, eine Kamera zu kaufen, geschweige denn sie irgendwo anzubringen.

Die Kamera war unterdessen zur Kriminaltechnik geschickt worden, doch neue Erkenntnisse würde es frühestens in ein paar Tagen geben.

Polizeiarbeit lief nicht wie im Film ab, und eine gewisse Form von Hilflosigkeit quälte Janine und Sina, weil offensichtlich nicht allzu viel in dieser Sache getan werden konnte. Zumal der Täter zumindest so schlau gewesen war, keine Fingerabdrücke zu hinterlassen.

Alles in allem war die Entwicklung unbefriedigend. Eines stand für die Polizei jedoch fest. Wer auch immer der Täter war, er würde sich gewiss nicht mehr so schnell hierherwagen. Weswegen Senta Melua auch keinen Kollegen zur Sicherheit abstellen wollte. Außerdem hatte Gloria den beiden jungen Frauen ein neues Zimmer angeboten. Ein Vorschlag, den beide dankbar angenommen hatten. Die Sachen waren schnell zusammengepackt, und so richteten sie sich drei Zimmer weiter im selben Flügel des Schlosses ein.

»Was für ein Tag! Ich hätte nicht gedacht, dass wir heute noch so viel Action haben.«

»Du sagst es, aber ich mache mir jetzt keinen Kopf mehr darüber. Ich bin froh, dass Krischan nichts damit zu tun hat«, sagte Janine und legte sich auf eine der Liegen ihres neuen Balkons, um noch ein bisschen Sonne zu tanken.

Von dort oben hatte man einen herrlichen Blick auf die

Landschaft. Ein Meer aus grünen Wiesen und Feldern, kleinen Hügeln und Wäldern. Der Himmel war strahlend blau, die Temperaturen so angenehm, dass Janine in ein luftiges Sommerkleid geschlüpft war.

»Dass dein Lieblingsdoktor nichts damit zu tun hat, ist ja wohl noch nicht bewiesen.«

»Das Gegenteil aber auch nicht. Er steht nicht unter Verdacht.« Janine wollte einfach nicht glauben, dass er irgendetwas mit dieser unschönen Sache zu tun hatte.

Sina zuckte nur mit den Schultern.

»Was für tolles Wetter«, sagte sie dann, und Janine war froh, dass sie das unerfreuliche Thema endlich ruhen ließ. »Ich lass dich dann mal ein Weilchen allein«, sagte Sina. »Und pass auf, dass du keinen Sonnenbrand bekommst.«

»Ich geb mir Mühe. Dir viel Spaß, was auch immer du vorhast.«

»Danke. Falls du aber richtig braun werden willst, empfehle ich dir die Dachterrasse.« Sina deutete mit dem Finger nach oben.

»Wir haben eine Dachterrasse hier?«

»Na klar, zwei Stockwerke höher. Nirgends bist du der Sonne näher als dort.«

»Klingt interessant, ich werde es mal ausprobieren.«

Sina verließ das gemeinsame Zimmer, und Janine machte sich auch kurz danach auf den Weg nach oben. Bewaffnet mit einem Roman, den sie unbedingt lesen wollte. Da der Lift streikte, war sie gezwungen, die Treppen zu nehmen. Diese waren nie modernisiert worden und daher ziemlich krumm und schief, aber aus festem dunklen Stein, der zumindest auch ohne Geländer etwas Halt bot.

Oben angekommen, staunte Janine nicht schlecht. Die Terrasse war traumhaft groß. Hier waren kaum Schatten, und tatsächlich fühlte sich die Sonne hier oben viel wärmer an. Es gab keinen besseren Ort für Sonnenanbeter wie sie.

Janine legte sich auf einen der Liegestühle, setzte ihre Sonnenbrille auf und genoss das angenehme Wetter und die friedliche Stille um sich herum. Zum Lesen kam sie jedoch kaum, denn immer wieder fielen ihr die Augen zu. Fast wäre sie eingeschlafen, da schob sich plötzlich ein Schatten bedrohlich über sie. Sofort riss sie die Augen auf. Im ersten Moment verkrampfte sie sich am ganzen Körper. Fast automatisch musste sie an den Spanner und die Kamera denken, doch als sie hochblickte, sah sie in das markante Gesicht von Dr. Tannert.

Janine atmete erleichtert auf und richtete sich sofort auf.

»Doktor Tannert, was … machen Sie denn hier?«

»Ich wollte die Aussicht genießen. Sie offensichtlich auch«, sagte er und nahm sich einen der Liegestühle, zog ihn an Janines heran.

Janines Herz schlug vor Glück gleich ein paar Takte schneller. Sie genoss es, in seiner Gegenwart zu sein. Und vielleicht hatte er ja auch nach ihr gesucht?

Just in dem Moment surrte der Vibrationsalarm ihres Handys. »Oh«, entfuhr es ihr, hoffentlich dachte er nicht, sie wäre eine jener Frauen, die ständig irgendwelche Kurznachrichten tippten. Aber neugierig war sie schon, wer ihr ausgerechnet jetzt eine SMS schickte.

»Wollen Sie nicht nachsehen?«, fragte er völlig gelassen.

Janine nickte und zog das Handy aus ihrer Umhängetasche. Die SMS stammte von Sina.

Ach ja, völlig vergessen. Tannert steht auf dich, lautete die Nachricht. Janine starrte ihr Handy ungläubig an. War das ein übler Scherz von Sina? Woher wollte sie das denn wissen? Am liebsten hätte sie Sina genau das gefragt, doch Tannert war gerade hier, und es wäre wohl unhöflich, gleich eine Antwort zu tippen. Sie blickte aus dem Augenwinkel zu ihm. Er hatte sich die vollen Haare aus dem Gesicht gestrichen, das nun von der Sonne beschienen wurde. Ein Bild von einem Mann. Und der sollte auf sie stehen? Meinte Sina rein sexuell? Oder … sie wollte gar nicht so weit denken. Ihre Wangen fingen vor Aufregung an zu prickeln.

»Und? Gute Nachrichten?«, fragte er, ohne sie anzusehen. Sein Blick ging stattdessen in die Ferne.

»Ich denke … schon.« Janine biss sich vor Freude auf die Unterlippe.

»Freut mich. Nach dem ganzen Chaos ist ein bisschen Freude ja angebracht.«

»Was meinen Sie?«

Er blickte sie an, aber nur kurz. »Tut mir leid, dass Sie offenbar gefilmt wurden. Ich kann Ihnen nur versichern, dass Cupido nichts damit zu tun hat.« Er klang ehrlich bedrückt.

»Aber das weiß ich doch, ich habe keine Sekunde daran gezweifelt.«

»Tatsächlich?«

»Natürlich.«

Er atmete auf, streckte die Beine aus und legte den Kopf weit in den Nacken, so dass sein Adamsapfel deutlich hervortrat.

»Wir haben dieses Jahr Glück mit dem Wetter«, wechselte er das Thema, fast als wäre es ihm unangenehm, weiter über die Kameraaffäre zu sprechen, aber für Janine war das völlig in Ordnung. In diesem Moment klang seine Stimme so tief und männlich, dass sie förmlich vibrierte.

»Finden Sie?«

»Ja. Viel Sonne, wenig Regen. Das sind doch gute Voraussetzungen, meinen Sie nicht?«

»Kommt darauf an, was man machen möchte.«

»Ich würde gern einen Spaziergang machen. Mit Ihnen. Würden Sie mich begleiten?« Jetzt wandte er den Kopf zur Seite und blickte sie direkt an.

Ein Schauer jagte durch Janines Körper. Dieser Blick war so intensiv und – ja – leidenschaftlich. Sie konnte ihm nicht lange in die Augen sehen. Fast als fürchtete sie, ihm irgendetwas zu verraten, was er nicht wissen durfte. Dabei gab es nichts dergleichen, zumindest nichts, an das sie sich hätte erinnern können.

»Wo möchten Sie denn spazieren gehen?«, hakte sie nach und musterte intensiv ihre grünlackierten Fußnägel. Ein Meisterwerk von ihrer Freundin Lena, die ein wenig Farbe in Janines Leben hatte bringen wollen.

»Schauen Sie mal dort rüber.« Er deutete mit dem Finger zu einer Baumgruppe auf einem Hügel.

»Das ist ein hübsches kleines Wäldchen, wo man ungestört ist.«

Ungestört wollte er also mit ihr sein. Janine schwante, was der Doc vorhatte. Und es wäre wohl gelogen, wenn sie behauptete, dass sie sein Vorhaben nicht reizte.

»Ich gehe gern dorthin, wenn ich ungestört sein möchte«, fuhr er fort. »Die Natur um einen herum beschwingt.«

»Klingt fast ein wenig esoterisch.«

»Aber auch nur fast. Und, möchten Sie mich begleiten, Janine?«

Sie überlegte kurz, nickte dann aber. »Sie sind mein Arzt. Wenn Sie mir einen Spaziergang verordnen, so kann ich dies wohl kaum ablehnen?«

»Wahrlich, ein braves Mädchen.« Er zwinkerte ihr zu. Dann erhob er sich und reichte ihr die Hand, um ihr aufzuhelfen.

Janine betrachtete seine feingliedrigen Finger. Sie waren lang und ein wenig blass, im Gegensatz zu seinem Gesicht, das schön gebräunt war.

Der Griff, der nun ihre Hand umschloss, war sehr fest und männlich. Mit einem Ruck zog er sie auf die Beine.

»Folgen Sie mir«, bat er und ging voran.

Janine gehorchte. Sie mochte es, wenn er ihr Anweisungen gab. Es hätte sie irritieren sollen, doch es fühlte sich vertraut und richtig an. Vertraut deshalb, weil sie diesem Mann vertraute und ihrem Gespür.

Dr. Tannert führte sie durch einen Torbogen in den Innenhof zu seinem feuerroten Sportwagen.

Janine hielt erschrocken inne, als sie das Auto sah. Die Farben verschwammen für einen Moment vor ihren Augen, und es fühlte sich an, als würde sie keine Luft mehr bekommen. Ein Kribbeln wanderte über ihre Finger in ihre Arme, ein gemeiner blitzartiger Schmerz durchzuckte ihren Kopf, und ihre Atmung, die nun wieder einsetzte, ging viel zu schnell. Diesen Wagen kannte sie. Er war wie ein Link in ihre Vergangenheit, und ein unheimliches Gefühl der Vertrautheit durchfloss sie, ließ sie zittern. Es ging nicht um die Optik allein, sie war sich sicher, schon einmal in diesem Auto gesessen zu haben. Diese Wahrnehmung kam ganz unvermittelt und überraschend, riss sie fast von den Füßen.

»Alles in Ordnung?«, fragte Tannert besorgt. Aber da hatte sie sich schon wieder einigermaßen gefangen und nickte nur.

Doch als sie sich auf dem Beifahrersitz setzte und anschnallte, wurde das Gefühl nur noch stärker.

»Sind Sie sich wirklich sicher?«, hakte Krischan Tannert nach.

»Ja, ich denke schon.« Merkwürdig. Das konnte sie sich doch nicht einbilden. »Aber …«

»Ja?«

»Dieses Auto … kommt mir so bekannt vor …« Sie strich mit der Hand über die Armaturen, als hoffte sie, dadurch noch mehr herauszufinden.

Tannert zögerte einen Moment, denn ihre Feststellung brachte ihn wohl aus dem Konzept. Das tat ihr leid. Natürlich hatte er jetzt ganz anderes im Sinn. Aber für sie war diese Entdeckung wichtig.

»Vielleicht sind Sie schon einmal in einem ähnlichen oder sogar demselben Modell gefahren?«, vermutete er.

Das war natürlich eine plausible Erklärung.

»Wahrscheinlich. Das könnte es sein.«

»Du.«

»Wie bitte?«

»Ich denke, es wird Zeit, Du zu sagen, findest du nicht?«

Ihre Wangen röteten sich. Sie musste wieder an Sinas SMS denken. Tannert stand auf sie. Und sie wünschte von Herzen, dass es stimmte.

»Gern. Du.« Sie lächelte.

»Können wir dann?«

Sie nickte nur, und Tannert startete den Motor und fuhr los.

Janine hatte auch weiterhin dieses vertraute Gefühl, schon einmal in diesem Wagen gesessen zu haben. Es trat aber zusehends mehr in den Hintergrund, weil etwas anderes in den Vordergrund drängte, nämlich die Neugier auf das, was Tannert für sie geplant hatte.

Schließlich hielt Krischan auf einer kleinen Lichtung und stellte den Motor aus.

Riesige Nadelbäume ragten über ihnen auf. Der Geruch von

Wald lag in der Luft. Und ein würziges Aroma, das sie nicht zuordnen konnte.

»Lass uns ein Stückchen gehen«, schlug Krischan vor. Dann stieg er aus, um Janine galant die Wagentür zu öffnen.

»Danke«, sagte sie, nachdem auch sie ausgestiegen war.

Sie folgte Tannert den schmalen Sandweg hinunter ins Unterholz. Janine wusste nicht, ob sie früher ein Naturmensch gewesen war, aber jetzt fühlte sie sich sehr wohl in dieser Umgebung. Sie vernahm das Zwitschern der Vögel und das Rauschen der Bäume.

Tannert schritt zielstrebig voran. Er kannte sich aus, vielleicht wollte er ihr seinen Lieblingsfleck zeigen, doch für Janine sah es im Grunde überall gleich aus. Baumreihe neben Baumreihe. Schatten, die den Boden überzogen. Hin und wieder blitzte die Sonne durch die Bäume hindurch.

»Da wären wir«, sagte er schließlich, nachdem sie schweigend nebeneinander hergelaufen waren.

Janine blickte sich um. Ihr fiel vor allem der umgestürzte Baumstamm auf, schien er doch viel größer und mächtiger als der aller anderen Bäume.

»Die Unwetter letztes Jahr haben einigen Schaden angerichtet«, erklärte Tannert ihr.

Wie knorrige Finger, die vergeblich nach Halt suchten, ragten die Wurzeln des entwurzelten Baumes in die Höhe.

»Wie ich bereits erwähnte, bis jetzt hatten wir dieses Jahr viel Glück mit dem Wetter. Hoffen wir, dass es so bleibt.« Er klopfte auf den Stamm einer Kiefer.

»Aber setz dich doch, es ist bequemer, als es aussieht.« Er deutete zu der umgestürzten Eiche. »Hier sind wir ungestört, niemand kann uns sehen oder hören.«

Sie kam seiner Aufforderung nach und setzte sich. Sie tat

gern, was er von ihr verlangte. Und das schien er zu merken. Vielleicht daran, dass sie allzu schnell dabei war, seinen Forderungen nachzukommen. Oder weil ihr Blick sie verriet, den sie stets schnell senkte, wenn er sie ansah. Aber es störte sie ohnehin nicht, wenn er wusste, wie sehr sie ihm ergeben war.

Krischan beobachtete sie eine Weile, ohne sich zu regen. Dieses Spiel kannte sie bereits, es machte sie nicht mehr nervös. Im Gegenteil, es steigerte ihre Vorfreude.

Bequem war der Stamm nicht. Sie spürte die knorrige Rinde durch den dünnen Stoff ihres Kleides. Aber für Tannert hielt sie auch das aus.

»Du siehst im Moment sehr schön aus«, sagte er.

Sein Lob ließ sie ihre unbequeme Sitzposition vergessen, denn sie wünschte sich nichts sehnlicher, als dass er sie attraktiv fand. Und sexy.

»Jetzt spreiz etwas deine Beine. Ich will den Ansatz deiner Schenkel unter deinem Kleid sehen.«

»Interessante Therapieansätze«, erwiderte sie mit einem Schmunzeln, aber er blieb ernst. Also öffnete sie ihre Beine, mit einem Zittern, das sie am ganzen Körper erfasste.

Der Doktor musterte sie sehr genau, dann setzte er sich zwischen ihre Schenkel und streichelte deren Innenseiten, bis sich dort eine Gänsehaut bildete.

»Du machst Fortschritte. Du bist ziemlich schnell erregt«, stellte er plötzlich fest.

Janine erschrak. Es stimmte natürlich, was er sagte. Sie war sehr erregt, aber woher wusste er das? Sie hatte doch keinen Mucks von sich gegeben. Kein Stöhnen. Und derart feucht war sie auch noch nicht. Konnte er etwa ihre Erregung riechen?

Tannert drückte sacht mit seinem Zeigefinger zwischen ihre

Beine. »Ich kann es sehen«, beantwortete er ihre Frage, als hätte er ihre Gedanken gelesen.

Janine blickte rasch an sich herunter. Tatsächlich. Ein kleiner Fleck hatte sich auf ihrem Kleid gebildet. Sie hatte das gar nicht bemerkt. Wie unangenehm! Offensichtlich war sie sogar schon ziemlich feucht.

Rasch suchte sie nach einem Taschentuch, aber Tannert verschwand einfach unter ihrem Kleid.

»Ich kümmere mich darum«, versprach er, und als Nächstes spürte sie seinen heißen Atem ganz nah an ihrer Scham.

Ein heißkalter Schauer jagte ihr über den Rücken, als sich Krischan an ihrem Slip zu schaffen machte, ihn einfach mit seinen Händen zerriss.

Janine erschrak ein wenig und stieß einen leisen Schrei aus. Aber dann glitt seine Zunge über ihre Schamlippen, und es fühlte sich so wunderbar an, dass Janine alles um sich herum vergaß. Bis auf die Tatsache, dass sie sich gerade mitten im Freien befanden und theoretisch jederzeit ein Spaziergänger auf sie aufmerksam werden konnte.

Der Gedanke missfiel ihr, aber Krischans sanftes Schlecken lenkte sie viel zu sehr ab. Wieder und wieder glitt seine Zunge über ihre Schamlippen und suchte nach ihrer Perle, die sich ihm erregt entgegenreckte. Seine Lippen schlossen sich um ihre Klitoris, ließen sie durch das stete Saugen größer werden. Der Druck trieb sie bis an die Schmerzgrenze. Aber genau so wollte sie es. Sie sehnte sanften Schmerz herbei.

Plötzlich lenkte sie das Rascheln eines Busches in ihrer Nähe ab. Bildete sie es sich nur ein, oder vernahm sie sogar auch noch Schritte? Janine riss die Augen auf und blickte sich erschrocken um. Doch es war niemand zu sehen. Dennoch konnte sie weder den Spanner noch die Kamera gänzlich aus ihrem Gedächtnis verbannen. Was, wenn es doch stimmte und es jemand auf sie oder Sina abgesehen hatte? Vielleicht war dieser Jemand jetzt hier?

»Ganz ruhig«, sagte der Doc zärtlich, der gerade den Kopf unter ihrem Kleid hervorzog, und streichelte ihre Wange. »Hier ist niemand außer uns«, versprach er. Doch wie konnte er da sicher sein? Dies war schließlich ein öffentlich zugängliches Gebiet. Es machte ihr mittlerweile nichts mehr aus, von den anderen Kursteilnehmern beim Sex beobachtet zu werden. Das löste sogar einen gewissen Kick in ihr aus. Die gierigen Blicke, der lüsterne Glanz in ihren Augen. Aber wenn sie sich vorstellte, wie ein völlig Unbeteiligter sie so sah, mit hochgezogenem Kleid, den Doktor vor sich kniend, der gerade ihre Scham leckte, dann war ihr mehr als nur unwohl.

»Wir sollten das nicht tun. Nicht hier«, wandte sie aufgeregt ein, denn das Rascheln wurde lauter.

»Wo dann?« Er lachte. Offenbar nahm er ihre Bedenken nicht ernst.

»Im Schloss.«

»Da haben wir es doch schon gemacht.«

»Aber nur in deiner Praxis. Es gibt noch viele spannende Orte, wo wir …«

»Entspann dich. Selbst wenn jemand zufällig vorbeikäme, was wäre so schlimm daran?«

Sie wusste es auch nicht. Es war einfach unangenehm. Peinlich. Wer wusste schon, was der unfreiwillige Beobachter dann von ihr dachte? Aber war ihr das wirklich wichtig? Was ein Wildfremder von ihr hielt?

Krischan schien ihre Gedanken lesen zu können, denn plötzlich fragte er sie genau das. »Interessiert es dich wirklich so sehr, was andere über dich denken?«

Janine zuckte hilflos mit den Schultern. »Glaub mir, jeder Spaziergänger, der sich hierher verirrt, hat auch ein eigenes Sexualleben, und er wird diese Gelüste von sich selbst sehr gut kennen. Wieso sollte er uns einen Vorwurf machen?«

Das klang ja auch alles plausibel. Würde sie ein fremdes Pärchen zufällig beim Sex sehen, dann würde es sie auch nicht stören, vielleicht amüsieren, doch es wäre kein Grund für einen Aufstand.

»Ich weiß auch nicht, ich kann eben nicht aus meiner Haut. Vielleicht war ich einfach früher schon immer verklemmt?«

»Das würde ich so nicht sagen«, erwiderte Krischan plötzlich.

»Was?«

Er biss sich auf die Unterlippe. Für einen kurzen Moment herrschte Schweigen. Janine war mehr als irritiert, aber dann schüttelte Krischan den Kopf.

»Ich wollte damit lediglich sagen, dass du das nicht wissen kannst.«

Sie nickte. Dennoch blieb ein merkwürdiges Gefühl zurück. Zum ersten Mal hatte sie das Gefühl, dass er etwas vor ihr verbarg. Etwas, was sie betraf.

Sie schaute ihn an, doch er wich ihrem Blick aus. »Das wolltest du mir damit sagen? Nur das?«, hakte sie nach. Aus dem Gefühl wurde eine Ahnung. Er wusste mehr über sie, als er sagte. Doch woher?

»Es war nur eine Vermutung. Ich habe es schlecht formuliert. Tut mir leid.«

Doch das warnende Gefühl blieb. Egal, was er jetzt sagte. Es beunruhigte sie.

»Ich möchte zurück«, bat sie schließlich.

»Jetzt?« Enttäuschung schwang in seiner Stimme mit. Aber

die Stimmung war dahin. Janine fühlte sich hier nicht wohl. Wenn sie ihm wichtig war, wie sie es von Herzen hoffte, dann machte er ihr deswegen keine Vorwürfe.

»Bitte, Krischan.«

Er lächelte schelmisch. »In Ordnung.« Er gab ihr einen sanften Kuss auf die Schläfe und führte sie dann durch den Wald zu seinem Wagen. Wortlos stiegen sie ein.

Das Gefühl, dieses Auto zu kennen, schon einmal darin gesessen zu haben, wurde jetzt wieder stärker. Janine war sich sicher, dass sie schon mit dem Sportwagen gefahren war, und auch, dass Tannert mehr über sie wusste, als er zugab. Aber warum hüllte er sich in Schweigen? Wieso war er nicht ehrlich zu ihr? Oder irrte sie sich doch? War es vielleicht nur die Hoffnung, die aus ihr sprach?

Als sie die Hälfte der Strecke hinter sich hatten, schaute Krischan sie von der Seite an.

»Was du gerade erlebst, ist nicht ungewöhnlich.«

»Was meinst du damit?«

»Dieses Gefühl, etwas oder jemanden zu kennen, auch wenn es nicht der Fall ist. Dein Verstand sucht nach Antworten, nach Verbindungen, und er fängt an, Dinge fehlzuinterpretieren, falsch zu verknüpfen, weil ihn die Situation überfordert.«

Sie verstand noch immer nicht. »Du meinst, mein Verstand schafft sich selbst Verbindungen und Erinnerungsstücke, die in Wirklichkeit gar nicht existieren?«

»Das nicht unbedingt. Aber er vermischt reale Erinnerungen mit gegenwärtigen Ereignissen, so dass du das Gefühl bekommst, etwas schon einmal erlebt zu haben. Gleich einem Déjà-vu. Nun ist durch deinen Gedächtnisverlust natürlich eine besondere Situation eingetreten. Da du nicht selbst über-

175

prüfen kannst, was du schon erlebt hast und was nicht. Gerade deshalb klammert sich dein Verstand besonders stark an jeden noch so kleinen Strohhalm.«

Das machte erschreckenderweise viel mehr Sinn als jede ihrer Vermutungen. Weshalb sollte Tannert ihr auch etwas verschweigen, was ihr eigentlich helfen konnte?

Janine nickte. »Wahrscheinlich hast du recht.« Sie fühlte sich tatsächlich immer wieder hilflos und überfordert. Theoretisch konnte sie jederzeit Menschen aus ihrem früheren Leben begegnen, die sie wiedererkannten, aber nicht von ihr wiedererkannt wurden, weil sie aus ihrem Gedächtnis verbannt worden waren.

»Das war heute alles ein bisschen viel für dich. Ruh dich nachher etwas aus. Ich habe heute Abend noch einen Überfall auf dich vor. Zumindest, wenn du mich lässt.« Er zwinkerte ihr zu.

Janine ließ sich in den Beifahrersitz zurücksinken. Ein aufregender Abend mit Krischan würde sie gewiss ablenken, ihr guttun. In ihr war trotz allem noch jene Glut, die immer dann wieder aufflammte, wenn Tannert sie auf sinnliche Weise verführte. Und diese Glut wollte noch nicht erlöschen.

»Was für eine Art Überfall soll das denn werden?«

»Etwas, was dir deine Hemmungen ein für alle Mal nehmen wird.«

»Wenn du meinst, dass du das schaffst.« Sie lachte leise.

»Kommt auf einen Versuch an. Gibst du mir eine Chance?«

Sie überlegte eine Weile und nickte schließlich.

»Fein. Ich möchte, dass du heute Abend wieder dieses Kleid trägst. Es ist hübsch und steht dir. Aber trag darunter bitte keine Unterwäsche. Du willst doch nicht, dass ich dir noch ein weiteres Höschen zerreiße, oder?«

Sie musste grinsen.

Die Aufforderung, auf ihren Slip zu verzichten, löste sofort ein heftiges Prickeln zwischen ihren Beinen aus. Krischan wusste sehr genau, was sie anmachte. Besser als sie selbst. Und das war ein sehr schönes Gefühl. Sie lehnte sich zurück und schloss die Augen.

⬿

»Du besitzt sogar ein eigenes Rennpferd.«

»Einen eigenen Stall«, verbesserte er sie.

Paona spürte seinen heißen Atem in ihrem Nacken, und seine kräftigen Hände legten sich auf ihre Schultern, massierten diese.

Es war dunkel draußen. Der Sternenhimmel war durch die Fenster des Stallhauses zu sehen, doch schwarze Wolken schoben sich langsam davor, einem bösen Omen gleich.

Paona aber fühlte sich sicher. Er würde ihr nichts tun. Er war ihr Sklave. Alles, was er wollte, war, ihr zu dienen.

»Runter auf die Knie!«, befahl sie. Er tat es. Ohne Widerrede. Ohne zu murren. Sie drehte sich zu ihm um, sah nur die schwarzen Haare, da er seinen Blick gesenkt hielt.

Leicht tippte sie ihn mit der Spitze ihres Stiefels an. Er war nackt. Sie hingegen war noch immer angezogen. Allein dieser Umstand verlieh ihr ein Gefühl der Überlegenheit.

»Mach ihn sauber!«, forderte sie ihn auf.

Er beugte sich zu ihren Stiefeln, lag zu ihren Füßen und fing an, die Spitze ihres Schuhs mit der Zunge abzulecken. Dabei stöhnte er lustvoll auf, denn es törnte ihn an, sich vor ihr auf den Boden zu werfen.

Paona sah auf den großen Mann herunter, der sich trotz seiner körperlichen Überlegenheit bereitwillig unterwarf. Welch anregendes Schauspiel das war! Er hatte alles. Macht. Einfluss. Geld. Und dennoch zog er es vor, ihr zu dienen.

Leicht hob sie das Bein an, so dass er ihr den Stiefel ausziehen und ihre Fußsohle mit Küssen bedecken konnte.

»Siehst du die Gerte zu deiner Rechten?«, fragte er heiser, ohne zu ihr aufzublicken.

Paona schaute sich um. Die Gerte hing neben dem Zaumzeug und den Fellpflegeutensilien an der Wand der kleinen leeren Box, in der sie sich gerade befanden. Das preisgekrönte Rennpferd hatte für diesen Abend in eine andere Box umziehen müssen, weil diese hier gründlich gereinigt worden war. Für sie beide.

Er hatte gesagt, dass er Rollenspiele liebte. Und dass er es sich leisten konnte, diese Spiele an authentischen Orten zu spielen.

»Nimm die Gerte! Bitte.«

Paona tat es. Wollte er wirklich, dass sie diese benutzte? Es hatte ganz den Anschein. Doch sie zögerte. Es war eine Sache, wenn jemand fremde Füße küsste, aber jemandem Schmerzen zufügen, das war etwas ganz anderes.

»Benutz sie! Bitte.«

Seine Lippen umschlossen ihre Zehen, einen nach dem anderen.

Paona ließ die Gerte durch die Luft schwingen. Ein zischendes Geräusch entstand, das ihn erzittern ließ.

»Benutz sie! Bitte«, wiederholte er, flehte förmlich nach einem Hieb.

Mit einem lauten Knall sauste die Gerte auf seinen Rücken nieder. Er stöhnte, gequält, aber auch erregt auf. Ein roter Striemen bildete sich auf seiner Haut.

Paona sah, dass er nun Hand bei sich selbst anlegte und heftig an seinem Schwanz zu reiben begann.

»Mach weiter! Bitte.«

Erneut schlug die Gerte auf sein Fleisch, und er genoss es. Sein Stöhnen wurde lauter, sein Atem ging schneller. Die Lust schwang in seiner Stimme mit.

»Fester«, bat er, und sie schlug fester zu. Sein Körper wurde durchgeschüttelt, und doch hatte sie das Gefühl, er bewegte sich jedes Mal dem ersehnten Schlag entgegen.

Seine Lust törnte auch sie an. Sie schob ihren Zeh tiefer in seinen Mund, bewegte ihn vor und zurück.

Er rieb sich schneller, immer schneller. Und sein Stöhnen wurde lauter. Dann ging ein verräterisches Zucken durch seinen Unterleib, und von dort aus brandete es durch seinen ganzen Körper. Das elektrisierende Pulsieren war förmlich zu sehen, zu spüren.

Erschöpft blieb er am Boden liegen, während sie ihren Minirock hochschob und sich breitbeinig vor ihn stellte. Mit einer Hand krallte sie sich in seine Haare und zog seinen Kopf weit genug hoch, dass sein Mund ihre Schamlippen berührte.

»Wir sind noch nicht fertig«, sagte sie streng und deutete auf ihre Scham.

Ihr Sklave verstand, und seine Zunge suchte nach ihrem Kitzler, reizte diesen, bis er anschwoll. Seine Hände legten sich auf ihren Oberschenkel, suchten dort Halt, während er mit dem Gesicht immer tiefer in ihr versank. Sein Körper bebte nach wie vor. Schweiß perlte von seiner Haut und über die roten Striemen auf seinem Rücken.

Ihr Blick fiel auf seinen Ring, der wie der Buchstabe A geformt war.

»Wofür steht dieses A?«, fragte sie, während sie sich ganz den süßen Schwingungen in ihrem Körper hingab. Sie lehnte sich mit dem Rücken gegen die Stallwand, legte den Kopf in den Nacken und schloss die Augen, um einfach nur zu genießen.

Kurz hörte er auf, sie zu lecken.

»Für Aphrodite, die Göttin der Liebe und der Begierde«, erklärte er, um sich gleich darauf wieder ganz ihr zu widmen.

Janine schrak auf. Schon wieder dieser Traum. Sie blickte verstört um sich. Wo war sie? Bäume rauschten an ihr vorbei. Sie saß noch immer im Auto. Hätten sie nicht längst auf dem Schloss sein müssen? Die Fahrt kam ihr unnatürlich lang vor, doch ein Blick auf die Uhr verriet ihr, dass es lediglich ihr Zeitgefühl war, das sie trog. Krischan schaute sie besorgt an.

»Schlecht geträumt?«

Sie nickte benommen. Wer waren diese zwei Personen, von denen sie immer wieder träumte, die ihr nah und fremd zugleich waren? Stammten sie aus ihrer Vergangenheit?

»Tut mir leid, ich hätte dich wecken sollen.«

»Warum? Habe ich etwas im Schlaf gesagt?«

»Nein, aber du hast gestöhnt. Nur sehr leise. Ich war mir nicht sicher, ob es vielleicht etwas Schlimmes war.«

Ihr Blick fiel auf seine Hände, die auf dem Lenkrad lagen. Fest. Stark. Die Hände, die sie schon oft berührt und geführt hatten. An seinem Mittelfinger prangte ein silberner Ring mit einem A-Symbol auf der Oberseite. Janine erschrak. Sie wollte ihn fragen, woher der Ring stammte und was es mit ihm auf sich hatte, aber dann hallten seine Worte in ihren Ohren nach. »Dein Verstand sucht nach Antworten, nach Verbindungen, und er fängt an, Dinge fehlzuinterpretieren, falsch zu verknüpfen, weil ihn die Situation überfordert.« Das Puzzle fügte sich zusammen. Derselbe Ring. Derselbe Mann!

Krischan war der Sklave aus ihrem Traum, und sie war

Paona. Sie schüttelte benommen den Kopf. Waren diese Träume erst aufgetreten, seit sie Krischan kannte? Sie wusste es nicht mehr. Doch offenbar spiegelten sie ihre Sehnsüchte wider. Ihr Verlangen nach ihm. Und vielleicht sogar nach einem Rollentausch?

—◦—

»Was machst du heute Abend?«, fragte Janine eine Stunde später, als sie längst wieder auf ihrem Zimmer im Schloss war und Sina gerade hereinkam. Diese wirbelte herum und lehnte sich seufzend mit dem Rücken an die Tür, die sie durch den leichten Druck schloss.

»Ich gehe aus«, sagte sie mit geistesabwesendem Blick. Offensichtlich schwebte Sina auf Wolke sieben.

Perfekt, dachte Janine. Dann würde Sina Krischan und ihr heute Abend nicht in die Quere kommen. Sie konnte es kaum erwarten, bis sie sich endlich wiedersahen. Ihr Traum und dessen Bedeutung hatten ihr klargemacht, wie sehr sie Krischan mochte. Ob er dasselbe für sie empfand?

»Ich habe deine SMS gelesen. Wie kommst du denn auf diesen Irrsinn, dass Tannert scharf auf mich wäre?«

»Hab ich so aufgeschnappt.«

Janines Herz begann sofort, viel schneller zu schlagen.

»Bist du deswegen besorgt? Ich dachte, es würde dich freuen.«

Tat es ja auch.

»Wo hast du das denn aufgeschnappt? Ich möchte Einzelheiten hören.«

Sina lachte. »Später vielleicht, Süße. Ich mache jetzt erst mal mein eigenes Ding, wenn du nichts dagegen hast.« Sina erzählte von ihrer Verabredung.

181

»Oh. Ja, natürlich. Und wer ist denn der Glückliche?«

»Kennst du nicht«, erwiderte sie geheimnisvoll. Das machte Janine noch neugieriger.

»Ich werde ihn aber kennenlernen, wenn er dich hier abholt.«

»Das tut er aber nicht. Ich bin nur hier, um mich kurz umzuziehen.« Mit diesen Worten verschwand sie auch schon im Bad, um kurz darauf wieder herausgetänzelt zu kommen. Frisch gestylt und mächtig in Schale geworfen. Das rote Kleid, das Janine zum ersten Mal an ihr sah, stand Sina wirklich gut. Sie hatte genau die richtige Figur für das enge kurze Teil, das der Fantasie kaum noch etwas übrigließ, weil es bereits sehr knapp war.

»Mach dir einen schönen Abend, ciao ciao«, sagte Sina und winkte, und im nächsten Moment war sie auch schon verschwunden.

»Ciao«, sagte Janine verblüfft, obwohl Sina sie längst nicht mehr hören konnte. Sina schien ja geradezu neben sich zu stehen. Fast so, als wäre sie verliebt. Sollten sie etwa beide ihr Glück auf Schloss Cohen finden?

Janine entschied, ihre Haare noch einmal zu frisieren. Das Kleid, das sich Krischan für heute Abend gewünscht hatte, trug sie bereits. Und wie er es wünschte, hatte Janine gänzlich auf Unterwäsche verzichtet.

Sie war neugierig, was Krischan mit ihr vorhatte. Er war sehr einfallsreich, wenn es darum ging, eine Frau sexuell zu verführen. Schon jetzt verspürte sie jenes sinnliche Prickeln zwischen den Beinen, das immer dann einsetzte, wenn sie in seiner Nähe war.

Janine ging ins Bad, bürstete ihre langen Haare und versuchte, sie mit etwas Haarfestiger in Form zu bringen. Der

Versuch misslang. Sie hatte zwar glänzende, aber auch sehr weiche Haare. Was soll's, dachte sie. Krischan wusste, dass sie kein Model war. Sie schien ihm dennoch zu gefallen.

Janine legte die Bürste in den Hängeschrank zurück, ging zu ihrem Bett und legte sich hin. Es konnte ja nichts schaden, sich schon einmal etwas in Fahrt zu bringen. Anregungen hatte sie dank Paona ja nun genug. Also glitt ihre Hand unter ihr Kleid und legte sich auf ihre Scham, in der es bereits pulsierte.

Vorsichtig rieb sie ihre Schamlippen, und sie merkte, dass sie schon ein wenig feucht geworden war. Aber niemand berührte sie auf solch schöne Weise wie Krischan, nicht einmal sie selbst. Sie stellte sich vor, er wäre es, der sie gerade verwöhnte. Das törnte sie unheimlich an. Ob er sie heute Abend ans Bett fesselte? Die Idee gefiel ihr. Sie war schlicht, aber effektiv.

Probehalber legte sie ihre freie Hand nach hinten auf die Rückenlehne des Bettes, um schon mal ein Gefühl zu entwickeln, wie es sich anfühlen mochte. Es gefiel ihr, verstärkte ihre Erregung. Janine rieb ihre Scham etwas heftiger. Aber sie erlaubte sich nicht zu kommen. Sie wollte diesen schönen Moment mit ihm erleben, ihn für Krischan aufheben. Und vielleicht würde sie die Rollen dieses Mal tatsächlich umkehren, denn genau das sagte doch ihr verruchter Traum aus, oder nicht?

Janine hörte also auf, sich zu berühren. Aber die Erregung hatte noch nicht nachgelassen. Und wenn sich Krischan beeilte, konnten sie den Funken noch einmal aufflammen lassen.

Komm doch endlich!, dachte sie. Warum brauchte er denn so lange? Oder ließ er sie absichtlich warten? Ein Blick auf die Uhr verriet ihr, dass er schon zehn Minuten über der verabredeten Zeit war. Hoffentlich hatte er sie nicht vergessen.

Janine blickte immer wieder zur Uhr. Erst eine Viertelstunde später klopfte es endlich an ihre Tür.

Sie sprang sofort auf, um den sehnlichst erwarteten Krischan einzulassen.

Er hatte die Haare zurückgekämmt, was seinem Antlitz etwas Strenges, zugleich aber Aristokratisches, vielleicht sogar Vampirisches verlieh. Hinter seinem Rücken zauberte er ein Geschenk in Form eines Kartons mit Schleife hervor.

Janine nahm es begeistert entgegen. »Das ist aber reizend«, sagte sie gerührt. Sie setzte sich auf ihr Bett und zog das farbige Band auf.

»Warte ab, bis du siehst, was es ist«, sagte er verheißungsvoll. Sein dunkler Blick ruhte auf ihr. Das spürte sie bis in ihr tiefstes Inneres. Und es erregte sie, denn sein Blick war nicht nur dunkel, sondern auch besitzergreifend.

Janine legte die Schleife zur Seite und hob den Deckel des Kartons ab. Eine Maske starrte ihr entgegen. Sie war schwarz, mit Pailletten besetzt und von Federn umrandet. Unwillkürlich musste sie an den Karneval in Venedig denken. Aber noch etwas anderes geschah in diesem Moment mit ihr. Für einen kurzen Augenblick blitzte ein Bild vor ihren Augen auf. Der Mann aus ihrem Traum, der Mann mit der roten Augenmaske, den sie für Krischan hielt, starrte sie an. Sie schüttelte benommen den Kopf. Das Bild verschwand, und Krischan stand über ihr, erhaben sah er auf sie herunter. Zum ersten Mal verspürte sie so etwas wie Furcht in seiner Gegenwart, und als er sich zu ihr herunterbeugte, um die Maske aus dem Karton zu nehmen, wich sie sogar etwas zurück.

»Keine Angst«, flüsterte er.

Janine wusste nicht, was sie sagen sollte. Natürlich war die Maske hübsch, aber ihr schwante, dass er ihr diese nicht als reine Wanddekoration besorgt hatte. Er hatte etwas mit dieser Maske vor. Und mit ihr.

Ein Schauer jagte durch ihren Körper.

»Steh auf, und dreh dich mit dem Rücken zu mir«, forderte er sie auf. Es klang wie ein Befehl. Wie immer törnte es sie an, wenn er so mit ihr sprach. Und die Erregung verscheuchte alle Sorgen, machte sie fast willenlos.

Janine erhob sich und stellte sich mit dem Rücken zu ihm hin. Er band ihr die Maske um und verknotete die Bänder an ihrem Hinterkopf. Sie spürte, wie sich der weiche Stoff auf ihre Wangen legte und sie nur noch durch die beiden Augenlöcher der Maske blicken konnte, was ihr Gesichtsfeld einschränkte.

»Nun betrachte dich«, bat er sie.

Janine ging ins Bad, um sich im Spiegel anzuschauen. Die Maske entfremdete sie. Janine war nicht sicher, ob sie das Accessoire mochte.

Als sie wieder in ihr Zimmer zurückkam, trug auch Krischan eine Maske. Es handelte sich um ein ähnliches Modell wie das ihre, hatte jedoch weniger schmückende Elemente, war maskuliner.

»Du wirkst verunsichert«, stellte er amüsiert fest.

Sie nickte nur und zupfte nervös am Saum ihres geblümten Kleides. Unschuldig sah sie darin aus. Die Maske hingegen hatte nichts von Unschuld. Ganz im Gegenteil.

Krischan trat auf sie zu, sie nahm seinen männlichen Geruch wahr, der sie erregte, regelrecht berauschte. Moschus. Betörend.

Seine Hand fuhr durch ihr Haar. Er hielt eine Strähne fest, zog an ihr wie an einer Leine.

»Ich werde dir eine Lektion erteilen, die dich auf ewig deine Hemmungen vergessen lässt.«

Sie schluckte, weil sie wusste, dass er es ernst meinte.

»Folge mir«, sagte er und führte sie an ihrer Haarsträhne hinter sich her nach draußen. Wurde sie auch nur einen Schritt zu langsam, durchzuckte ein süßer Schmerz ihre Kopfhaut.

»Was tust du denn?« Sie lachte in der Hoffnung die seltsame Stimmung etwas aufzulockern. Er hatte doch nicht tatsächlich vor, sie noch einmal im Wald zu verführen? Und das um diese Uhrzeit? Es war dunkel draußen. Wie finster würde es erst im dichten Unterholz sein. Sie fühlte sich gar nicht wohl bei diesem Gedanken. Als er das Schloss verließ und sie zielstrebig zu den Parkplätzen führte, hielt Janine es nicht länger aus, blieb stehen und büßte ein paar Haare ein.

»Ich will jetzt wissen, was du mit mir vorhast«, verlangte sie atemlos.

Da wandte er sich zu ihr um, und sein Blick, der durch seine Maske hindurch noch intensiver schien, fesselte sie. Janine konnte sich nicht mehr bewegen. Weder vor noch zurück. Sie war wie erstarrt.

Er kam näher. Sie wollte zurückweichen, doch es ging nicht. Sie blickte ihn an, war froh, ihre Maske zu tragen, weil sie ihr das Gefühl gab, sich dahinter verstecken zu können.

Krischan beugte sich zu ihr vor, streichelte erneut ihre Haare und flüsterte ihr dann ins Ohr: »Vertrau mir!«

Ein heißkalter Schauer jagte ihr über den Rücken. Sie merkte, dass sie zitterte, und er bemerkte es auch. Seine Arme legten sich um ihre Taille. Sie spürte jeden harten Muskel seines Körpers.

In seinen Armen gehalten zu werden verlieh ihr ein Gefühl der Sicherheit. Aber diese war trügerisch. Seine Hand griff nach ihrer. Dann drehte er sich um und ging weiter, zog sie hinter sich her, und jetzt konnte sie sich wieder bewegen, spürte wieder ihre Beine und jeden Schritt, den sie tat.

Es war nicht klug, das zu tun. Aber Janine konnte sich nicht gegen seine Anziehungskraft wehren. Er verschwieg etwas vor ihr. Das war ihr klar. Auch, dass er ihr keine Antwort geben würde. Vor allem heute nicht. Heute wollte er mit ihr spielen. Das hatte sie in seinen Augen gelesen. Und sie? Sie wollte sich nur zu gern auf das Spiel einlassen. Das war auch der Grund, warum sie sich nicht umdrehte und zurück auf ihr Zimmer ging. Nein, alles, was er tat, wollte sie genauso wie er.

Nur in den Wald zurück, das wollte sie nicht.

»Steig ein«, bat er sie sanft. Sie gehorchte abermals, schnallte sich an, betrachtete ihr maskiertes Gesicht im Rückspiegel. Die Frau, die sie da sah, wirkte fremd. Paona. Dieser Name blitzte in ihrem Kopf auf, stellte eine Verbindung her.

»Wohin fahren wir?«, wollte sie wissen, nachdem er den Motor gestartet hatte.

»Das ist eine Überraschung.«

»Ich will nicht zurück in den Wald«, flehte sie, als hätte sie gar keine Entscheidungsgewalt.

»Vergiss den Wald«, sagte er zu ihrer Erleichterung. »Heute geht es raus in die Stadt.«

»In die Stadt?« In ihrem Aufzug? Das war wahrscheinlich eine noch schlechtere Idee als der Wald. Dennoch war sie beruhigt. Sie zog die belebten Straßen der Stadt der Abgeschiedenheit des Waldes vor.

Krischan fuhr los. Er hatte einen verantwortungsbewussten Fahrstil und die volle Kontrolle über seinen Wagen. Auch das beruhigte sie. Oft hörte man ja aus der Ecke der Küchenpsychologie, der Fahrstil eines Mannes würde etwas über seinen Charakter verraten. Wenn das stimmte, dann konnte sie Krischan in jeder Hinsicht vertrauen, denn auch bei den obskursten Spielen würde er wohl verantwortungsbewusst handeln.

Janine blickte aus dem Fenster. Der Mond stand am Himmel, als wollte er genau aufpassen, was heute Nacht unter seinem wachsamen Auge geschah.

Bald schon bekam sie mit, dass Krischan mit »die Stadt« nicht die Innenstadt von Potsdam, sondern Berlin gemeint hatte.

Janine mochte Berlin. Es war bunt und voller Leben. Zwei Verrückte wie sie würden dort nicht weiter auffallen.

Irgendwann erreichten sie die Stadtgrenze. Wohin genau er wollte, verriet er nicht.

Eine Viertelstunde später hielt er auf einem abgelegenen Parkplatz nahe einem kleinen Casino. Das war nicht unbedingt die Gegend, die sie sich erhofft hatte. Alles wirkte fast schon ein wenig schäbig.

»Ich habe noch etwas für dich.« Krischan öffnete das Handschuhfach und holte ein Kästchen hervor. »Mein Geschenk für heute Nacht.«

Wollte er es nach ihrer gemeinsamen Nacht etwa zurückhaben? Sie lachte. Aber sein ernster Blick verriet, dass dem wohl tatsächlich so war.

Janine öffnete es und erstarrte, als sie ein Diamanthalsband in dem Kästchen sah. Und eine Leine aus funkelnden Edelsteinen noch dazu. Waren die etwa echt? Zweifelsohne konnte sich Krischan Derartiges leisten. Sie betrachtete das »Geschenk« eingehend. Es gefiel ihr sehr.

»Leg es für mich an«, bat er sie mit Nachdruck.

Sie blickte in seine Augen, die im Licht der Innenbeleuchtung des Autos stärker als sonst strahlten. Und sie sah Gier und Verlangen in ihnen.

»Du willst mich doch nicht etwa an einer Leine aus Edelsteinen durch die Straße führen, oder?«

Krischan lachte und schüttelte den Kopf. Wahrscheinlich ahnte er es nicht einmal, doch wenn er sie eindringlich genug darum bat, sie würde vermutlich nachgegeben. Denn was ihn antörnte, das törnte auf merkwürdige Weise auch sie an. Es war der Quell ihrer Lust.

»Ich will, dass du es dennoch anlegst.«

Er nahm das Band und hielt es ihr vor den Hals, wie jemand, der betrachten wollte, ob seinem besten Freund die neue Krawatte stand.

Sie nahm ihm das funkelnde Band ab und wandte ihm den Rücken zu. »Dann hilf mir dabei«, bat sie.

Er griff nach beiden Enden und zog an dem Diamanthalsband, so dass es sich fest um ihren Hals legte. Janine öffnete vor Schreck den Mund. Im ersten Augenblick glaubte sie, keine Luft mehr zu bekommen, doch nachdem er das Halsband verschlossen hatte, lockerte es sich wieder ein wenig, und sie konnte durchatmen.

»Ist das alles noch Teil der Lusttherapie?«, fragte sie und befühlte die kantigen Steine.

»Dreh dich zu mir um.«

Sie tat es, und er hakte die Kette in die Schlaufe ihres wertvollen Halsbandes. Dann zog er an dieser, um sicherzugehen, dass sie fest war.

Janine zischte leise.

»Und ja, das ist Teil der Therapie. Du wirst es bald verstehen. Lass uns aussteigen.«

Also wollte er sie doch herumführen? Allein der Gedanke daran verursachte ihr ein heftiges Prickeln zwischen den Schenkeln. Aber Krischan führte sie lediglich zu einer der Bänke, die rings um den Parkplatz standen.

»Das ist deine nächste Lektion. Du hast die Maske, die dich

vor neugierigen Blicken schützt. Aber es besteht dennoch immer die Gefahr, dass uns jemand sieht. Die Kette wird verhindern, dass du vorschnell aufgibst wie vorhin im Wald. Nur im äußersten Notfall darfst du sie lösen.« Er befestigte das Ende der Kette an einem Ast, der über der Bank hing.

»Setz dich.«

Sie tat es. Auf merkwürdige Weise erregte es sie, nun angebunden zu sein. Auch wenn sie spürte, dass die Kette recht locker war. Wenn sie es wollte, konnte sie sich leicht befreien. Aber das wollte sie gar nicht erst.

Er hockte sich vor sie, schob ihre Beine leicht auseinander. Ihr Kleid glitt nach oben, und ihre Scham lag frei. Sie spürte den kühlen Sommerwind, der über ihre geschwollenen Schamlippen strich. Es war fast wie ein Streicheln. Löste leichte Schauer in ihr aus.

»Und? Bist du nervös?«

Sie schüttelte den Kopf, was sie selbst überraschte. Sie vertraute Krischan, und die Maske schützte sie, wie er es gesagt hatte. Es gab also keinen Grund, nervös zu sein.

Er nickte zufrieden, und seine Hand legte sich auf ihre Scham. Wie gut sich das anfühlte. Und als er seine Hand auch noch bewegte, ihre Schamlippen sanft streichelte, da entwich ihr ein leises Seufzen.

Aber es blieb nicht beim Streicheln. Krischan wusste, wie er seine Zunge einzusetzen hatte, um sie zu verwöhnen. Und das tat er dann auch. Er positionierte sein Gesicht zwischen ihren Schenkeln und leckte sie zärtlich. Erst langsam, dann etwas schneller. Ein Zittern erfasste ihre Schenkel. Dieser Mann machte sie mit seiner flinken Zunge völlig verrückt. Zudem schaffte er es, ihr jegliche Angst vor dem Entdecktwerden zu nehmen. Die Vorstellung, die ihr im Wald noch Sorgen bereitet hatte, nämlich, dass sie jemand heimlich beobachtete, war nun völlig verschwunden, hatte sich sogar ins Gegenteil verkehrt. Eigentlich wäre das doch sogar das Sahnehäubchen, wenn irgendwo jemand aus dem Fenster zu ihnen blickte, zusah, wie Krischan sie verwöhnte.

Zu ihrem Bedauern zog er sich nun zurück.

»Warum hörst du auf?«, fragte sie enttäuscht.

Er lächelte, und seine Augen blitzten hinter der Maske.

»Tu ich doch gar nicht«, sagte er heiser und zupfte an seinem Gürtel, bis er sich löste und seine Hose nach unten rutschte. Sein mächtiger Schwanz kam zum Vorschein.

Bisher hatte Krischan sie lediglich mit seinen Fingern oder seiner Zunge penetriert. Es wäre das erste Mal, dass er sie auch mit seinem Schwanz bediente. Janine war deswegen ein wenig aufgeregt, denn dies wäre eine noch viel intimere Erfahrung als all die anderen.

Er beugte sich über sie, drückte sie an ihren Schultern gegen die Rückenlehne der Bank und schob ihre Beine nach oben, bis sie auf seinen Schultern lagen.

Sie spürte wie seine Schwanzspitze ihre Spalte berührte und er zugleich an seinem Schaft rieb, ihn noch stärker und größer machte. Für sie. In seiner Eichel, die so heiß glühte, dass ihre Hitze auf Janines Unterleib überging, pulsierte es.

Jetzt wollte sie ihn nur in sich spüren. Krischan schien es genauso zu gehen. Er drang in sie. Und Janine war erstaunt, wie mächtig sein Schwanz war. Er füllte sie vollkommen aus. Erneut entwich ein Seufzen ihrer Kehle, doch es verwandelte sich schnell in ein leidenschaftliches Stöhnen.

Jeder Stoß von ihm ließ ihren ganzen Körper erzittern. Und jeder Stoß drückte sie etwas fester in ihre Sitzposition. Die Kette spannte.

Krischans Bewegungen wurden schneller und kraftvoller. Er atmete nur noch stoßweise, und seine Augen fixierten sie mit jenem von Gier erfüllten Glanz, der sie erbeben ließ. Und Janine spürte, wie sein Schwanz in ihr bebte. Im Einklang mit ihr.

Es war so unglaublich verrucht, was sie hier taten. Jederzeit konnte jemand kommen und sie sehen. Aber kein Wagen fuhr auf den Parkplatz. Kein nächtlicher Spaziergänger verirrte sich hierher.

Sie waren allein. Fast bedauerte Janine es schon.

Krischans Hände legten sich auf ihre Brüste, kneteten sie, während er ohne Unterlass in sie stieß. Willig schob sie ihm ihr Becken entgegen, um ihn zu empfangen, ihn willkommen zu heißen.

Janines Hände krallten sich in seinen Rücken. Sie wollte nicht nur seinen Schwanz, sondern alles von ihm ganz nah an sich spüren. Sein Hodensack vibrierte förmlich, wenn er gegen ihren Hintern kam, und das tat er mit jedem Stoß, weil er sein Glied so tief in sie schob, dass sie fast miteinander verschmolzen.

Ihr Atem verwandelte sich in ein Stakkato, so dass sich die Atemgeräusche zu einer lüsternen Melodie vermischten. Würde sie jemand in diesem Moment hören, er wüsste genau, was sie taten, denn diese Geräusche waren mehr als eindeutig. Eine universelle Sprache.

Janine aber störte auch das nicht. Sie fühlte sich sicher, weil sie bei ihm war und weil sie ihre Maske trug.

Und dann geschah es. Sie spürte, wie ihr Höhepunkt nahte.

Aber nicht nur der ihre, auch Krischans. Als hätten sich ihre Körper aufeinander eingestimmt, synchronisiert. Und wieder hatte sie das Gefühl, als geschähe dies nicht zum ersten Mal.

Als würden sich diese beiden Körper schon viel länger kennen.

Krischan zog sich rechtzeitig aus ihr zurück. Zugleich erlebte sie den geilsten Orgasmus, den sie seit Beginn ihrer Therapie erleben durfte. Alles schien perfekt. Sie war ganz im Einklang mit sich und ihrem Körper, mit ihrem Begehren und ihren Neigungen. Das war es, was man ihr in Cupido hatte beibringen wollen. Sie hatte die Lektion begriffen.

Der lüsterne Glanz in Krischans Augen wandelte sich in Zuneigung. Sie war sich sicher, dass es keine Einbildung war. Krischan empfand mehr für sie. Er war nicht nur scharf auf ihren Körper.

Sie versuchte ein Lächeln, wollte ihn zu einem Kuss animieren, aber da bemerkte sie aus dem Augenwinkel eine dunkle Gestalt, die an der Einfahrt zum Parkplatz stand. Es blitzte aus dieser Richtung.

Janine erschrak derart, dass sie sich sofort aus ihrer halbliegenden Position befreite, das Kleid über ihre Beine zog und die Kette vom Ast löste.

»Da ist jemand!«, rief sie aufgeregt, und Krischan drehte sich sofort um.

»Ich sehe niemanden. Vielleicht war es nur ein Schatten?«

»Ganz bestimmt nicht, es war ein Mann. Ich habe ihn gesehen. Das Licht der Straßenlaterne fiel auf ihn. Seine Haare ... die waren merkwürdig. Blond ... nein, eher weiß.« Sicherlich war das keine Naturfarbe gewesen. »Und er hat ein Foto gemacht.« Da war sie sich jedoch nicht ganz sicher, denn das Blitzen hätte auch von dem Licht der Laterne stammen können. Ein Effekt, der durch eine zu schnelle Kopfbewegung entstand.

Irritiert erhob sie sich, riss sich die Maske vom Gesicht, um sich umzuschauen. Der Kerl hatte sie beobachtet, ohne jeden Zweifel. Ein Spanner! Genauso ein Spanner wie auf ihrem Balkon. Unwillkürlich musste sie an die Kamera in ihrem Badezimmer denken. Aber diese unheimlichen Begebenheiten allein machten sie nicht nervös. Es war viel mehr die Ahnung, dass mit dem Kerl, der sie beobachtet hatte, etwas nicht stimmte. Dieses helle Haar beunruhigte sie. Hatte eine alarmierende Wirkung auf sie!

Kannte sie vielleicht jemanden mit einer ähnlichen Haarfarbe aus ihrer Vergangenheit?

Als sie die Einfahrt erreichte, deutete nichts mehr auf die Anwesenheit eines Fremden hin. Er hatte keine Spuren hinterlassen. Genauso wie der Spanner auf dem Balkon. Arme Sina, Janine hatte ihr nicht geglaubt, aber nun war sie sich sicher, dass ihre Freundin nicht geträumt hatte. Irgendetwas ging hier vor sich.

»Das war sicher die Aufregung. Da sieht man schon mal Gespenster«, meinte Krischan, der inzwischen hinter ihr stand. Als er seine Hände auf ihre Schultern legte, erschrak sie derart, dass sie zusammenzuckte.

»Entschuldige«, sagte er eilig.

»Schon gut.« Sie beruhigte sich schnell. »Und nein, ich habe mir nichts eingebildet.« Wollte er ihr das etwa einreden? Sollte er nicht ein Interesse daran haben herauszufinden, was das für ein mieser Typ war, der sie beim Sex fotografiert hatte? Plötzlich konnte sie Sina nachfühlen, wie unangenehm es war, wenn niemand einem glaubte.

»Dann war es eben ein Passant, der unseren Anblick geil fand.«

Sie hielt inne. Sowohl in ihrer Bewegung als auch kurzweilig in ihrem Denken, weil er ihr einen neuen Anstoß gegeben hatte.

»Glaubst du das wirklich? Sind das nicht zu viele Zufälle auf einmal?«

Krischan zuckte mit den Schultern. »Ich kann deine Aufregung verstehen. Aber versuch, dich zu beruhigen, und überleg mal genau. Der Kerl kann nur zufällig hier gewesen sein. Anderenfalls hätte er uns von Schloss Cohen bis hierher folgen müssen, und das soll mir während der Fahrt nicht aufgefallen sein?«

»Es war dunkel. Und du hast nicht darauf geachtet.«

»Janine, vertrau mir. Niemand ist uns gefolgt«, beharrte er. Sie nickte. Und das Foto?

Bei dieser Dunkelheit war es vermutlich nichts geworden, konnte nicht als Wichsvorlage dienen. Das war zumindest ein bisschen beruhigend. Dennoch hatte es den Anschein, als würde Krischan sich nicht um sie sorgen. Er nahm alles auf die leichte Schulter. Vor allem das mit der Kamera in ihrem Bad. Sie warf ihm genau das vor, doch Krischan erschrak zu ihrer Überraschung.

»Ich mache mir Sorgen um dich, Janine! Wie kannst du nur etwas anderes annehmen? Doch ich versuche, objektiv zu bleiben und abzuwarten, was die Polizei ermittelt. Es macht keinen Sinn, sich vorher schon verrückt zu machen.«

Janine atmete tief ein. »Na gut, ich sehe es ein, du hast wahrscheinlich recht.«

»Schön.«

»Aber du musst auch mich verstehen. Ich habe keine Ahnung, wer ich früher war. Vielleicht habe ich Feinde, die mir nachstellen?«

»Klingt ein wenig abenteuerlich, findest du nicht?«

Sie dachte einen Moment darüber nach und lachte schließlich. Fürwahr, das tat es.

Krischan packte plötzlich ihre Kette, die nach wie vor an ihr runterbaumelte, und zog daran, bis Janine gezwungen war, sich zu ihm umzudrehen.

»Nicht doch. Nicht doch jetzt«, sagte sie erschrocken. Wollte er etwa da weitermachen, wo sie aufgehört hatten? Als wäre nichts passiert?

»Ich lasse mir von so einem dahergelaufenen Kerl doch nicht den Abend verderben. Auf das hier habe ich viel zu lange gewartet.«

Jetzt blickte sie zu ihm auf und sah die Lust in seinen Augen funkeln.

»Keine Angst. Du bist bei mir sicher. Geben wir diesem Voyeur doch die Chance auf ein noch besseres Foto«, hauchte er. Und während er das mit seiner erotischen männlichen Stimme sagte, verflog bei Janine jegliche Sorge, und sie wurde wieder erregt, weil Krischan so herrlich fordernd war. Seine Hand legte sich auf ihre Schulter, während er mit der anderen weiter ihre Leine hielt. Nach wie vor gespannt, so dass sich das Diamantband eng um ihren Hals schmiegte.

Janine kam mit ihren Knien auf dem Boden auf. Vor ihr prangte sein Glied, das aufgerichtet und hart war, sich verführerisch vor ihren Lippen bewegte.

»Nimm ihn!«, befahl Krischan und zog noch fester an der Kette, so dass sie ganz von selbst den Mund öffnete. Und schon verschwand er in ihr. Es war ein geiles Gefühl, das sie erzittern ließ, weil er sich einfach nahm, was er brauchte. Und sie ergab sich ihm gern, denn genau das machte sie an. Ihre Hände legten sich auf seine Oberschenkel, während sie seinen Schwanz mit ihren Lippen und ihrer Zunge verwöhnte. Sie schmeckte auf seinem heißen Schaft noch immer die Lustspuren ihrer Feuchte und nahm diese begierig auf.

Er hatte sie unter Kontrolle und ließ sie das spüren, indem er immer wieder an der Leine aus Edelsteinen zog. Janine fühlte sich ausgeliefert, aber gerade dadurch erfüllt. Nirgendwo anders hätte sie nun sein wollen als zu seinen Füßen. Und in diesem Moment fühlte sie sich ihm näher als je zuvor.

Wenn er sie dominierte, vergaß sie alles um sich herum, und es gab nur noch sie beide, während der Rest der Welt hinter einem dunklen Schleier verschwand. Die Idee eines Rollentausches trat in den Hintergrund. Janine wurde klar, dass nicht nur sie ihm diente, sondern auch er ihr, wenngleich auf eine andere Weise. Doch es waren seine Aktionen, die ihr die schönsten Gefühle bereiteten. Er widmete sich ihren Gelüsten genauso intensiv, wenn nicht gar intensiver, wie sie sich den seinen. Zugegeben, für einen Außenstehenden mochte es genau umgekehrt aussehen. Aber das war nicht das, was Janine empfand.

Sie wollte alles für ihn tun, weil sie es zugleich für sich selbst tat. Geben und nehmen.

Sie spürte, wie er gierig über ihre Zunge glitt, spürte, seine Erregung, sein Begehren, das ihr galt. Es war ein geiles, beschwingendes, ja, sogar machtvolles Gefühl, obwohl sie diejenige war, die gerade auf den Knien war.

Sie blickte zu ihm hoch, genoss den Anblick dieses charismatischen und ungewöhnlichen Mannes, der sie buchstäblich in der Hand hatte. Er sah atemberaubend aus. Wie ein teuflischer Engel oder ein himmlischer Dämon. Beides schien sich in ihm zu vereinen. Eine Mischung, die sie antörnte, sie willig machte.

Sein Schwanz wurde größer und härter. Sie liebte seinen männlichen Geschmack auf ihrer Zunge, versuchte, ihn noch tiefer aufzunehmen.

Noch vor einiger Zeit hätte sie niemals gedacht, dass sie so weit gehen würde, wie sie es jetzt tat. Es wäre ihr absurd vorgekommen. Sie hätte nicht geglaubt, dass es einen Mann gab, bei dem sie sich derart hätte fallenlassen können.

Ohne Zuneigung, dessen war sie sich sicher, wäre das nicht möglich. Zuneigung war ihr Antrieb.

Wenn sie Krischan ansah, spürte sie Wärme in ihrer Brust. Innigkeit. Aber auch Begehren, Verlangen. Ein so starkes, dass es körperlich wurde.

Sein Schwanz wuchs, seine Stöße wurden heftiger, der Zug an der Kette fester. Ein verräterisches Zucken kündigte seinen Orgasmus an. Sie hielt inne, wartete und schluckte. Wenn Lena ihr früher von ihren amourösen Abenteuern berichtet hatte – und in ihren Erzählungen ließ sie nie ein Detail aus –, dann hatte Janine nie verstanden, weshalb ihre Freundin so weit ging, sich selbst zu einem hübschen Spielzeug machte. Jetzt verstand es Janine zum ersten Mal. Es war Leidenschaft. Leidenschaft, die sie ohne Krischan nie erfahren hätte, weil nur er es vermocht hatte, ihr zu zeigen, welche Bedürfnisse tief in ihrem Innern schlummerten. Janine konnte sich jetzt nicht mehr vorstellen, jemals wieder Blümchensex zu haben. Es würde etwas fehlen, wäre nicht vollständig.

Er zog sich aus ihr zurück. Janine leckte sich die Lippen ab, damit ihr kein Tropfen seiner Lust entging.

Krischan lächelte zufrieden. Dann half er ihr auf, denn jetzt war er wieder ganz Gentleman.

⌒

Janine war froh, als sie endlich wieder in Schloss Cohen waren. Zwar hatte Krischan sie durch seine verruchten Spiele für kurze Zeit gefesselt, aber schon auf der Rückfahrt hatte sie immer wieder an diesen unheimlichen Kerl mit den hellen Haaren denken müssen. Sie wollte einfach nicht an einen Zufall glauben. Das wäre zu einfach.

»Soll es das für heute gewesen sein?«, fragte Krischan, als sie vor ihrer Zimmertür stehen blieben.

Janine seufzte leise. Sie wusste einfach nicht mehr, wem sie vertrauen konnte. Krischan glaubte ihr nicht, wollte ihr einreden, dass sie sich irrte, ihre Fantasie mit ihr durchging. Doch wenn er sie so ansah, wie er es jetzt tat – liebevoll, zärtlich –, dann wollte sie nicht glauben, dass er absichtlich gegen sie arbeitete.

»Und wenn ich nur mit reinkomme, um für dich da zu sein und dir den Rücken zu stärken?« Krischans Stimme klang sanft.

»Mir den Rücken stärken?«, fragte sie verwundert, aber auch gerührt. Es war das erste Mal, dass sie nicht das Gefühl hatte, er wolle nur Sex von ihr. Zwischen ihnen schien plötzlich mehr zu sein.

»Sina ist nicht da«, überlegte sie laut. Ihre Zimmergenossin trieb sich mit ihrem neuen Spielgefährten irgendwo im Schloss herum. Wahrscheinlich kam sie nicht vor Mitternacht zurück.

Ein Lächeln umspielte Krischans Lippen. Es sah schön aus. Nicht nur sinnlich, sondern wahrhaftig schön.

Janine schloss ihre Tür auf, und er folgte ihr ins Zimmer. »Ich würde erst mal gern duschen«, sagte sie, aber im selben Moment merkte sie, wie unhöflich das eigentlich war, ihn hier sitzen und warten zu lassen. Doch zu ihrer Überraschung nickte Krischan ihr nur zu und nahm an dem kleinen Tisch am Fenster Platz, auf dem Sina ihre Illustrierten hatte liegen lassen.

Janine beeilte sich. Schnell verschwand sie im Badezimmer,

zog sich ihre Sachen aus und trat in die Duschkabine, wo sie das Wasser aufdrehte. Ganz bewusst hatte sie es vermieden, zu der Stelle zu schauen, an der in ihrem anderen Zimmer die Kamera befestigt gewesen war. Sie wollte gar nicht wissen, ob sich hier ebenfalls eine befand. Den Stress und die Unruhe würde sie nicht vertragen. Außerdem wollte sie jetzt nicht an Böses denken, denn draußen wartete ihr Traummann auf sie.

Heiß prasselte das Wasser auf sie nieder, floss in Rinnsalen über ihre nackte Haut, die zugleich fror und erhitzt war.

Janine genoss die wohltuende Wärme, strich sich die nassen Haare nach hinten und schäumte sich anschließend mit Duschgel ein.

Und dann spürte sie es wieder zwischen ihren Beinen. Jenes sinnliche, sehnsüchtige Prickeln, das immer dann auftrat, wenn sie in Krischans Nähe war.

Janine war längst klar, dass sie mehr für Krischan Tannert empfand. Er war ihr unheimlich und vertraut. Der erste Mann, der ihr intime Gefühle entlockte, seit ihr neues Leben begonnen hatte.

Jetzt saß er da draußen, wartete auf sie, wollte ihr helfen. Das wollte er doch, oder?

Sie schäumte ihre Scham ein, und das stete Streicheln und Reiben sorgte dafür, dass sie noch erregter wurde. Zwischen ihren Fingern spürte sie ihre kleine Perle, die rasch größer wurde und in der es pulsierte und pochte.

Janine hielt es kaum länger unter der Dusche aus. Sie drehte das Wasser ab und lief hinaus, nackt, wie sie war. Doch es war nicht nur die Lust, die sie aus dem Warmen in die Kälte trieb, sondern auch Sehnsucht.

Als Krischan sie ansah, blieb sie im ersten Moment zögernd

stehen, doch kaum hatte er sich von seinem Stuhl erhoben, eilte sie auf ihn zu und warf sich ihm in die Arme.

Er fing sie auf, hielt sie fest.

Ihre Lippen berührten sich. Sie schmeckte seine Männlichkeit und genoss das herbe Aroma, das er um sie herum verströmte. Eng schmiegte sie sich an seinen Körper, zog ihn geschickt in Richtung ihres Bettes. Krischan, so schien es, ließ sich nur zu bereitwillig von ihr führen. Und als sie den Rand des Bettes an ihren Beinen spürte, drückte er sie sacht nach hinten, so dass sie rücklings auf der Matratze landete.

Er legte sich auf sie, strich ihr die Haare aus dem Gesicht und blickte sie zärtlich an.

Es war ein besonderer Moment, der viele Erinnerungen in ihm weckte. Ob dieser wunderschöne Augenblick auch ihr bekannt vorkam? Ob sie sich womöglich erinnerte? Er hoffte es. Ja, zum ersten Mal wünschte er, sie würde sich an ihn erinnern. Und es war nicht mehr der Wunsch nach Rache, der ihn antrieb.

Langsam neigte er den Kopf, um sie zu küssen. Ihr Körper strahlte wohltuende Wärme aus. Sie sah so wunderschön aus. Ihre Haut glänzte unter ihrem Schweiß. Oder war sie noch vom Duschen nass? Er wusste es nicht. Fest stand nur, dass sie fantastisch roch. Er atmete ihren süßen Duft ein. Manche Gerüche waren so intensiv und betörend, dass man fast das Gefühl hatte, man könne sie schmecken.

Ja, dieser Moment hätte auch aus einer ganz anderen Zeit stammen können. Einer Zeit, in der sie beide noch jünger gewesen waren. Und glücklicher.

Krischan hatte nie eine Frau so sehr geliebt wie Janine. Und in diesem wunderbaren Augenblick kamen all die Gefühle mit einem Mal zurück, überwältigten ihn geradezu. Er küsste sie noch einmal. Wieder und wieder. Ihre Zungen schlängelten sich aneinander, fochten einen Kampf um die Vorherrschaft aus. Janine war nicht immer devot gewesen, sie hatte auch eine dominante Ader gehabt. Und das hatte ihr Liebesleben sehr spannend gemacht. Fast schien es, als würde diese dominante Ader zurückkehren. Janine rollte sich auf ihn. Es überraschte ihn, törnte ihn unsagbar an.

»Ab jetzt halte ich das Zepter in der Hand«, verkündete sie frech.

»Das Zepter ist hier«, erwiderte er und bewegte sein Becken auf und nieder, so dass sie die Beule in seiner Hose an ihrem nackten Po spüren konnte.

Janine lachte, schüttelte den Kopf, und dabei flogen ihre nassen Haare hin und her. Wie süß sie aussah. Er verliebte sich gleich noch einmal in sie. Vielleicht war das alles vom Schicksal so gewollt. Vielleicht bekamen sie auf diese Weise eine zweite Chance.

»Zeig mir dein Zepter«, sagte sie und rutschte von ihm herunter.

Sofort befreite er seinen Schwanz aus der Hose, streifte diese samt seiner Unterwäsche ab und rieb an seinem Schaft, damit er noch größer und härter wurde.

»Beeindruckend«, meinte sie und legte ihrerseits Hand an. Das Gefühl ihrer zarten Finger um seine heiße Rute ließ ihn innerlich erbeben.

Janine begann, seinen Schwanz heftig zu reiben, und er wurde nochmals größer. Dann hauchte sie ein Küsschen auf seine Eichel, und Krischan fürchtete schon, auf der Stelle zu kommen. Doch er konnte sich gerade noch zurückhalten.

202

Janine drehte sich wieder um, so dass sie mit dem Gesicht zu ihm saß. Vorsichtig erhob sie sich über seinen Schwanz und ließ sich dann auf ihm nieder.

Krischan spürte, wie er Zentimeter für Zentimeter in ihrer feuchten Enge versank. Ein Gefühl von Wärme umschloss ihn. Es war geil. Und wunderbar vertraut.

Dann fing Janine an, sich auf ihm zu bewegen. Auf und ab. Schneller und schneller. Und jedes Mal drang er noch etwas tiefer in sie, füllte sie aus.

Die Erregung nahm zu, steigerte sich ins Unermessliche. Wie hatte er es geliebt, wenn sie ihn ritt.

Sein Schwanz fing an zu zucken. Er hatte sie so sehr vermisst. Ihre Liebe. Ihren Körper. Den Sex mit ihr. Das alles schien ihm nun wie ein wunderbarer Traum, der Wirklichkeit geworden war.

Krischan spürte sich tief in ihr, genoss es, mit ihr zu verschmelzen, und der Akt wurde mit einem Mal so viel bedeutsamer und geiler, weil er diese Frau wieder liebte, vielleicht nie aufgehört hatte, sie zu lieben.

Sie kamen gleichzeitig, weil ihre Körper aufeinander eingespielt waren. Aber das wusste Janine nicht. Er lächelte sie dankbar an, reckte sich ihr entgegen, und sie beugte zu ihm herunter, um ihn zu küssen. Vielleicht sollte er ihr endlich die Wahrheit sagen. Doch er fürchtete, diesen wundervollen Moment dadurch zu zerstören. Er würde lieber bis morgen warten.

～◦

Als Janine am nächsten Morgen aufwachte, lag Krischan neben ihr. Sein Atem ging ruhig. Er sah wunderschön aus, während er schlief. Ein paar vorwitzige Strähnen waren ihm ins

Gesicht gefallen, kitzelten seine Wangen. Janine strich sie ihm zurück. Es fühlte sich so verdammt richtig an, neben ihm aufzuwachen und mit ihm den Tag zu beginnen. Aber dann fiel ihr etwas ganz anderes ein!

Sina!

Sofort sprang sie aus dem Bett, um nach der Freundin zu sehen, die gestern Nacht gewiss ins gemeinsame Zimmer zurückgekehrt war. Aber sie war nicht da. Vielleicht hatte sie Krischan bemerkt und hatte sich eine andere Bleibe gesucht? Das tat ihr furchtbar leid.

»Wie spät ist es?«, fragte Krischan verschlafen.

»Kurz vor acht.«

Sofort war er hellwach.

»Meine Sprechstunde beginnt um acht!«

»Ich weiß. Tut mir leid. Ich bin auch gerade erst aufgewacht.«

Er stieg aus dem Bett, die Bettdecke glitt an ihm herunter, und er stand nackt vor ihr. Janine konnte jeden Muskel, jedes Härchen und auch seinen Schwanz in voller Pracht erkennen, denn er hatte eine Morgenlatte.

»Soll ich mich vielleicht noch vorher darum kümmern?«

Er blickte an sich herunter, überlegte einen Moment, schüttelte dann aber den Kopf. »Ich habe es wirklich eilig.« Und schon war er in seine Sachen geschlüpft.

»Wir sehen uns später, dann holen wir es nach, ja?« Er küsste sie sanft auf die Stirn. »Es gibt ohnehin einiges zu besprechen.«

»O nein, ich ahne es schon. Du bereust, dass das zwischen uns … aus den Fugen geraten ist.«

Er lachte. »Nein, überhaupt nicht. Ganz im Gegenteil. Hab einen schönen Tag, meine Kleine.« Er hauchte ihr einen Luftkuss zu, dann war er auch schon verschwunden, und Janine blieb auf Wolke sieben zurück.

Kaum hatte Krischan das Zimmer verlassen, kam Sina herein. Janine entschuldigte sich sofort vielmals dafür, dass Krischan ihre Betthälfte belegt hatte, aber Sina störte das nicht im mindesten.

»Ich habe gar nicht im Schloss geschlafen«, gestand sie und strahlte übers ganze Gesicht.

»Nicht? Dein neuer Verehrer scheint dir ja gut zu bekommen.«

Sina lachte. »Ich breche die Therapie ab«, verkündete sie. Und schon bückte sie sich und zog ihren Koffer unter dem Bett hervor, um ihre Sachen zu packen.

»Was?«, entfuhr es Janine. Sie konnte das nicht glauben.

»Ich habe die Therapie nicht mehr nötig.«

»Und wie kommt das so plötzlich?«

»Ich habe mich mit Bruno versöhnt.«

Janine blieb der Mund offen stehen. Aber sie brauchte auch gar nicht weiter nachzufragen, denn Sina sprudelte alles heraus.

»Jonas hat mich gestern versetzt. Ich war so unglücklich. Und weißt du, wer mich ausgerechnet in dem Moment auf meinem Handy angerufen hat?«

»Bruno?«

»Exakt. Als hätte er gespürt, dass ich traurig bin. Und er war es auch. Er sagte mir, wie sehr er mich vermisst und dass er mich nicht verlieren will.«

»Und dann habt ihr euch getroffen?«

»Genau. Wir sind in die Bar gegangen, in der wir uns damals kennengelernt haben. Du, wir hatten schon lange kein solch intensives Gespräch mehr. Es war toll. Und danach … tja …«

»Was war danach?«

»Sind wir noch zu uns gegangen und haben so einiges nach-geholt.«

Janine verstand. Das erklärte natürlich dieses Strahlen in Si-nas Gesicht. Sie freute sich sehr für ihre Freundin und schloss sie überschwänglich in die Arme.

»Auch wenn ich es schade finde, dass du die Therapie ab-brichst. Ich wünsche dir alles Gute.«

»Das klingt ja nach Abschied für immer. Wir sehen uns wie-der. Schließlich sind wir jetzt Freundinnen.«

Janine war froh, das zu hören. Die verrückte Sina war ihr in der kurzen Zeit tatsächlich ans Herz gewachsen.

»Ich fürchte, ich muss los. Zum Kurs von Frau Aden.«

»Na klar, lass dich von mir nicht aufhalten. Melde dich ein-fach bei mir, wenn du mit der Therapie fertig bist, ja?«

»Natürlich. Das mache ich, versprochen.«

⁓

Im Entspannungsraum herrschte eine merkwürdige Stim-mung. Immer wieder warf Gloria Aden Janine kalte, fast schon hasserfüllte Blicke zu, denen Janine nicht lange standhalten konnte. Sie fühlte sich zusehends unwohler in ihrer Haut. Un-erwünscht.

Wie es in diesem speziellen Kurs üblich war, gaben sich die Teilnehmer ganz ihren Gelüsten hin. Dass irgendeiner von ih-nen jemals zu Hemmungen geneigt hatte, war jetzt nicht mehr ersichtlich. Die Männer und Frauen ließen sich fallen, entle-digten sich ihrer Kleidung und liebten sich unter lautem Stöh-nen. Manche von ihnen hatten sogar ihre Partner getauscht.

Janine war die Einzige, die keinen Spielgefährten fand, weil

Sina nicht mehr da war. Und so war sie heilfroh, als sie nach zwei Stunden den Raum endlich verlassen konnte. In der Umkleidekabine ertönte ihr SMS-Klingelton, und Janine schnappte sich sogleich ihr Handy, in der Hoffnung, die Nachricht stamme von Krischan. Doch es war Lena, die ihr gesimst hatte.

Natürlich war ihre Freundin neugierig, wie es ihr in der Lustschule erging, und wollte sie gern treffen. Da heute nichts weiter auf ihrem Stundenplan stand, willigte Janine in ein Treffen ein.

Zwei Stunden später trafen sich die beiden Frauen vor dem kleinen Berliner Straßencafé Freddo, das um diese Uhrzeit gut besucht war. Viele machten hier ihre Mittagspause. Sie bekamen gerade noch einen begehrten Platz unter dem Sonnenschirm.

»Jetzt erzähl schon! Wie geht es dir? Wie läuft deine Therapie? Spann mich doch nicht so auf die Folter, Janine.«

Lena, die schon wieder eine neue Haarfarbe hatte, diesmal Kaschmirrot, das ihr wunderbar stand, bestellte sich einen Espresso und setzte ihre Sonnenbrille ab.

»Es läuft gut«, antwortete Janine. Von der Sache mit Gloria mal abgesehen. »War eine gute Idee von dir, mich dorthin zu schicken. Aber wie ich gemerkt habe, bin ich ja gar nicht die Einzige, der du die Lustschule schmackhaft gemacht hast. Ich wäre nicht überrascht, wenn du dafür eine Provision erhältst.«

Lena lachte. »Freut mich, dass du schon Bekanntschaft mit Sina gemacht hast. Sie ist eine Nette.«

Janine nickte. Das war Sina in der Tat.

»Ihr Bruno ist auch kein schlechter Kerl, musst du wissen«, sagte Lena, als ahnte sie, dass Bruno Thema zwischen den beiden gewesen war.

»Ah ja, Bruno. Der hat sich mit Sina versöhnt.«

»Ist nicht wahr!« Lena schien plötzlich ganz aus dem Häuschen.

»Doch, doch. Und Sina hat deshalb alles hingeschmissen und ist zu ihm zurückgekehrt.«

»Sie ist und bleibt eine treue Seele.«

»Hoffen wir nur, dass dieser Bruno sie nicht noch mal enttäuscht.«

»Glaub ich nicht.«

»Was macht dich denn so sicher?«

»Ich habe mit ihm telefoniert. Vor zwei Tagen.«

»Also einen Tag, bevor sich die beiden versöhnt haben? Da steckst du doch dahinter.«

»Nur peripher. Er hat mich angerufen, weil er von der Polizei verhört wurde. Genaueres hat er mir gar nicht gesagt. Es ging wohl um Sina und dass sie belästigt würde.«

»Ah, verstehe, ich weiß schon, worum es geht.« Sie war sich nach wie vor nicht sicher, ob nicht doch eher sie das Ziel dieses Spanners war. Wenn es denn überhaupt einen gab und es sich nicht um merkwürdige Zufälle handelte.

»Jedenfalls hat er angedeutet, dass er sich schreckliche Sorgen um Sina macht und sie vermisst. Da habe ich zu ihm gesagt, Bruno, du musst was unternehmen! Und das hat er dann wohl auch getan.« Lena grinste zufrieden.

Der attraktive Kellner, mit dem Lena sogleich flirtete, brachte ihre Bestellungen und erwiderte Lenas charmante Offensive mit einem ebenso charmanten Lächeln.

»Aber hören wir auf, von Bruno zu reden. Sina muss mir später selbst alles über ihre Versöhnung erzählen. Jetzt will ich wissen, wie es dir geht. Machst du Fortschritte?«

»O ja. Und das in jeder Hinsicht. Ich habe mich lange nicht

mehr so frei gefühlt. Du wirst es nicht glauben, ich habe sogar wieder … Gefühle.«

Lena schlug begeistert die Hände zusammen, denn sie verstand sofort, was Janine damit meinte. »Ich wusste es doch! Diese Schule ist einfach klasse.«

»Und das Personal erst.« Janine kicherte.

»Freut mich, dass es dir so gut geht. Du siehst auch gut aus. Blendend. Das strahlt auf deine Umgebung ab.«

»Meinst du?«

»Aber ja. Dieser Kerl da drüben schaut ohne Unterlass zu dir herüber. Ich wette, wenn ich nicht hier wäre, dann hätte er sich längst zu dir gesetzt und dich auf einen Kaffee eingeladen.«

Janine drehte sich erstaunt um, aber sie konnte niemanden sehen. Der Tisch hinter ihr war leer.

»Wen meinst du denn?«

Lena hob den Kopf, blickte sich ihrerseits um und deutete dann zur Straße. »Den da. Der hat es aber ganz schön eilig. Wahrscheinlich ist es ihm unangenehm, dass wir ihn bemerkt haben.«

Janine entdeckte den Mann, den Lena meinte und der sich gerade in ein Taxi schob.

Ihr Herz setzte vor Schreck für einige Takte aus, denn es war nicht irgendein Kerl. Es war derselbe Mann, der sie gestern Abend beim Sex mit Krischan fotografiert hatte. Die schulterlangen Haare, die sehr hell waren – das konnte doch kein Zufall sein.

Janine sprang aus einem Impuls heraus auf und rannte ein Stück weit die Straße herunter, aber das Taxi war schon außer Sicht.

»Was ist denn los?«, rief Lena und eilte ihr nach.

»Ich … ich weiß nicht«, sagte Janine aufgelöst. Litt sie zu

allem Überfluss auch noch unter Verfolgungswahn? Auch wenn diese spezielle Haarfarbe selten war, besonders bei Männern, musste es dennoch nicht unbedingt derselbe Mann wie gestern Nacht gewesen sein.

Lena führte sie zu ihrem Tisch zurück, während der Kellner ihnen einen besorgten Blick zuwarf, doch es war nicht eindeutig, ob er sich um Janines Wohlergehen sorgte oder ob er fürchtete, die beiden Frauen hatten die Zeche prellen wollen.

»Was hat der Kerl gemacht? Hat er mich beobachtet?«

Lena nahm einfach das Glas Wasser vom Nebentisch und reichte es Janine. Den Protest der eigentlichen Besitzerin ignorierte sie geflissentlich, aber Janine lehnte ohnehin ab. Sie wollte jetzt nichts trinken.

»Du bist ja völlig durcheinander. Was ist denn nur mit dir los?«

»Beantworte bitte meine Frage. Hat er sich auffällig verhalten?«

»Nein. Er hat einfach nur seinen Kaffee getrunken und immer mal wieder zu uns geschaut.«

Janine seufzte gequält und fuhr sich mit zitternden Händen durch die Haare. Das alles brachte sie nicht weiter.

»Ich habe das Gefühl, beobachtet zu werden«, gestand sie schließlich, und es kam ihr albern und irrational vor.

»Was?«

»Schon seit Tagen. Die Polizei war nicht ohne Grund bei Bruno.«

Sie warf nochmals einen Blick zur Straße, wo schon wieder ein Taxi stand. Auch das brachte sie aus der Fassung, verunsicherte sie. Dabei gab es doch Hunderte Taxis in Berlin.

Ein Mann im Anzug eilte in Begleitung einer jungen Frau auf das Taxi zu. Sie hätte seine Tochter sein können. Der Anblick der beiden wühlte sie auf unerklärliche Weise auf. Und sie spürte, wie ihr die Kehle eng wurde.

»Ist dir nicht gut? Du bist plötzlich ganz blass«, stellte Lena fest, doch Janine hörte die Stimme ihrer Freundin nur wie aus der Ferne.

Ihr Blick blieb auf dem ungleichen Paar haften. Der Mann hielt seiner Begleitung die Tür auf. Sie stieg ein, lachte. Dann lief er um den Wagen herum, stieg auf der anderen Seite ein, und das Taxi fuhr los.

Doch die helle Farbe des Wagens verschwamm vor ihren Augen, und plötzlich sah Janine etwas anderes vor sich. Etwas, was nicht wirklich da war. Das Innenleben eines Taxis. Doch es war kein deutsches, sondern ein englisches Modell. Der Fahrer saß auf der rechten Seite. Nein, es war gar kein Taxi. Es war eine Limousine.

Eine schwere Hand legte sich auf ihr nacktes Knie, sie wagte es nicht, zu dem Mann aufzublicken, dem diese Hand gehörte.

»Das wird ein aufregender Abend«, sagte er. Die Stimme klang verzerrt und verfremdet. Wie in einem Traum.

»Janine?«, rief Lena und rüttelte an ihrem Arm. Das half, Janine kehrte wieder ins Hier und Jetzt zurück.

»Sag doch etwas.«

Janine war völlig durcheinander. Was war nur mit ihr los?

»Alles … in Ordnung … ich … mach mich kurz mal frisch.« Sie sprang auf und eilte ins Café. Und um ein Haar wäre sie mit dem attraktiven Kellner zusammengestoßen. Sie konnte ihm jedoch noch im letzten Moment ausweichen.

In der Toilette schloss sie sich schnell ein. Sie hielt ihre Handgelenke unter das kalte Wasser und wischte sich dann mit einem Tuch die feuchtnasse Stirn ab. Ihre Hände zitterten noch immer. Janine schloss die Augen, versuchte, sich für einen Moment zu entspannen, sich ganz auf sich selbst zu konzentrieren. Sie atmete tief durch und spürte ganz bewusst ihren eigenen Herzschlag, der ruhig und gleichmäßig war. Doch als sie die Augen wieder öffnete, blickte sie nicht in den Spiegel über dem Handwaschbecken, sondern in den Rückspiegel der englischen Limousine, wo sie ein Paar leuchtend grüner Augen sah.

Es waren ihre eigenen Augen.

Und zum ersten Mal, seit sie in diesem Alptraum gelandet war, glaubte sie, klar zu sehen. Sie schaute an sich herunter, sah die offenherzige Kleidung, die billig wirkte. Sie sah die grelle Schminke, die knallroten Lippen, die feuerroten Fingernägel. Paona. Sie hörte ihr eigenes Lachen, spürte die feuchten Küsse ihres Begleiters an ihrem Hals, der sich sogleich auf sie legte. Sie hoffte, in Krischans Gesicht zu blicken, stattdessen sah sie in die Augen eines anderen Mannes. Eines Mannes, der Geld und Macht hatte. Der attraktiv war und sie verführte. Dessen Anziehung sie erlag.

O mein Gott!, schoss es Janine durch den Kopf, während sie diese Erinnerung so intensiv erlebte, als fände das alles in diesem Moment statt.

Sie war Paona! Aber wer war er, wenn nicht Krischan? Benommen taumelte sie wieder nach draußen zu den Tischen zurück. Sie hatte das Gefühl, einer wichtigen Sache auf der Spur zu sein. Einer Spur, die direkt in ihre Vergangenheit führte.

»Hey! Ich bin hier«, rief Lena ihr von ihrem Tisch aus zu, aber Janine ignorierte ihre Freundin, denn sie hatte etwas anderes entdeckt.

Ein Herr mittleren Alters saß an einem Tisch nahe der Straße, trank Kaffee und blätterte in seiner Zeitung. Die Titelseite zog Janine auf geradezu magische Weise an. Es fühlte sich an, als erwachte Janine in diesem Moment aus einer wochenlangen Trance.

»Das ist er!«, rief sie plötzlich, und alle Blicke richteten sich auf sie. Doch das war ihr egal. Sie stürzte auf den Mann zu und entriss ihm die Zeitung.

»Hey, was soll denn das? Sind Sie noch bei Trost?«

Auch die Beschimpfungen kümmerten Janine nicht. Sie breitete die Zeitung auf ihrem Tisch aus.

»Entschuldigen Sie bitte«, rief Lena dem Mann zu, aber der fluchte nur noch weiter. Janine bekam das nur am Rande mit.

»Das ist er«, sagte Janine mit zitternder Stimme und zeigte auf das Foto eines Mannes auf der Titelseite.

Lena runzelte die Stirn. »James Lee Addison? Der englische Politiker? Was ist mit dem?«

Sein Name sagte ihr nichts, auch die Tatsache, dass er offenbar in der Politik zugange war, war ihr neu. Sie wusste nur, dass sie irgendwann einmal mit diesem Mann in der Luxuslimousine in London gesessen hatte. Ihr Kopf glühte. Das Hämmern in ihrem Schädel verstärkte sich. Schweiß perlte von ihrer Stirn. Alles in ihr arbeitete, die Erinnerungen drängten mit aller Macht an die Oberfläche: Ihre Beziehung zu Addison, der ein attraktiver Mann war, hatte sich vertieft. Die Spiele waren immer weiter gegangen. Er hatte ihre Füße geküsst. Sie in den Club der Aphrodite mitgenommen. Sie dachte an den Ring. Denselben Ring, den auch Krischan trug. Weshalb trugen beide Männer denselben Ring? Was hatte das nur zu bedeuten?.

»Ich war ... seine Affäre.«

»Das muss ein Irrtum sein. Wirklich, Janine. Da wüsste ich doch etwas davon. Ich bin schließlich deine beste Freundin.«

War Lena das wirklich? Es stimmte, was sie sagte. Eigentlich hätte sie etwas derart Elementares über ihre angeblich beste Freundin wissen müssen. Janine konnte unmöglich so ein Geheimnis vor ihr gehütet haben. Oder waren sie am Ende gar keine so guten Freundinnen, wie Lena stets behauptete? Wer sagte ihr, dass sie Lena tatsächlich so lange kannte, wie diese immer behauptete?

Sie verwarf den Gedanken gleich wieder. Lena war eine der wenigen Konstanten in ihrem Leben. Und eine der wenigen Personen, denen Janine vollends vertraute. Sie brauchte diesen Halt. Sie wollte nicht daran rütteln. Auch wenn es womöglich ein Fehler war.

Janine setzte sich wieder, während Lena dem immer noch aufgebrachten Mann seine Zeitung zurückbrachte.

Nicht Krischan war Paonas Sklave, sondern James Lee Addison. Er war der Mann, von dem sie die ganze Zeit über geträumt hatte. Der Mann, den ein Teil von ihr immer noch begehrte. Doch es waren nicht bloß Träume gewesen, sie hatte Szenen aus ihrer Vergangenheit gesehen. Diese Szenen waren real. Und sie waren heiß gewesen. Hatte die alte Janine Addison geliebt? Ihr Herz schmerzte bei dem Gedanken, denn heute liebte sie nur Krischan.

»Du stehst wirklich ganz schön neben dir«, sagte Lena besorgt. »Sollen wir vielleicht ins Krankenhaus fahren?«

»Was? Nein! Ich bin nicht krank.«

»Aber dir geht es nicht gut. Das sehe ich dir doch an. Du zitterst am ganzen Körper, bist blass und aufgelöst. Und dann noch diese komischen Wahnideen. Nimmst du noch deine Tabletten?«

»Nein …«

»Das erklärt einiges.«

»Ich bin doch nicht verrückt!« Ganz im Gegenteil. Sie hatte

nie so klargesehen wie in diesem Augenblick. Sie hatte eine Affäre mit Addison gehabt, auch wenn sie sich nicht erklären konnte, wie sie überhaupt einen solch hochrangigen ausländischen Politiker kennengelernt haben sollte. Vielleicht über ihre Tätigkeit als Autorin?

James Lee Addison hatte sie geküsst. Himmel, sie spürte ja seine sinnlichen Lippen selbst jetzt noch an ihrem Hals. So etwas konnte man sich nicht einbilden.

Ja, sie war ihm verfallen gewesen.

»Nur mal angenommen, du hast tatsächlich recht«, fing Lena behutsam an und hielt erneut ihre Hand.

»Sagen wir, du wärst mit Addison liiert gewesen, und ich hätte, aus welchen Gründen auch immer, nichts davon erfahren. Meinst du nicht, er hätte nach deinem Unfall zumindest einmal nach dir gefragt? Sich erkundigt, wie es dir geht?«

»Nicht, wenn er es gar nicht wissen konnte.«

Lena seufzte. In dem Moment blickte Janine sich um und traute ihren Augen nicht. Der Hellblonde ging auf einen Tisch zu, als wäre nichts geschehen, als wäre er nur aus Zufall hier. Aber das war kein Zufall. Das wusste Janine. Nichts geschah hier ohne Grund! Und es war nicht abzusehen, wer Freund und wer Feind war. Wer gegen sie arbeitete, wer sie verrückt machen wollte!

Aber bei diesem hellblonden Schönling gab es keinen Zweifel. Er war in das Taxi gestiegen, hatte sich aber nur eine Straße weiter fahren lassen, war dann wieder ausgestiegen, um sie erneut zu verängstigen. Er wollte sie mit diesem Psychoterror wahnsinnig machen. Aber Janine hatte genug von all dem. Sie wollte nicht länger das Lämmchen sein, das vom Wolf eingekreist wurde.

Wutentbrannt ging sie auf ihn los. »Was wollen Sie von

mir?«, fuhr sie den Fremden an, der erschrocken zurückwich und beschwichtigend die Hände hob.

Sollten es alle hören. Hier in der Öffentlichkeit konnte er ihr nichts tun, sie aber konnte ihn bloßstellen.

»Ich kenne Sie doch gar nicht«, sagte der blonde Schönling hilflos.

Schon standen Lena und der Kellner neben ihr.

»Bitte beruhigen Sie sich«, redete der Kellner auf sie ein, während Lena sie von dem Kerl wegzog.

»Lass mich los! Das ist er! Der Typ, der mich verfolgt.«

»Nein, ist er nicht. Der Mann von vorhin sah ganz anders aus«, sagte Lena mit Nachdruck.

»Was?«

»Du hast mich schon verstanden. Du jagst einem Phantom hinterher. Ich mache mir allmählich Sorgen, Janine. Ich bringe dich zur Notaufnahme, bevor du mir noch einen Nervenzusammenbruch bekommst.«

Janine sah sich noch einmal nach dem jungen Mann um. Sie war sich ganz sicher, dass er der Mann von letzter Nacht war. Konnten ihre Augen sie derart täuschen? Es war dasselbe helle Blond.

Lena verlangte die Rechnung und bat den Kellner, ihnen ein Taxi zu rufen.

»Ich will aber nicht ins Krankenhaus«, protestierte Janine. Am Ende hielten die Ärzte sie ebenfalls für verrückt! Dann hätte ihr Verfolger sein Ziel erreicht. Nur weshalb wollte er sie in den Wahnsinn treiben? Was hatte sie ihm getan?

»Keine Widerrede«, bestimmte Lena einfach über Janines Kopf hinweg.

Janine riss sich von ihrer Freundin los, und erneut richteten sich alle Blicke auf sie. Janine sah Entsetzen in den Augen der

Leute um sich herum. Da wurde ihr klar, dass sie sich tatsächlich blamabel aufführte.

»Janine, bitte«, flehte Lena und nahm ihre Hand. »Im Krankenhaus kann man dir helfen, da bin ich sicher.«

Janine schloss die Augen, versuchte, sich zu konzentrieren, aber in ihrem Kopf herrschte Chaos. So kannte sie sich nicht. Sie war doch eigentlich besonnen, handelte überlegt. Diese Person, in der sie gerade steckte, war nicht sie. Es war eine ängstliche Person, die mit den Nerven am Ende war. Die tatsächlich Hilfe brauchte.

Janine nickte schließlich und entschied, sich zu fügen.

⌒

»Wie kommst du voran?« Gloria Aden lehnte sich an Tannerts Schreibtisch und schaute dabei auf seine Unterlagen. Krischan hatte gerade einige neue Teilnehmer für die Kurse im Herbst gewinnen können. Darunter auch ein vielversprechendes Pärchen, mit denen sie gewiss einigen Spaß haben würden. Sie waren allein in seinem Sprechzimmer, aber die Stimmung war merkwürdig. Fremd.

»Wovon sprichst du?«, fragte er irritiert.

»Als wenn du das nicht wüsstest. Ich spreche natürlich von der Erziehung deines kleinen Liebchens.«

Er mochte es nicht, wenn Gloria in solch spöttischem Tonfall über Janine sprach. Er fragte sich in letzter Zeit immer öfter, ob es nicht das Schicksal war, das sie beide durch diese eigenartigen Umstände wieder zusammengeführt hatte. Und er verspürte nicht mehr nur Hass auf sie, sondern auch etwas anderes. Etwas, das Wärme in seiner Brust auslöste, so wie damals.

»Es geht gut voran«, antwortete er unverfänglich. Janine

hatte ihn überrascht. Sie hatte alle Spiele mitgemacht, alles ertragen, was er ihr aufgebürdet hatte, und es schien ihr sogar gefallen zu haben, sich von ihm führen zu lassen. Und letztlich war er doch von seinem Plan abgekommen. Rache war nicht alles. Rache konnte vergiften.

Gloria setzte sich auf seinen Schreibtisch und zog ihren ohnehin schon kurzen Rock noch etwas höher, so dass er einen Blick auf ihre wohlgerundeten, herrlich gebräunten Oberschenkel werfen konnte.

Krischan wusste, was sie vorhatte. Doch ihm stand nicht der Sinn nach einem Spiel mit der strengen Gloria. Früher wäre das sehr reizvoll für ihn gewesen, aber im Augenblick schwirrte nur Janine durch seinen Kopf. Es war wie verhext. Er hatte schon den ganzen Tag nur an sie gedacht, vermisste sie mehr denn je.

Gloria wippte anzüglich mit ihrem Bein. »Ich habe jetzt Pause, und du auch, wenn ich mich nicht irre.«

In der Tat, die hatte er. »Ich bin nicht in Stimmung«, sagte er, aber Gloria wollte das nicht akzeptieren. Im Gegenteil, sie wurde sogar richtig wütend.

»Gib es schon zu, du hast einen Narren an der Kleinen gefressen. Sie ist dir nicht verhasst, nicht einmal gleichgültig. Du willst sie.«

»Ich bin dir keine Rechenschaft schuldig«, entgegnete er. Schließlich waren Gloria und er kein Paar. Sie hatten zwar hin und wieder eine kleine Affäre gehabt, aber ihnen beiden war immer klar gewesen, dass lediglich Sex sie miteinander verband.

Bei Janine war das anders. Sie hatten eine gemeinsame Vergangenheit, auch wenn sich Janine daran nicht erinnern konnte. Bisher hatte er das für sich ausgenutzt, ihre Schwachstellen für sich arbeiten lassen, um seine Rache zu bekommen. Aber nun fühlte sich das alles falsch an.

Er wollte ihr helfen, sie beschützen, sie in seinen Armen halten. Weil er sie liebte und begehrte. Er sorgte sich um sie. Die Ereignisse rund um den Spanner ließen ihn nicht kalt. Im Gegenteil. Er hielt sich nur deshalb zurück, um Janine nicht noch mehr zu beunruhigen. Zugleich wollte er so viel Zeit wie nur möglich mit ihr verbringen, um sie zu beschützen.

»Ich kann es einfach nicht glauben. Du führst dich wie ein Narr auf. Nach allem, was sie dir angetan hat, begehrst du sie noch immer? Hast du jene Nacht schon vergessen?«

»Das ist nicht mehr von Bedeutung.«

»Ist es das nicht? Dieser Abend, an dem du früher als erwartet nach Hause gekommen bist, um Janine zu überraschen?«

»Gloria, hör auf«, warnte er sie.

Sie wollte die alten Wunden absichtlich wieder aufreißen. Und das durfte er nicht zulassen.

»Der Moment, in dem du eure Wohnung betreten hast und dich eine merkwürdige Stille empfing. Als du durch den Flur gegangen bist und nur deine eigenen Schritte gehört hast. In Gedanken versunken hast du den Sekt auf dem Telefontisch abgestellt, bist dann weitergegangen, in Richtung eures Schlafzimmers.«

»Gloria … ich warne dich.«

»Und da war plötzlich dieses Lachen. Das Lachen einer Frau. Glockenhell. Aber es war anders, als du es gewohnt warst. Es klang aufgeregt, erregt. Du hast nichts Böses geahnt an jenem Abend. Weißt du es noch? Du hast es mir so oft erzählt. Jämmerlich.«

Sie machte ihn unsagbar wütend, und es kostete ihn einiges an Kraft, sich jetzt noch zurückzuhalten. Auf Konfrontation hatte er es nicht abgesehen. Aber Gloria hörte nicht auf, ihn zu provozieren.

»Die Tür ging auf, und da lag sie.« In den Armen seines besten Freundes. Krischan hatte damals geglaubt, auf der Stelle zu sterben.

Er atmete tief durch. Ja, er spürte diesen Schmerz noch heute. Er war vernichtend. Der Anblick hatte ihn bis in seine Träume verfolgt. Warum nur hatte sie ihm das angetan? Und warum hatte sein Freund mitgemacht? So viele Fragen und keine Antworten.

Gloria lächelte zufrieden, aber sie würde ihr Ziel nicht erreichen. Sie konnte ihn nicht gegen Janine aufwiegeln.

Ja, es hatte ihm damals das Herz gebrochen. Ja, er hatte Janine für ihren Betrug gehasst, dafür, dass sie nach ihrer Trennung mit seinem besten Freund zusammengekommen war und ihn einfach vergessen, aus ihrem Leben gestrichen hatte. Und er hatte sie für ihre Feigheit gehasst, weil sie eine Affäre begonnen hatte, noch bevor an eine Trennung überhaupt zu denken gewesen war.

Aber das alles war lange her. Ja, die Sache hatte immer zwischen ihnen gestanden, war nie wirklich aufgearbeitet worden. Aber das, so empfand er es nun, war nicht mehr wichtig. Janine war eine andere geworden, und auch er hatte sich verändert. Er liebte die neue Janine, wohlwissend, dass die alte noch immer in ihr steckte. Dennoch, er wollte ihnen beiden noch einmal eine Chance geben. Er hatte verziehen.

»Es ändert nichts«, sagte er, und das war bestimmt nicht die Antwort, die sich Gloria Aden erhofft hatte.

»Mach doch, was du willst«, fauchte sie ihn an und sprang auf, straffte die Schultern und verließ erhobenen Hauptes sein Büro.

Es störte ihn nicht, dass Gloria nun sauer auf ihn war. Sie war ihm nicht wichtig, im Grunde nie wichtig gewesen. Er sehnte sich nach Janines Rückkehr. Und er fasste den Entschluss, ihr endlich zu sagen, warum er ihr so vertraut vorkam, warum sie glaubte, schon einmal in seinem Wagen gesessen zu haben, was sie tatsächlich miteinander verband. Und er wollte ihr sagen, was es mit dem Ring der Aphrodite auf sich hatte.

Zum ersten Mal, seit sie sich wiederbegegnet waren, fürchtete er, sie würde ihn zurückweisen, wenn sie die Wahrheit erfuhr. Doch weil er es ernst mit ihr meinte, hatte er keine andere Wahl. Er musste diesen Schritt tun.

Krischan versuchte, sich auf seine Arbeit zu konzentrieren, die Pause einfach zu überspringen, sich von den Gedanken an Janine abzulenken, doch das war leichter gesagt als getan.

Seine Hormone gerieten gänzlich durcheinander, wenn er nur an sie dachte.

In dem Moment klingelte sein Handy.

»Dr. Tannert«, meldete er sich.

»Guten Tag. Ich rufe Sie im Auftrag von Janine Keller an«, erklärte eine fremde Frauenstimme. »Es geht ihr leider nicht gut. Ich habe sie ins Krankenhaus bringen müssen.«

»Was?«, entfuhr es ihm. »Welches Krankenhaus? Wo ist sie?« Sein Herz begann sofort, schneller zu schlagen. Die Frau, die sich als Lena Gruber vorstellte, nannte ihm das Krankenhaus.

Nachdem er aufgelegt hatte, rannte er aus der Praxis in den Innenhof, wo sein Sportwagen stand. Er musste zu Janine. So schnell wie möglich.

Was ist mit mir passiert?, fragte Janine, aber ihre Stimme erklang lediglich in ihrem Kopf. Sie war nicht fähig zu sprechen, nicht einmal, sich zu bewegen. Schlaftrunken starrte sie zur Decke, sah die rauen Strukturen, die sterile Farbe der Deckenplatten. Sie war in ihrem Körper gefangen.

Wo war sie?

Sie erinnerte sich dunkel, dass Lena sie ins Krankenhaus gebracht hatte, aber ab da waren ihre Erinnerungen verzerrt. Ein Arzt hatte ihr etwas gespritzt. War es Dr. Meierson gewesen? Er hatte wie eine riesige Heuschrecke ausgesehen. Eine verzerrte, groteske Gestalt. »Keine Angst, das Mittel wird Sie beruhigen.«

Man hatte sie auf ihre Liege geschnallt und irgendwohin gefahren. War sie noch im Krankenhaus? Ihr fielen immer wieder die Augen zu, und ihre Beine fühlten sich merkwürdig leicht an. Ebenso ihr Körper. Sie hatte fast das Gefühl zu schweben, zu gleiten. Es war angenehm, wäre da nicht zugleich diese bleierne Müdigkeit. Man hat mich betäubt, schoss es ihr durch den Kopf. Ein Gefühl, als wäre sie in Trance. Unfähig zu erwachen. Aber warum? Welchen Sinn hatte es, sie zu betäuben? Ihr stand keine Operation bevor, sie brauchte keine Narkose.

Plötzlich hörte sie etwas in der Ferne. Es klang verzerrt. Stimmen. Ein Flüstern, ein Hauchen. Sie hörte Menschen atmen und lachen.

Janine richtete sich mühselig auf, befreite sich von den Bändern, mit denen sie lose ans Bett gefesselt worden war, damit sie nicht herausfiel. Es brauchte einen Moment, ehe sich ihr Kreislauf an ihre aufrechte Position gewöhnt hatte. Und dann schaute sie sich um. Der Raum hatte sich verändert. Sie sah Bewegungen. Schatten, die Menschen gehörten. Sie folgte ihnen ins Licht, gelangte in einen großen Saal. Alle waren nackt. Sie trugen lediglich Masken, die ihre Gesichter in Anonymität hüllten. Ihre Hände gingen zu ihrem Gesicht, tasteten zitternd ihre eigene Maske ab, die mit Federn geschmückt war.

»Paona. Komm mit mir«, drang eine vertraute Stimme an ihr Ohr.

Sie drehte sich um, sah seine große Gestalt. Eine rote Augenmaske verbarg sein Gesicht. Er reichte ihr die Hand, sie ergriff sie. Da hakte er eine Leine in das Band, das um ihren Hals lag. Paona … Janine, wie auch immer sie hieß, erschrak. Das war nicht richtig. Sie war die Herrin, er der Sklave, nicht umgekehrt. Doch an ihre Rollenverteilung wollte sich ihr Begleiter nicht mehr halten. Er tauschte die Rollen, weil es ihm so beliebte. Alles geschah so, wie er es wollte. Sie war nun die Ergebene. Musste ihm folgen. Ihre Scham glühte, war feucht. Sie blickte um sich, hoffte darauf, bekannte Gesichter zu sehen, aber die Masken verhinderten jeden intimeren Blick. Und doch hatte sie das Gefühl, sehr genau zu wissen, wer sich dahinter verbarg. Nur fielen ihr die Namen nicht ein.

Er führte sie in einen abgelegenen Raum, der klein und schmal war, in dem sich nur sie beide befanden.

»Knie nieder!«, verlangte Addison, und sie tat es, einfach so. Weil sie es wollte und es sie erregte. Die Gefahr war greifbar. Aber genau das gab ihr einen Kick. Sein Schwanz richtete sich vor ihrem Mund auf, stieß fordernd gegen ihre Lippen. »Mach ihn auf!«, sagte er, und Janine gehorchte. Sie spürte, wie er gierig in sie glitt, sich tief in sie schob, ihren Mund vollständig ausfüllte.

Ein süßer stechender Schmerz durchfuhr ihren nackten Rücken. Und als sie aufsah, bemerkte sie eine Gerte in seiner Hand.

»Gib dir Mühe, meine Süße«, bat er süffisant. Janine fürchtete den Schmerz nicht. Sie genoss ihn, denn er wandelte sich in einen lustvollen Schmerz, der willkommen war. Der sie beben ließ.

Plötzlich gingen die Lichter um sie herum an. Es war, als würden unzählige Sonnenstrahlen in den dunklen Raum fluten. Erst wenige Augenblicke später bekam sie mit, dass es Fenster waren, die sich geöffnet hatten. Und hinter den Glasscheiben entdeckte sie die Gäste dieser obskuren Party. Sie waren alle nackt und lüstern. Beobachteten das verruchte Spiel.

»Du hast mich verraten«, sagte Addison streng. »Und dies ist deine Strafe. Sie alle werden daran teilhaben. Sie sind dein Publikum. Genieß es also.«

Janine zitterte. All diese Menschen sahen ihr jetzt zu. Das war aufregend. Sinnlich. Erregend. Aber wann hatte sie ihn verraten? Wovon sprach er?

»Sag mir, wo du das Skript versteckt hast.«

Kurz gab sie seinen Schwanz frei. »Welches Skript?«

Janine blickte zu den Menschen hinter den Scheiben. Sie trugen keine Masken mehr. Es verwirrte sie, rasch befühlte sie ihr Gesicht. Auch ihre Maske war verschwunden. Paona war fort, jetzt war sie nur noch Janine.

Warum hatten die Männer und Frauen beschlossen, sich ihr zu offenbaren?

Unter all die fremden Gesichter mischten sich wenige vertraute. Ein paar Prominente. Ein Mann mit Stirnglatze, der an seinem Schwanz rieb. Sowohl sein bestes Stück als auch er selbst wirkten auf skurrile Weise dürr. Ausgemergelt.

Doktor Meierson, schoss es ihr durch den Kopf. Ihr behandelnder Arzt!

Die Gestalten drängten sich enger an die Scheibe, damit ihnen keins der pikanten Details entging. Sie sah die Lust in den Augen all jener, die sie beobachteten, während sie ihren Meister mit der Zunge befriedigte.

Da hörte sie ein Klopfen an einer der Scheiben in ihrer Nähe, und als sie sich umwandte, sah sie Krischan unter den Zuschauern, nur durch dünnes Glas von ihr getrennt. Es war ihr unangenehm, dass er sie beim Sex mit Addison sah, doch das schien ihn nicht zu interessieren. Er wirkte besorgt, nervös. Mit einem Winken deutete er ihr an, schnell zu verschwinden. Aber da fiel ihr Blick auf ein weiteres Gesicht in der Menge der Schaulustigen. Es gehörte dem Hellblonden. Ihrem Schatten, der sie bis in ihr jetziges Leben verfolgte. Ihr Gespür sagte ihr, er hatte die Kamera in ihrem Badezimmer montiert und sie vom Balkon aus beobachtet. Jetzt war sein Blick voller Hass. Ihr schauderte. Wer war dieser Mann mit den hellen Haaren? Und was wollte er von ihr?

Janine schreckte aus dem furchtbaren Traum auf. Ihr Kissen war schweißnass. Eine Flut von Bildern stürzte auf sie ein. Erinnerungen, ausgelöst durch ihren Traum. Plötzlich saß sie in ihrem Wagen, wollte nach Hause fahren, als ein anderes Auto in halsbrecherischer Geschwindigkeit auf sie zugerast kam. Zusammenprall! Es ging zu schnell, um es zu verarbeiten, doch sie erkannte den hellen Schopf durch die zersplitterte Windschutzscheibe, das bösartige Grinsen und irre Leuchten in den blauen Augen des anderen Fahrers.

Es war kein Unfall gewesen, sondern ein Mordversuch! Mein Gott, jemand hatte versucht, sie umzubringen.

Im nächsten Augenblick war sie wieder im Hier und Jetzt, und ihre Gedanken waren ganz klar. Janine wollte aufstehen, gehen! Sie musste zur Polizei! Aber ihr Körper war zu schwach, ihr Kreislauf versagte bereits, wenn sie sich nur aufrichtete. Was war das für ein teuflisches Zeug, das Meierson ihr gespritzt hatte?

In dem Moment ging die Tür auf, und ihr Arzt kam herein. Als er sah, dass sie aufstehen wollte, wurde er nervös und drückte sie einfach auf ihr Kissen zurück. Doch es war nicht die Sorge um sie, die sie in seinem Gesicht sah, sondern Anspannung, Wut.

»Frau Keller, was machen Sie denn schon wieder für Sachen, Sie sollen sich doch ausruhen«, sagte er verärgert. »Hätten Sie immer schön brav Ihre Tabletten genommen, dann wären Sie jetzt nicht hier, und ich müsste das hier nicht tun«, erklärte er in einem ehrlich bedauernden Tonfall. »Zu schade, dass es so enden muss, meine Liebe. Aber das haben Sie sich alles selbst zuzuschreiben.«

Janine wollte fragen, wovon er eigentlich sprach, doch sie war zu erschöpft zum Sprechen.

Meierson zog eine Spritze mit einer eigenartig schimmernden Flüssigkeit aus seiner Kitteltasche und stach die Nadel in den Tropf, dessen Kanüle in Janines Arm steckte.

Ihr Herz setzte vor Schreck einige Takte aus, als ihr klar wurde, was Meierson mit ihr vorhatte. Sie versuchte, die Kanüle aus ihrem Arm zu ziehen, aber er konnte sie mit Leichtigkeit festhalten. Das Mittel, das er ihr injizierte, zeigte schnell seine Wirkung, da es direkt in den Blutkreislauf ging. Janine fühlte sich sehr müde. So müde, dass ihr Widerstand erlahmte.

Meierson hatte versucht, ihr Gedächtnis mit seinen Tabletten zu kontrollieren, sie im Zustand der Ahnungslosigkeit zu halten, um zu verhindern, dass sie sich an etwas Bestimmtes erinnerte. An etwas, das mit Addison oder dem Club der Aphrodite zu tun hatte.

Sie sah sein böses Grinsen, dann verschwamm alles vor ihren Augen. Ihre Hand tastete nach dem Alarmknopf, mit dem man normalerweise eine Stationsschwester herbeirufen konnte, doch es gab keinen. Meierson hatte ihn vorsorglich entfernt.

⁓

»Krischan Tannert?«, fragte ihn die rothaarige Frau nach seinem Namen, als er Station 5 des Urban-Krankenhauses betrat.

Krischan nickte lediglich und musterte die Dame halbherzig.

»Wie gut, dass Sie so schnell kommen konnten. Ich bin Lena Gruber.« Sie reichte ihm die Hand, setzte sich aber gleich wieder, weil ihre Beine zitterten. Offensichtlich machte sie sich große Sorgen, was Krischan noch mehr beunruhigte.

»Bitte erzählen Sie mir, was passiert ist«, forderte er sie auf.

»Janine hatte einen Nervenzusammenbruch, weil ihre Erinnerung zum Teil zurückgekommen ist. Das hat sie offenbar völlig aus der Bahn geworfen. Zuerst wollte sie nicht ins Krankenhaus, als wir dann aber dort waren, gab sie mir Ihre Nummer und bat mich, Sie zu benachrichtigen.«

Ihre Erinnerung war zurück? Zumindest teilweise? Das hörte sich nicht gut an. Hoffentlich hatte ihr Nervenzusammenbruch nichts mit ihm zu tun. Umso dringlicher musste er nun mit ihr sprechen.

»In welchem Zimmer liegt sie?«

Lena deutete den Flur hinunter, doch als er in diese Richtung gehen wollte, hielt sie ihn am Arm zurück. »Der behandelnde Arzt hat Besuch strengstens untersagt. Janine soll erst mal zur Ruhe kommen.«

Das gefiel Krischan ganz und gar nicht. Er musste zu ihr. Auf der Stelle.

»Und wo ist dieser Arzt? Ich möchte mit ihm sprechen.« Unter Kollegen konnte man sich doch bestimmt einigen. Krischan wollte nur nach Janine sehen, um sich selbst ein Bild von ihrem Zustand zu machen. Die Frage, ob sie sich tatsächlich an ihre gemeinsame Zeit erinnerte, ließ sich auch später noch klären. Wichtig war jetzt erst einmal ihre Gesundheit und dass sie bald wieder stabil war und zu Kräften kam.

»Ich glaube, der Doktor ist gerade bei ihr. Zumindest habe ich ihn vorhin in ihr Zimmer gehen sehen«, sagte Lena. »Er muss sie wohl gründlich untersuchen, ist aber schon eine ganze Weile bei ihr.«

Krischan nickte. »Ich werde dennoch mal sehen, ob ich etwas in Erfahrung bringen kann.«

Dann verschwand er im Gang, in der Hoffnung, den Kollegen abfangen zu können.

———

Ich hatte viele Affären. Immer wieder neue Männer. Eine dieser Affären war Addison. Er war verheiratet und bekleidete ein hohes Amt, das er offenbar noch jetzt innehat, setzte Janine die Bruchstücke ihrer Erinnerungen wie die Teile eines Puzzles zusammen. Immer wieder tauchten neue Bilder auf. Es mochte an der Injektion liegen, die ihr Gedächtnis vielleicht sogar stimulierte. Wache Momente wechselten sich mit müden Episoden ab. Es fühlte sich an, als wäre sie high.

Meierson blickte auf sie herunter. Er wollte diesmal wohl sichergehen, dass nichts seinen Plan durchkreuzte. Janines Magen rumorte. Sie hatte Schluckbeschwerden, doch der Inhalt des Tropfes war noch lange nicht durchgelaufen. Sie versuchte zu schreien, aber ihre Stimmbänder waren wie gelähmt. Genauso wie ihr ganzer Körper.

»Sie müssen mir verzeihen, Frau Keller, aber eine andere Lösung gibt es nicht. Ich habe wirklich versucht, Ihnen das alles zu ersparen. Ich habe sogar einen unserer Männer auf Sie angesetzt, der Sie überwacht und mich informiert, falls Ihre Erinnerungen unerwartet zurückkehren würden, damit ich rechtzeitig intervenieren kann.«

Er sprach offenbar von dem Hellhaarigen, ihrem Schatten.

»Dass Sie sich ausgerechnet bei Cupido anmelden mussten, hat mich in Alarmbereitschaft versetzt. Ihr Wiedersehen mit Tannert hätte immerhin Ihr Gedächtnis mit einem Schlag zurückbringen können. Deswegen habe ich Jonas Täuber auch dorthin eingeschleust.«

Janine konnte Meierson nicht mehr folgen. Wovon sprach er? Weshalb hätte ihre Begegnung mit Krischan ihre Erinnerung zurückholen sollen?

»Jetzt bin ich allerdings der Ansicht, dass alles vergebene Liebesmüh war. Ihre Erinnerungen werden früher oder später zurückkehren, das lässt sich nicht verhindern. Deshalb darf ich kein Risiko mehr eingehen. Das werden Sie sicherlich verstehen. Hätten Sie darauf verzichtet, Ihr Enthüllungsbuch zu schreiben oder sich nur auf die Addison-Affäre beschränkt, wie Sie es ursprünglich vorhatten, es hätte niemanden von uns auch nur gejuckt. Aber Sie wollten mehr. Sie haben sich durch Addison in unsere Gemeinde eingeschlichen, weil dies in Ihren Augen der weitaus größere und gewinnträchtigere Skandal war als der lächerliche Ehebruch eines angesehenen Politikers. Und Skandale verkaufen sich in Ihrer Branche gut, nicht wahr?« Er lachte leise und schüttelte den Kopf. Seine Stimme klang eigenartig fern, als würde sie widerhallen.

»Karrieren können Menschen zerstören. Wie wahr das doch plötzlich klingt, stimmt's?«

Es ging tatsächlich um ihr Buch und um den Club der Aphrodite. Wenn sie doch nur wüsste, was sie geschrieben hatte. Verdammt, sie wusste ja nicht einmal, wo sich dieses ominöse Skript überhaupt befand. In ihrer Wohnung war es nicht, Lena und sie hätten es bei der Renovierung mit Sicherheit gefunden. Wahrscheinlich hatte sie Vorkehrungen getroffen, weil das Skript zugleich ihre Lebensversicherung gewesen war.

»Es war ein Fehler, sich mit uns anzulegen. Niemand schadet dem Club der Aphrodite und kommt ungestraft davon. Sie hatten eine Liste mit den Namen aller Mitglieder. Hochrangige Persönlichkeiten, die sich keine dunklen Flecken auf ihren weißen Westen erlauben durften. Sie hätten diese Menschen und ihr Ansehen unwiderruflich beschädigt. Und das konnten wir nicht zulassen.«

Der Kerl war ja wahnsinnig. Er wollte tatsächlich ihr Leben für diese ominöse Geheimgesellschaft opfern. Sie musste würgen, und ein saurer Geschmack breitete sich in ihrem Mund aus.

»Ganz ruhig, es ist bald vorbei. Offiziell wird es nach einem allergischen Schock aussehen. Ein Medikament, das Sie nicht vertragen haben.« Bedauern schwang in seiner Stimme mit.

In dem Moment begann es, vor ihren Augen zu flimmern. Janine hustete, bekam kaum noch Luft. Meierson legte ihr seine Hand auf die Stirn, sprach beruhigend auf sie ein, als plötzlich die Tür aufgerissen wurde. Ab da bekam Janine nur noch Bruchstücke des Geschehens mit. Krischan stand plötzlich vor ihr und riss die Kanüle aus ihrem Arm.

»Was soll das? Was machen Sie hier?«, brüllte Meierson.

»Ich wollte nach Janine sehen und habe von draußen alles mit angehört, Sie Mistkerl!«

Meierson zückte ein Skalpell und ging damit auf Krischan los.

Dunkelheit.

Janines Herz schlug langsam, sie glaubte dahinzugleiten, fühlte sich frei. Friedlich. Plötzlich erhellte ein Lichtblitz das Dunkel um sie herum. Geräusche drangen wieder zu ihr vor. Krischan und Meierson kämpften vor ihrem Bett. Eine Stationsschwester kam hereingestürzt und schlug Alarm.

Erneut wohltuende Dunkelheit. Janine hörte nur noch Stimmen.

»Was ist hier los?«

»Er hat versucht, sie umzubringen.«

»Ruft die Polizei.«

Janine schwanden die Sinne.

⌐

Als Janine die Augen aufschlug, war längst der nächste Tag angebrochen, und sie blickte in ein vertrautes Gesicht, auf dem ein erleichtertes Lächeln lag. Krischan.

Sanft drang das Licht der Nachmittagssonne durch das offen stehende Fenster ihres Krankenzimmers. Vögel zwitscherten. Sie fühlte sich wie neugeboren. Als hätte in diesem Moment ein neues Leben für sie begonnen.

»Du hast lange geschlafen«, sagte er zärtlich und hielt ihre Hand. »Alles wird gut, glaube mir.«

Janine erinnerte sich dunkel an das Geschehen, doch in ihrer Erinnerung gab es dennoch viele Lücken. Was war mit Meierson passiert? Sie erkundigte sich nach ihm.

»Der wurde verhaftet. Genauso wie sein Komplize Jonas Täuber. Ich hätte diesen schmierigen Kerl niemals einstellen dürfen. Aber wie konnte ich ahnen, dass er zum Club der Aphrodite gehört? Mach dir keine Sorgen, dir droht von nun an keine Gefahr mehr.«

Janine war unendlich erleichtert, das zu hören. »Vielen Dank, dass du mich beschützt hast«, flüsterte sie.

»Das habe ich doch immer. Weißt du das nicht mehr?«

Seine Worte verwirrten sie. Janine sah ihm in die Augen, und da kamen plötzlich all die Bilder zurück, die immer in ihrem Unterbewusstsein gespeichert, aber nicht abrufbereit gewesen waren. Bis jetzt.

Sie sah einen jungen Krischan, der mit ihr vor dem Traualtar stand. Einen Krischan, der sie von Herzen liebte und der unsäglich litt, als sie sich von ihm trennte, ihm das Herz brach. Weil sie ... ihn mit seinem Freund betrogen hatte. Oh, wie sie sich dafür schämte.

Janine stöhnte auf, schaute beschämt zu Boden, weil sie es nicht ertrug, ihn derart verletzt zu haben.

»Du und ich ... aber ...«

Er lächelte gequält, nickte zur Bestätigung.

»Warum hast du es mir nicht gesagt? Ich habe doch die ganze Zeit gespürt, dass da mehr zwischen uns ist.« Deswegen hatte sie sich von Anfang an zu ihm hingezogen gefühlt, deswegen hatte er ihren Körper besser gekannt als sie selbst.

»Ich konnte es nicht. Ich war nicht sicher, was ich selbst empfinde. Wut oder ... Liebe.«

Sie konnte ihn bis zu einem gewissen Grad verstehen.

»Und weshalb warst du im Club der Aphrodite, so wie Meierson und Täuber auch? Ich habe dich dort in meinen Träumen gesehen.« Allmählich aber ahnte sie, dass diese Träume nicht nur Hirngespinste waren, sondern auch ihre Erinnerungen widerspiegelten.

»Ich war dort, weil ich vergessen wollte. Und ausgerechnet dort bist du mir wieder über den Weg gelaufen. Du hast mich aber nicht beachtet. Und dann wollte ich wissen, was du tust, mit wem du dort bist, aber der Kerl hat nie seine Maske abgenommen.«

Addison hatte nicht erkannt werden wollen, wie die meisten Besucher, weil sie alle hochgestellte Persönlichkeiten waren. Sie glaubten, etwas zu verlieren zu haben, wollten aber auf ausschweifende Sexabenteuer nicht verzichten.

»Aber ich trug doch auch eine Maske. Wie konntest du mich da erkennen?«

»Ich würde dich überall wiedererkennen, Janine. An deinen Bewegungen, deinem Gang, deinen verführerischen Formen.«

Sie verstand.

»Ich war nicht lange Mitglied im Club«, gab er zu. »Ich konnte dort nicht finden, was ich suchte. Aber jetzt ist mir das geglückt. Ich weiß endlich wieder, wo ich hingehöre.«

Das wusste sie auch. Sie liebte ihn. Noch immer. Schon wieder. Mehr als je zuvor.

Er küsste sie sacht auf ihr Haar. »Das war alles ein bisschen viel auf einmal. Und jetzt ruh dich aus.«

Janine sank in ihr Kissen zurück und schloss die Augen. Erleichtert und froh, dass sie endlich wieder wusste, wer sie war, und dass Krischan und sie eine gemeinsame Zukunft hatten. Ob sie ihr Manuskript tatsächlich veröffentlichen würde? Sie wusste es nicht. Nicht zu diesem Zeitpunkt. Aber nun konnte sie sich erinnern, wo es war. Auf einem USB-Stick gespeichert in einem Bahnhofsschließfach. Und eine Kopie in einem weiteren Schließfach in einem anderen Bahnhof. Sie war nicht dumm gewesen, hatte von der Gefahr gewusst, in die sie sich begab. Diese Gefahr war auch der Grund gewesen, warum sie Lena niemals eingeweiht, ihre Freundin nie von der Affäre mit Addison erfahren hatte. Sie hatte den Politiker auf einer Party kennengelernt, und er hatte sie gebeten, seine Biographie zu schreiben. Von da an war alles ein Selbstläufer gewesen. Sie hatten sich zueinander hingezogen gefühlt, er hatte sie in den dunklen Club mitgenommen und Janine ihre Chance auf eine große Karriere erkannt. Das versteckte Skript hatte ihre Sicherheit sein sollen, fatalerweise war es ihr jedoch fast zum Verhängnis geworden.

❧

Zwei Wochen später

»Du willst Cupido wirklich aufgeben?«

»Ich gebe es nicht auf, ich ziehe mich lediglich aus der Praxis zurück. Ich habe Gloria versprochen, ihr die Leitung zu übertragen. Aber im Hintergrund mische ich schon noch mit.«

Janine schmiegte sich eng an Krischan, zog die Bettdecke bis zu seinem Kinn hoch. Der Tag hatte gerade erst begonnen, und sie hatte ihm Frühstück ans Bett gebracht. Doch weder er noch sie hatten im Moment Appetit. Ihre Hand tastete unter der Decke nach seinem Glied. Sie war froh, dass diese aufregende Episode ihres Lebens abgeschlossen war und nun eine gemeinsame Zukunft vor ihnen lag. Dass er allerdings Cupido den Rücken kehrte, behagte ihr nicht sonderlich. Cupido war schließlich sein Lebenswerk.

»Ich werde eine kleine Praxis in Berlin eröffnen. Mit den

Einnahmen, die ich aus Cupido bezogen habe und noch beziehen werde, wird sich das leicht finanzieren lassen.«

Er stöhnte leise auf, als sie endlich sein Glied gefunden hatte und sanft daran rieb. Er schaute sie an und lächelte. Schnell stellte er das Frühstückstablett auf den Nachtschrank.

»Du gehst aber schon sehr früh ran«, scherzte er.

»Wer von uns beiden hat denn die Morgenlatte?« Sie zwinkerte, dann tauchte sie unter die Decke ab und ließ ihrer Hand ihre Lippen folgen.

Im Grunde spielte es eigentlich keine Rolle, wo sie lebten. Ob in Berlin oder Potsdam. Und wenn er eine kleine Praxis der Lustschule vorzog, dann würde sie ihn nicht davon abhalten, seine Träume zu verwirklichen. Wichtig war ihr nur, dass sie zusammenblieben.

Seitdem Janine die Pillen von Meierson nicht mehr einnahm, kehrte mit jedem Tag ein weiterer Teil ihrer Erinnerung zurück. Viele Dinge, die dann plötzlich zu ihrem Leben gehörten, waren aufregend und fantastisch, ein paar waren jedoch auch unangenehm. Sie hatte viele Fehler gemacht und bereute diese nun.

Krischan hatte ihr vergeben. Und Janine konnte kaum verstehen, wie sie einen so tollen Mann überhaupt hatte hintergehen können. So gesehen war es wohl Schicksal gewesen, dass sie ihr Gedächtnis verloren hatte und somit noch einmal von vorn hatte anfangen können.

Sein Schwanz wuchs in ihrem Mund, wurde heißer und immer härter, bewegte sich vor und zurück. Sie schloss die Lippen fester um ihn, übte gerade so viel Druck aus, dass sein Schaft vibrierte.

Sie wollte nur noch für den Augenblick leben, nicht mehr so sehr an die Vergangenheit denken. Meierson und Täuber waren verhaftet worden. Mit dem Club der Aphrodite wollte sie nichts, aber auch gar nichts mehr zu tun haben. Sie brauchte dieses ausschweifende Leben nicht mehr, denn sie hatte ja Krischan.

Tief nahm sie seinen Schwanz in den Mund, und er strich ihr durch die Decke hindurch über den Kopf. Früher war sie oft dominant gewesen, hatte ihm im Bett die Befehle erteilt, so wie sie es auch während ihrer Recherchearbeit bei Addison getan hatte. Der Politiker hatte das sehr genossen. Zu diesem Zeitpunkt waren Krischan und sie allerdings längst nicht mehr zusammen gewesen. Gewiss war es reizvoll gewesen, einen Mann zu dominieren. Nun hatte sie aber eine devote Seite an sich entdeckt, und diese war umso spannender. Und sie wollte sie ausleben. Mit allem, was dazugehörte.

Krischan hob die Decke hoch. »Warte einen Moment«, bat er und drehte sich herum. Jetzt konnte sie zwar immer noch seinen Schwanz mit ihrer Zunge liebkosen, aber er kam nun auch spielend leicht mit seinem Mund an ihre Scham heran, in die er sogleich mit seinen Lippen versank. Er begann, sie zu lecken, und sie wurde feucht und heiß vor Verlangen.

Die Gefühle waren so herrlich intensiv, berauschend, dass sie für einen Moment vergaß, ihre Zunge wieder einzusetzen. Doch Krischan machte schon auf sich aufmerksam, indem er sein Becken leicht vorschob und seine Eichel dadurch sacht gegen ihre Lippen drückte. Janine schmunzelte, ließ ihn ein und genoss in vollen Zügen, was Krischan ihr gab. Er bewegte sein Becken schneller, drang tiefer in ihren Mund. Fordernd. Begehrend.

Janine krallte ihre Finger in seinen knackigen Hintern, hielt ihn fest, und dann schluckte sie. Sie spürte seinen Orgasmus, als wäre es ihr eigener. Er war fantastisch. Mächtig. Selbst

Sekunden später fluteten die Erschütterungen durch seinen Unterleib und von dort in ihren Körper, wo sie sich zwischen ihren Beinen sammelten und er ihr noch immer süße Küsse schenkte.

Diese Küsse waren es, die Janine schließlich zum Gipfel der Lust katapultierten. Für einen Moment glaubte sie tatsächlich zu schweben, zu fliegen. Das süße Pulsieren ließ ihren Körper erzittern. Es war, als hätte sie für einen Moment die Kontrolle über sich verloren. Wahrscheinlich war das auch so. Alles in ihr war in Aufruhr, als würde heiße Lava durch ihre Adern fließen. Das Beben in ihrem Unterleib wurde stärker, so stark, dass es ihr den Atem nahm. Und Janine genoss es.

Krischan wartete, bis sie gekommen war, dann spürte sie wieder seine Lippen an ihrer Scham. Ein letzter Kuss, und er ließ von ihr ab, wandte sich ihr wieder zu. Sein Lächeln verriet, wie sehr er das Spiel genossen hatte. Und das Strahlen seiner Augen sagte ihr, dass er sie liebte, begehrte. Janine schmiegte sich an seine Brust, genoss die Wärme seiner Haut, seine Nähe und den Schlag seines Herzens. Ihr Herz schlug im selben Takt.

»Küss mich«, hauchte sie.

Sie hob den Kopf und öffnete die Lippen. Er beugte sich über sie, und seine Zunge drang stürmisch in ihren Mund. Eroberte ihn, füllte ihn aus, als wollte er beweisen, dass all das ihm gehörte. Dabei musste er das gar nicht. Janine war die seine. Mit Haut und Haar. Sie wollte ihm alles geben. Und alles bekommen.

Von jetzt an sollte jeder Morgen so beginnen.

Samantha Young
DUBLIN STREET
Gefährliche Sehnsucht

Der Mega-Bestseller

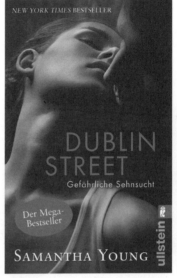

ISBN 978-3-548-28567-2

Jocelyn Butler ist jung, sexy und allein. Seit sie ihre gesamte Familie bei einem Unfall verloren hat, vertraut sie niemandem mehr. Braden Carmichael weiß, was er will und wie er es bekommt. Doch diesmal hat der attraktive Schotte ein Problem: Die kratzbürstige Jocelyn treibt ihn mit ihren Geheimnissen in den Wahnsinn. Zusammen sind sie wie Streichholz und Benzinkanister. Hochexplosiv. Bis zu dem Tag, als Braden mehr will als eine Affäre und Jocelyn sich entscheiden muss, ob sie jemals wieder ihr Herz verschenken kann.

www.ullstein-buchverlage.de

Jetzt reinklicken!

Jede Woche vorab in brandaktuelle Top-Titel reinlesen, Leseeindruck verfassen, Kritiker werden und eins von 100 Vorab-Exemplaren gewinnen.